웅어의 맛

구효서 소설집

웅어의 맛

구효서 소설집

문학사상

차례

 色 빛 색

 聲 소리 성

 香 향기 향

[빛 색]

은결—길편지

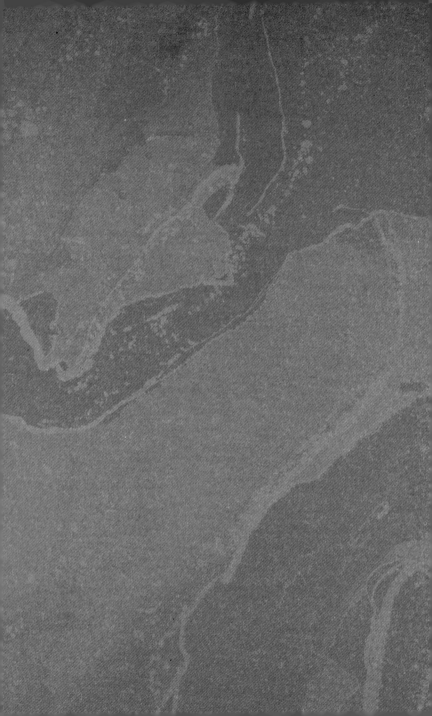

은결이라고 했다. 해수면에 반짝이는 것. 그의 입에서 피가 흘렀다. 해수면은 아침부터 반짝거렸다. 은파. 방파제 끝에는 빨간 등대가 있었다. 등대 아래 흰 수염의 노인이 있었다. 등대도 노인도 언제나 그곳에 있었다. 노인은 은파라고 했다. 해수면이 반짝이는 것을.

은결이야.

숙소의 여주인은 사람의 이름을 말하듯 반짝이는 것을 칭했다. 실금처럼 그—요의 아랫입술을 넘어선 피가 턱 끝에 다다라 멈추었다. 요는 식탁에 앉아 유리 미닫이 너머로 먼 은결을 바라보았다.

응, 해수면이 반짝이는 게 아니라니까.

첫날 숙소의 여주인—미가가 말했다. 숙소는 조립식 2층 목조건물이었다. 외벽이 남김없이 하얬다. 그날 오후 두 시에 숙소에 도착한 요는 바다를 바라보며 고개를 끄덕였다. 미가가 해수면을 말하기 전부터 요는 바다를 바라보고 있었다.

해수면에 반짝이는 거야.

해수면이……. 해수면에……. 요는 고개를 끄덕였지만 미가의 말뜻을 알아차린 것 같지는 않았다. 요가 포구에 온 지 스무 날이 지났다는 것을 나는 알지. 오늘 또 요는 피를 흘렸다. 앞바다는 종일 반짝였다. 스무 날이 지나는 동안 비는 한 차례도 오지 않았다. 벚꽃이 피었다가 졌다.

피 나잖아.

미가가 이것 봐, 하며 요의 손등 위에다 물티슈를 얹었다. 선홍빛 핏방울이 요의 왼손 가운뎃손가락 손톱에 떨어졌다. 그릇 씻는 소리가 났다. 미가는 씻은 그릇을 씻고 또 씻었다. 식당 안이 그릇 씻는 소리와 수돗물 소리로 가득했다.

한 방울 떨어진 뒤로 피는 더 이상 흐르지 않았다. 포크를 든 요의 왼손과 칼을 든 오른손 사이에는 아침 식사가 담긴 둥글고 넓은 접시가 놓여 있었다.

숙소 2층엔 세 개의 작은 객실이 있었고 1층엔 세 개의 작은 식탁이 있었다. 그중 요는 한 식탁에 앉아 포구를 바라보았다. 방파제 밖에도 여간해서는 파도가 일지 않았다. 봄 바다는 몇 날 며칠 잔잔했다. 나머지 두 개의 식탁은 비어 있었다. 2층 세 개의 객실 중 하나는 미가가 사는 살림방이었다.

미가는 리넨 앞치마 끝자락으로 손의 물기를 닦았다.

요의 둥글고 큰 접시에는 토스트와 계란프라이와 바삭하게 구운 베이컨과 적당히 무른 브로콜리가 있었다. 옆에 한 뼘 거리를 두고 놓인 작은 커피 잔은 큰 접시의 위성 같았다.

미닫이 출입문 밖에는 4월의 아침 햇살이 떨어져 내렸다. 어디선가 불려 온 이런저런 봄 꽃잎들이 햇살에 뒤척이다가 바람을 타고 바다 쪽으로 날아갔다.

날 끝에 피가 묻은 칼을 요는 토스트 접시 오른쪽에 내려놓았다. 식사용 나이프가 아닌, 칼 뺨이 얇고 날이 날카로운 과도였다. 접시는 희고 칼자루는 푸른색이었다. 절단된 토스트의 단면이 선연했다. 그릇 씻는 소리가 다시 났고 곧 멈추었다.

그러게 객실, 이걸 쓰라니까.

미가의 목소리는 어딘가 아련한 데가 있었다. 푸른 칼자루의 과도가 식사용 나이프로 바뀌었다.

왜 반말해요?

포구에서의 둘째 날 요가 물었었다.

나이가 많잖아, 내가.

미가가 대답했다. 처음부터 미가는 요에게 말을 놓았다. 그 뒤로 요는 같은 질문을 하지 않았다. 요가 온 지 스무 날이 지났다.

포크든 칼이든 입에 넣고 씹으면 안 되지.

미가의 입에서 흩어지는 말들이 푸른 기운을 띠었다. 미가는 요를 객실이라고 불렀다. 요는 그녀를 뭐라고도 부르지 않았다. 그는 계속 바다를 보았다. 은결이라고 했다. 미가도 반짝이는 그것을 바라보았다.

요는 칼날이 가운데 아랫니 사이를 파고들도록 세우고 윗니로 칼등을 지그시 눌렀다. 어쩌다 그랬다. 날이 두껍고 둔한 식사용 나이프를 미가가 준비한다는 걸 나는 알았다. 그러나 요는 이따금 그녀의 눈길을 피해 날카로운 과도를 움켜쥐었다. 시린 칼날이 이 사이를 비집고 잇몸에 닿을 때까지 윗니로 천천히 밀어 내렸다. 한 모금 피 섞인 침을 삼키고서야 요는 천천히 음식을 씹었다.

*

포구에 온 지 보름도 지나서였어, 그걸 발견한 건.

미가는 제 방 책상에 앉아 편지를 읽었다. 미가의 2층 방 옆 객실은 비어 있었다. 빈 객실 너머의 객실이 요의 방이었다. 방문들에는 아무 표식도 없었다. 말로만 내실, 안쪽, 바다쪽이라고 구분했다.

그것은 숙소에서 좀 떨어진 곳에 있었어. 숙소의 동쪽 모퉁이를 돌면 어망과 스티로폼 부표들이 아무렇게 쌓여 있는 공터가 나와. 그 공간이 숙소의 소유인지는 모르겠어. 그곳에 그냥 몇 번 갔었어. 아, 아래층에서 미가가 무언가를 끓여. 지금 끓여. 도다리쑥국인 게 분명해. 1층 주방의 모든 냄새가 내 방까지는 오는 데는 이 분이면 충분해. 그냥 매일 여기저기 왔다 갔다 하는 일이 내 일이었으니까 건성으로 갔던 거야, 그 공터에. 그래서 그동안 그걸 제대로 못 보았던 거겠지. 나는 숙소 여주인의 이름이 미가인 줄만 알았어. 이곳 포구에서는 다들 그렇게 불렀으니까. 그런데 숙소 겸 식당의 이름이었던 거야, 그게. 미가. 버려진 나무 간판에 그렇게 쓰여 있었거든. 넌 어디? 네가 말한 그곳에 너는 있기나 한 거니? 정말 그런 거니? 널 찾을 거야. 네가 보고 싶어. 그녀가 처음 숙소 겸 식당을 오픈했을 때 사용했던 간판 같았어. 미가. 한동안 숙소 건물 앞에 서 있었겠지. 입간판이었으니까. 오랫동안 그랬을 거야. 포구의 바닷바람에 나뭇결이 도드라졌을 정도니까.

편지를 읽다 말고 미가는 자리에서 일어나 창가로 갔다. 평상에 나앉아 방파제 쪽을 바라보는 요의 모습이 내려다보였다. 요는 자주 하루의 반을 평상에 앉아 지냈다.

미가의 도다리쑥국이 좋아서 이곳에 오래 머무는 건지도 몰라. 최고. 너도 알듯이 나는 그런 유의 음식을 그다지 좋아하는 편은 아니지만 미가가 내주는 음식은 무엇이든 좋아. 그중 도다리쑥국이 최고. 그걸 먹고 있으면 시름이 없어져.

그런데 이상한 건, 그걸 먹을수록, 마지막 하나 남은 포구로 너를 찾아가야 할 날이 자꾸 미루어진다는 거야.

편지지는 스프링 노트를 뜯은 것이었다. 뜯긴 부분을 손끝으로 정성 들여 매끄럽게 마무리한 것. 바람에 눕는 풀잎처럼 모든 글자들이 오른쪽으로 일정하게 기울었다. 행갈이 없이 이어졌다. 누군가에게 부친 요의 편지였고, 그것을 미가가 읽었다.

너를 생각하다 오늘도 피가 났어. 괜찮아. 어쩐지 그래야만 할 것 같으니까. 나는 어딘가를 베이고 싶은 거야. 베어야만 하는 거야. 음, 미가. 간판에 적힌 한글 아래 한자가 작게 쓰여 있었어. 맛 미, 집 가. 거의 지워진 글자였지만 어렵지 않게 짐작이 됐어. 아, 맛집이라니. 좀 싱겁고 허망해지는 이름이었지만 나는 미가의 맛을 알기 때문에 하나도 싱겁거나 허망하지 않았어. 너는 네가 말한 그곳에, 정말 있는 걸까? 그렇다면 이제 한 곳밖에 남지 않았어. 곧 그리로 갈게.

*

노인은 낚시를 던진 뒤 말했다.

무화과는 섹시해.

말하고 노인은 키키키 웃었다. 섹시해가 섹시행으로 들

렸다. 갈매기 한 마리가 노인의 벗겨진 정수리를 파먹을 것처럼 가까이에서 끼룩거렸다.

노인의 성은 김이었다. 그는 자주 웃었고 웃을 때마다 입가가 귀 양쪽으로 징그럽게 늘어났다. 언제나 빨간 등대 아래여서 노인의 얼굴도 덩달아 늘 상기돼 보였다. 자신의 성을 굳이 키미라고 우기는 데다 웃음소리도 키키키여서 사람들은 그를 키미라고 했다.

?

요가 휴대전화에 커다란 물음표를 만들어 노인에게 보였다.

무화과는 열매가 꽃이지. 꽃이 열매고.

열매고가 열매공으로 들렸다.

?

노인을 향해 치켜든 휴대전화를 요는 내리지 않았다.

응. 꽃이 열매 안으로 말려 들어가. 안으로 안으로. 피어나지 않고.

포구에 도착했던 첫날 요는 숙소 여주인의 얼굴보다 먼저 그녀의 엉덩이를 보았다. 미가는 주방 싱크대와 쓰레기통 사이에서 상체를 바쁘게 움직이고 있었다. 허리를 굽혀 무언가를 쓰레기통으로 옮기고 있을 때 요가 숙소의 미닫이문을 열었다.

거기엔 키가 유난히 작은 사람의 까만 얼굴이 있었다. 동그마니. 까만 얼굴이 빤히 요를 바라보았다. 얼굴이 아닌 까만 팬티의 엉덩이라는 사실을 알기도 전에 요는 사내의 습격을 받았다.

뭐 하는 거야, 당신. 뭐, 뭐, 뭐 하는 거냐고, 여기서?

사내가 버럭버럭 소리를 질렀다. 요는 얼른 휴대전화의 자판을 눌렀다.

숙소를 예약한 사람입니다.

그때까지도 요는 여자의 치마 끝자락이 팬티 라인에 먹혔다는 걸 알지 못했다. 키 작은 사람의 까만 얼굴인 줄 알았다.

아이참, 뭐, 뭐 하는 거예요, 미가? 거, 섹시하게, 참, 미가!

사내는 두 팔을 크게 벌려서 요의 시야를 한사코 막으며 미가에게 소리쳤다.

아이참, 아이참, 거!

미가는 느긋하게 팬티 라인에서 치맛자락을 끄집어낸 뒤 자신의 엉덩이와 허벅지를 한 차례씩 툭툭 쳤다.

뭐 어때? 본 사람만 이득이지.

미가가 말했다.

아이참, 아이참 나, 씨.

사내의 얼굴이 억울함 같은 것으로 붉어졌다. 사내가 어디서 갑자기 튀어나왔는지 나는 빤히 알았지만 요는 알지 못했다. 숙소의 미닫이문을 열 때까지 주변에 사람이라고는 아무도 없었으니까.

미가가 비로소 요를 보았다. 요는 사내에게 보여 줬던 휴대전화 화면을 그녀 쪽으로 돌렸다.

숙소를 예약한 사람입니다.

무화과 속은 그러니까 온통, 잔뜩 오므라든 꽃이야. 잔뜩. 요래 그 안을 가만 들여다보면 아유유유유 섹시행. 키키키.

키미노인은 낚시에 걸려 올라온 물고기를 떼어 내 바다에 던졌다. 정수리 위를 낮게 날던 갈매기가 비명을 지르며 쫓아가 물속에 부리를 박았으나 물고기를 건져 올리는 데는 성공하지 못했다.

오늘도 키미, 여러 마리 놔주네요.

요가 말했다. 요는 말을 할 줄 몰랐다. 미끼 끼울 때 쓰는 돋보기를 코끝에 걸치고 노인이 요의 휴대전화를 들여다보았다.

응, 남겨 두는 거지.

좀 더 크라고요?

내가 남겨 두려는 건, 키키, 바다양.

첫날 요를 습격했던 사내―광석이 아이스크림을 핥았다.

알량하다, 아이스크림.

수직으로 핥아 올리고,

참 알량해.

수평으로 돌려 핥으며 중얼거렸다. 손은 무지막지 크고 아이스크림은 너무 작아서 광석은 그것을 간신히 잡고 있었다. 매운 아귀찜집에서 디저트로 제공하는 공짜 아이스크림이었다.

잠자코 먹으렴.

매운 아귀찜집 주인―삼성이 광석을 타일렀다. 광석은 매운 아귀찜도 뭣도 사 먹지 않았다. 사 먹지 않는데도 광석에게 아이스크림을 주는 것을 삼성은 의리라고 생각했다. 그런다는 걸 나는 잘 알고 있었다. 둘은 포구의 유일한 동갑내기였다. 매운 아귀찜집 앞 평상 위는 광석과 삼성이, 평상 밑은 바람에 불려 온 봄 꽃잎들이 차지했다. 오후의 봄볕이 모든 걸 하얗게 태우기 시작했다.

저 봐, 또 편지 부치러 가나 봬.

광석이 아이스크림을 다 핥고 팽총에 어팽을 장전했다.

그러나 봬.

삼성도 어팽을 장전하여 갈매기를 쏘았다.

팽총은 팽나무 열매를 실탄 삼아 쏘는 고무총이어서 이름이 팽총이었다. 그런데 광석과 삼성은 팽나무 열매 대신 어팽을 썼다. 생선 내장과 뼈를 갈아 진주 알갱이만 한 환으로 딱딱하게 굳힌 것이 어팽인데 광석과 삼성의 발명품이었으므로 이름도 그들이 지었다. 한 손에 흰 편지 봉투를 쥔 요가 저만치 지나갔다.

맨날 저래.

남이야 뭘 부치러 가든. 총이나 쏴.

팽총으로 그들은 갈매기를 쏘았다. 갈매기를 잡으려는 것이 아니라 갈매기에게 모이를 주려는 것이었다. 허공을 가르는 어팽으로 갈매기들이 우르르 몰려들었다. 놓친 어팽이 땅에 떨어지면 갈매기들도 따라서 곤두박질쳤다.

남이긴 하지. 그래도 우리 동네에 왔으니 관심을 기울여야지.

광석이 말했다.

잘생긴 청년이 미가에 머무니까 너 막 안달이 나지?

삼성이 물었다.

뭐, 뭐, 뭐, 뭐? 이 사람이.

광석이 눈을 부라렸다. 포구에 막 도착한 요를 광석이 처음 발견했던 것도 팽총 때문이었다. 한참이나 빗나간 어팽을 눈으로 좇다가 미가의 숙소를 미심쩍게 기웃거리는 요를 발견했던 것.

음. 난 네 맘 잘 알아.

삼성이 말했다.

뭐, 뭘?

광석이 물었다.

미가는 정말 좋은 여자잖아. 넌 홀몸이고.

뭐, 뭐? 난 진심으로, 응, 요한테 관심을 기울이는 것뿐인데 너 지금.

그렇구나, 관심. 요한테.

안 그럴 수가 없는 거잖아, 삼성아. 이 사람아.

그런가?

그래. 지지난 봄에 있었던 일 같은 건, 응, 다시 없어야지.

쉬, 광석. 듣겠어.

저기서는 안 들려.

그러려나.

안 들려. 도시에서 혼자 오는 사람들은, 하여튼, 잘 살펴야 돼.

그래. 우린 팽총을 쏘니까 뭐든 잘 보지.

응. 늘 쏘니까 우린 주의력이 뛰어난 거야.

섰다.

응, 또 저 자리에 섰어.

그 자리야.

어쩌면 그 자릴까.

두 사람은 한동안 요를 바라보았다. 평상 밑의 꽃잎들이 슬슬슬 바람에 어디론가 움직이기 시작했다.

요는 방파제 너머 반짝이는 은결을 언제까지고 바라보며 서 있었다. 우편취급국 가는 일을 잊은 것 같았다.

정말 넌 쟤가 밉지 않은 거지?

삼성이 어팽을 장전했다.

뭐, 뭐? 이 사람, 날 뭘로 보고.

광석도 팽총을 높이 치켜들었다.

정말이지?

왜 미워? 안 됐지.

안 됐어…….

어쩌다 저리됐을까. 말도 못 하고.

야, 광석아. 광석. 우리 정말, 정말 행복하게 살 수 있을까, 응?

삼성이 뭔가에 갑자기 절박해져서 울 것처럼 물었다.

저 친구 잘 돌려보내야 해. 남이라서가 아니라.

광석이 하늘을 향해 팽총을 힘껏 당겼다. 갈매기들이 어팽 알갱이를 따라 하늘로 솟구쳤다.

오늘도 나는 네가 그곳에 있을지를 생각해. 너는 남도의 한 포구에 있다고 했지. 그런다고 했지. 나는 백칠십오 일 동안 스물다섯 곳의 포구를 낱낱이 돌았어. 이제 한 군데만 남겨 놓고 있을 뿐이야. 한 군데. 네 말이 사실이라면 너는 이제 그곳에 있어야 해. 다 왔어. 곧 그리로 갈 거야. 진요가.

혈액형이 뭐야?

미가가 물었다. 해가 다 기울었다.

요는 휴대전화에다 A를 찍었다. 해수면이 셀룰로이드처럼 반짝거렸다.

A는 그러니까, 헤프게 흘려도 되는 피인가?

요는 흰쌀밥에 바지락미역국을 먹고 있었다. 미가가 식탁 맞은편에 앉았다. 가까이 앉지 않으면 요의 휴대전화 화면을 볼 수 없어 대화가 불가능했다. 밥 한술을 입에 넣고 요는 젓가락 끝으로 멸치젓갈을 찍어 오물거리다가 뽀얀 바지락 국물을 입술 사이로 흘려 넣었다. 웃음에 인색한 그가 웃었다.

해가 기울어 수평선에 닿을 때까지 해수면은 반짝거렸다. 미가는 언제나 해가 남아 있는 동안 식사를 마칠 수 있도록 저녁을 준비했다.

다 좋아. 나는 입맛이 변했단다. 뭐든 먹어. 그런 나를 보면 넌 놀랄 거야. 그녀의 음식 솜씨 때문이겠지. 오늘 나는 오징어달래국이라는 걸 먹었어. 고추장을 연하게 풀어서 오징어와 달래를 넣고 간단하게 끓인 것처럼 보이는 건데도 정신이 번쩍 들 만큼 맛있었어. 여기 와서 나는 지금까지의 내 혀를 믿을 수 없게 되었어. 그녀가 만드는 음식들이란 건 그래. 나는 길들여 가. 아무래도 내가 이 포구에 무언가를 먹기 위해 온 것만 같아. 얼마나 좋을까. 음, 얼마나. 이런 봄 음식을 반짝이는 바다를 보며 너와 함께 먹을 수 있다면.

피한테는 미안하죠.

뭔 소리래?

피를 원하는 건 아닌데 피가 나게 되니까.

원하는 건 뭔데?

…….

요의 휴대전화에 찍힌 일곱 개의 검은 점을 미가가 물끄러미 들여다보았다.

열린 미닫이문 밖으로 키미노인이 지나가며 여하튼 섹시행, 하고 중얼거렸다. 진돗개만 한 농어가 노인의 한쪽 손에 들려 있었다. 하늘과 바다가 붉어지자 등대는 까만 실루엣이 되었다.

나도 A였었는데 O로 바뀌었어.

그럴 리가.

골수 기증 받아서 살아났거든.

그러면 바뀌나요, 피가?

대만 사람이 비행기 타고 와서 주고 갔어.

미가는 자신을 살린 대만인에 대해 말했다. 직장 연차 휴가를 활용해 한국으로 날아와서 사멸 직전의 환자에게 자신의 골수를 내어 주고 말없이 떠난 블러드 타입 O의 대만 여성에 대해. 만날 수 없었던 것은 물론이고 사진으로조차 볼 수 없었던 생명의 은인에 대해. 받는 이의 이름도 주소도 없이 세계골수기증협회를 통해 한 차례 감사의 종이 편지를 보냈던 일에 대해. 그리고 그런 은인을 만나 다시 살 수 있게 도와준 의리의 이웃들에 대해.

그런데 말이야, 객실. 미가가 비밀을 속삭이듯 낮고 빠르게 말했다. 혈액형이 변하니까 응, 성격도 정말 바뀌더라고.

정말요?

처음엔 어어, 이게 뭐지? 싶더라니까. 그러다 생각하게 되었지. 이게, 아, 이게 그분의 성격이구나. 나는 그분의 성격을 갖게 된 거구나. 은인과 항상 함께 있는 것이구나. 은인으로 사는 것이구나, 나는. 생각하니까 바뀐 내 성격이 그토록 감사하고 소중하고 좋을 수가 없는 거야.

반말도요?

고개가 부러질 것처럼 미가가 머리를 끄덕였다.

초등학교 애들한테도 말 못 냈었어.

진짜?

진짜.

*

다시 살게 된 뒤로 '길편지'를 읽게 되었다는 말을 미가는 요에게 하지 않았다. '길 잃은 편지'를 포구의 우편취급국에서는 '잃은'을 빼고 길편지라고 불렀다. 군수가 붙인 이름이라는 걸 나는 알고 있었다.

일본의 어느 작가가 그랬었다면서 군수도 『백경』에 감탄하여 해양고등학교를 졸업하고 오대양을 누비고 싶어 했었다. 그런데 그 일본인이 선원이 아닌 작가가 되었던 것처럼 군수도 배를 타지 못하고 포구의 수협에서 일하다가 나이 들어 군수가 되었다.

군수로서 처음 한 일이 길편지 아이디어를 실제 제도로 실현시킨 것이었다. 배달하기도 반송하기도 불가능한 우편물을, 폐기하지 말고 군 관할구역 우편집중국에서만큼이라도 최대한 애를 써서 주인을 찾아보자는 취지였다.

길편지는 『백경』 작가의 또 다른 작품에서 얻어 낸 아이디어라고 했다. 그러니까 군수는 오대양을 누비고 싶었다기보다는 어쩌면 그 작가의 영원한 팬이고 싶었던 건지도 몰랐다. 군수는 브리태니커 백과사전 스물일곱 권은 물론 그것에 딸린 연감 한 권마저도 싹싹 다 읽어 버리는 식의 책벌레였다. 하여튼 길편지의 발신인이나 수신인을 찾기 위해서, 또는 그 편지로 인한 위험과 불행을 막기 위해서 누군가는 그것을 꼼꼼히 읽어야 했다. 미가가 그 일을 자청했다.

미가는 받는 이의 이름도 주소도 알 수 없는 편지를 보내 봤던 사람이었다. 수신인이 대만 여성이라는 사실만 알았을 뿐 자신의 편지가 제대로 배달되었는지도 알 수 없었다. 절실한 마음으로 미가는 길편지들을 읽을 수밖에 없었다. 내가 봐도 그녀보다 더한 적임자는 없어 보였다.

이 년 전 봄, 포구에 젊은 여자의 시신이 떠올랐다. 요가 우편취급국으로 가다 멈추곤 하는 자리에서였다. 매운 아귀찜집 2층 투숙객이었다. 무연고 사망자 처리가 끝난 며칠 뒤 그녀가 쓴 것으로 보이는 배달 불능 편지가 우편집중국에서 발견되었다. 신임 군수가 임의로 뜯었다. 기다림마저 덧없다는 짧은 내용. 누군가 좀 더 일찍 읽었더라면 어떻게든 발신자를 추적해 살릴 수 있었을 거라며 군수는 길편지 제도의 입안을 서둘렀다.

이 봄, 미가는 일곱 통의 길편지를 읽었다. 일곱 통 모두 한사람, 요의 것이었다. 봉투에 어떤 주소도 이름도 없었다.

길편지로 분류되어 개봉된 뒤에야 요가 쓴 것임을 알았다. 투숙객이 쓴 편지를 그 숙소의 주인이 몰래 읽는다는 건 기이한 일이었으나 발신인도 수신인도 없는 편지를 쓰는 것부터가 예사로운 게 아니었다.

골수를 받아 혈액형과 성격이 바뀌었다는 것, 이름도 얼굴도 주소도 모르는 대만 여성에게 답장 없는 편지를 보냈다는 것. 거기까지는 말할 수 있었으나 길편지라는 게 있어, 라고 미가는 요에게 말할 수 없었다. 초등학교 애들한테도 말 못 났었어. **진짜?** 진짜. 말할 수 있었던 건 거기까지였다.

*

고기가 낚시를 물면 키미노인은 키키키 거리면서 줄을 당기지. 물속 고기의 요동이 낚싯줄을 따라 고스란히 몸에 전해진다고 해. 그럴 땐 바다가 무지 섹시하다며 키미는 또 웃어. 엉큼하게. 알지 나도. 그 느낌. 징그럽던데 나는. 좀 소름이 끼쳐. 죽음을 직감한 생명 말이야. 공포 어린 몸부림. 언제 가? 노인은 나에게 불쑥 물어. 낚시를 던지며. 그러면 **네?** 하고 내가 되묻지. 집에 안 가? 돈 있어? **안 가요. 할 일이 남았어요.** 그냥 가. 이젠 뭐, 별 볼일도 없는 쪼끄만 포구인데. 키키. 키미노인은 아무것도 모르고 돌아가래. 노인은 종일 고기를 잡는 게 아니야. 대개는 낚시를 드리우고 정말 멍청하게 하루를 보내. 멍청할 땐 아주 끈질기게 멍청해. 낚싯대 끝을 보는 것도 아니고 낚싯줄을 보는 것도 아니야. 찌 같은 것은 있지도 않아. 낚시 던져둔 곳을 보지도 않아. 어딘가를 그냥 봐. 낚시 던진 자리보다 멀리. 멀리. 저만치를. 반짝이는 바다를 봐. 태평하게. 아무것도 모르면서 웬만하면 나보고 그냥 돌아가라고나 하면서. 남겨 두라면서. 이제 바다를 남겨 두라면서.

평상에는 자주 앉나?

키미노인이 물었다.

그런 편.

미가의 머리채가 방파제를 넘어온 바람에 와락 앞으로 쏠렸다가 가라앉았다.

낚시를 드리운 키미노인 옆에 이번에는 미가가 앉았다. 바람은 뺨을 때리듯 불어왔다가 사라졌다. 해수면은 눈부시고 봄 바다는 바람과 상관없이 대체로 잔잔했다.

게 앉아서 바다를 보냐고.

봐요.

요를 두고 하는 말이었다.

키미노인도 미가도 요가 바다를 봐야 한다고 생각했다. 그들의 의중을 내가 모를 리 없다.

광석도 삼성도 요가 반짝이는 바다를 봐야 한다고 생각

했다. 요가 어디서든 오래 바다를 바라볼 수 있도록, 집집마다 평상을 준비했다. 누가 시킨 것도 아닌데 약속이나 한 듯 포구 사람들은 하나둘 평상의 수를 늘렸다. 요는 눈치채지 못했지만 평상이 집집마다로 늘어난 것은 요가 포구에 온 뒤부터였다. 또 가네. 응, 또 가. 포구의 사람들은 요가 우편취급국에 가는 것을 바라보았다. 섰어. 그 자리야. 늘 서는 곳에 요가 서는 것을 그들은 바라보았다. 언제까지 예 있으려나. 안 돌아가려나. 가겠지. 요가 방파제를 오가거나 평상에 걸터앉는 것을 그들은 팽총을 쏘듯 지켜보았다.

바다를 바라보는 요를 이제는 미가가 뒤에서 바라보는 거네. 키키.

키미노인이 낚시를 던졌다.

그러네요. 바다를 바라보는 요를 제가 매일 바라보네요.

미가가 말했다.

옛날엔 바다를 바라보는 미가를 내가 뒤에서 바라봤었잖엉.

그랬었지요.

어딘가 감개무량이다.

어딘가 격세지감이네요.

미가도 그땐 키키, 곧 뛰어들 것 같았지.

아니에요.

피이.

죽으려고 온 건 아니었어요.

보면 딱 알앙.

그냥 한번 와보고 싶었을 뿐이에요, 정말.

정말?

정말.

그래. 그랬었다고 쳐.

포구는 미가가 남자와 마지막으로 다녀갔던 곳이었다. 마지막. 그럴 줄 몰랐으나 그리되었다. 포구를 다녀간 뒤로 미가는 그를 다시 볼 수 없었다. 미가가 아닌 이름으로 불리던 때였다. 젊었고 예뻤고 고통스러웠던 때. 그 없는 슬픔으로 숨 못 쉬고 스스로 자신의 미래를 꼭꼭 닫아 버렸던 때. 세상이 아무것도 아니었던 때. 하늘도 하찮아서 침 뱉고 싶었던 때.

그냥 한번 와보고 싶었어요. 그와 마지막을 보냈던 이곳에 다시 와보고 싶었다고 그때도 그녀는 나를 향해 말했더랬다. 그와 함께 바라보았던 달빛 바다를 다시 보고 싶었다고. 무얼 어쩌려던 것은 아니었다고. 살든 죽든 봐야만 할 것 같아서였다고. 달빛 어린 물결을.

사는 것도 죽는 것도 그때 그녀에게는 저 먼 바깥의 일이었다. 그녀는 어떤 말도 입 밖에 내지 않았으나 나는 그녀의 말을 들었다. 굽어보는 나를 그녀는 더러 분개한 듯 응시했다. 반짝이는 바다에게 어떤 답을 구하려던 것도 아닌 듯했다. 다만 그녀가 바라볼 수 있게 은결이 그곳에 있어 준다는 사실. 그것 하나만으로도 포구에 올 이유는 충분했다고 그녀는 몇 날 며칠 혼자 중얼거렸다. 바다를 바라보는 그녀의 뒤에서 키미노인이 그윽이 그녀를 지켜보았다. 평생 바다를 바라봐 온 눈길로.

그녀는 결국 돌아가지 않고 포구에 미가라는 이름으로 남았다. 그녀가 갖고 온 것이라고는 지갑과 손수건과 샘플용 스킨로션이 든 작은 크로스 백 하나가 전부였다. 그녀는 방을 빌려주고 음식을 팔며 한가할 때는 광석, 삼성과 술을 마시거나 싸웠다. 광석이 그녀를 점점 좋아하게 되었지만 그들은 아무려나 술을 마시거나 싸웠다. 십오 년이 흘렀다. 숙소의 오래된 간판이 어디론가 사라지며 미가가 그녀의 이름으로 굳었다. 병에 걸렸고 대만 여성의 골수 기증으로 살아났다. 나는 누군가의 인생에 간여하지 않지만 인생의 벅찬 문제를 안은 사람은, 무슨 이치인지 모르게, 기어코 나를 대면하게 되어 스스로 생각하기에도 큰 결심을 해버렸다. 미가가 그랬다. 그녀는 포구에 남기로 했다. 키미도 다르지 않아 종일 낚시만 던지겠노라 결심하게 되었고 삼성은 여름이고 겨울이고 하염없이 매운 아귀찜을 쪄내게 되었으며 폐선을 그리던 광석은 붓을 버리고 포구에 없어서는 안 될 선박수리공이 되었다. 모두 오랫동안 나를 대면해 온 탓일까.

내가 은결이냐면, 그런 건 아니다. 나는 세상에 반짝이는 모든 것들을 반짝이게 하는 것일 뿐이다. 모든 보이는 것들을 보이게 하는 것. 나는 다만 그런 빛일 따름이다. 모든 빛나는 것들을 빛나게 하되 정작 누구에게도 무엇에게도 띄지 않는 것.

그런 빛을 일컬어 누구는 이氣[1]라 하고 누구는 존재의 빛이라고 했다. 그러나 일컫는 말은 일컫는 대상과도 뜻과도 하나일 수 없으니 나를 무어라 일컫든 제대로 일컫는 게 아니고 마는 시절이 되어 버렸다. 이름이 해당 만물을 잃고 만물이 해당 이름을 잃어 이제는 임의의 약속과 간주로만 겨우 만물의 이름을 대신하는 시절이 되었잖은가.

이름과 만물이 하나였던 시절의 이름. 그 이름은 지금처럼 종이 위에 적거나 입을 통해 전화로 옮길 수 있는 이름이 아니어서 이름이라고도 할 수 없었다. 그러한 거여서 지금의 어떤 말과 이름으로도 나는 일컬어질 수 없는 빛인 것이다.

나는 그랬다. 키미노인의 넋을 끌어다 바다에 빠뜨리거나 미가를 포구에 주저앉혀 홀로 나이 먹어 가게 한 것이 나인 것처럼 보이나, 실은 그들 스스로 결심하고 선택한 삶이었다. 다만 나와 대면케 된 이후로 그리되었으니 내 영향인 듯도 싶겠다. 하지만 나는 절박한 그들이 나를 대면코자 했을 때 투명한 대상으로서 그저 거기에 있어 주었을 뿐이다.

누가 나를 보고 이라고 하거나 존재의 빛이라 한들, 그것이 내 이름은 아니어서 이나 빛 따위로는 나를 설명할 수 없으니…… 나는 다만 봄 꽃잎에 떨어지는 붉은 기운과 하늘 및 바다를 가르는 푸른 서슬, 그리고 해수면에 부서지는 눈부심 따위를 가능케 할 뿐이다. 은결은 내가 아니라 내가 있다는 사실을 매개하는 물 위의 반짝임이다. 은결처럼 반짝이는 것을 통하지 않고는 나를 알지도 대면하지도 못하니, 그것이 곧 내가 아니라 하더라도 은결 없이는 나도 없는 것이다. 그러니 은결을 바라보다 붓을 버리고 선박수리공이 된 광석은 술 마시고 푸념할 때마다 공연한 은결을 원망한다. 그가 그리된 것은 나 때문인가. 나도 모르겠다. 하물며 광석이 알까. 보이는 것을 보며 느낀 감정, 감정에 따라 내리게 된 선택과 결심, 그 모든 것의 주인이 자기라고 광석은 확신할지 모르지만 모든 것을 다 볼 수 없는 눈을 가진 인간인 그가 시감각의 주인이 될 수는 없는 거였다. 은결을 원망하면서도 하염없이 은결을 보며, 은결을 오래 잘 볼 수 있도록 요에게 평상까지 만들어 주는 것만 봐도 광석은 아무래도 자기감정의 주인이 아닌 것이다. 나를 응시하면서 정작은 나를 보지 못하고, 그러면서도 그때 마음속을 스쳤던 어떤 전회의 순간을 평생 간직하는 미가도 자기 결심의 주인 같지는 않다. 주인이라고 각자 믿고 싶을 뿐. 다른 방도가 없으니까.

그때 뛰어들지 못하게 해서 날 원망행?

키미노인이 한껏 멋을 내어 낚시를 던졌다.

키미가 못 뛰어들게 했나 뭐?

미가가 말했다.

그럼 은파가 못 뛰어들게 했나?

뛰어들 생각 없었다니까요.

여기 있게 된 것 후회 안 하냐고?

그렇더라도 키미가 날 여기에 잡아 둔 건 아니잖아요.

그래도 저 반짝이는 것을 보게는 했지. 키키.

내가 본 거지요.

그럴까? 키미가 보게 한 거거나 그녀 스스로 본 걸까. 그들은 반짝이는 은결과 같다. 은결과 같아서 저 홀로 반짝인다고만 알 뿐 그들을 반짝이게 하는 나에 대해서는 모른다.

*

초등학교 3학년 때 그와 같은 반이었어.

전에도 그 뒤로도 같은 반이었던 적은 없었다고 미가가 말했다. 지금은 없는 그 남자에 대한 얘기였다.

그때, 초딩 때, 날 처음 보고 자기 방 책상 앞에다 크게 적어 놨었대.

크게······.

'나는 안소연과 결혼한다.'

미가가 소연?

응, 뭐…… 이제 그 이름은 저 바다에 던져 버렸지만.

요는 소연이 버려졌다는 오후의 바다를 바라보았다. 그
들이 앉은 평상의 삐뚤어진 그림자가 조금 더 길어졌다.

나중에 그의 어머니한테 확인했어. 그랬대. 초딩 때부터
책상 앞에다 그렇게 적어 놨대, 정말. 중고등학교 때는 하
나 더 추가했대. '대학에 들어가면서부터 안소연과 사귄다.'
나는 그가 그러는 거 꿈에도 몰랐고, 잊을 것도 없이 그를 잊
었고 대학생이 되었어. 어느 날 그가 나를 찾아와서 그 얘기를
해주었어. 벚꽃 날리던 봄의 교정에서. 나처럼 어서 대학생이
고 싶어서, 나랑 사귀고 싶어서, 부모의 반대를 무릅쓰고 안정
지원해서 재수를 피했다고. 응. 내 이름은 나도 모르는 사이
그의 책상 앞에 구 년간 붙어 있었던 거야.

만난 뒤에는 뗐겠죠?

'나는 안소연과 결혼한다'는 계속 붙어 있었대.

요는 무언가에 크게 패배한 사람처럼 고개를 끄덕였다.

그 봄날, 그가 나에게 와서 사귀자고 하는데 나는 별 생
각 없이 그러자고 했어. 생각이 없었던 건, 너무 감동했기 때
문. 감동이라는 것은 생각이라는 것보다 몇 배나 빨리 발동하
는 거잖아. 초등학교 3학년 때부터 내 이름 써놓고 되새겼다

는 거, 그거 때문에 감동한 것은 아니었고…….

미가가 말을 쉬었다. 좀 오래 쉬었다.

그것 때문이 아니었다고요?

그것 때문은 아니었고, 뭐라고 해야 할까. 다른 것 때문이었는데. 다른 것…… 지금 나 좀 생각하는 것 같아. 정말 다른 그것 때문이었을까, 하고.

미가가 다시 말을 멈추었다. 요도 손끝을 멈추었다.

섹시해서.

평상 곁을 지나던 키미노인이 멈추며 말했다. 그리고 물었다.

왜 비가 안 오는 줄 알앙?

미가도 요도 대답하지 않았다.

저 빌어먹을 전신주들 때문이래. 군수가 그래. 봄 가뭄이 너무 심해.

군수가요?

미가가 물었다.

저것들이 비를 끌어모았다가 전선에 실어 멀리 보내 버린대. 군수가 그래.

군수의 말이라며, 군수의 말이라면 대체로 믿는 편이라며 키미노인이 떠들었다. 전신주에 이어진 전선이 이곳에서 저곳으로 소식을 전하는 것이라며. 소식을 전할 수 있는 원리는 포도나무 수액처럼 전선 안에 어떤 즙액이 들어 있기 때문이라며. 같은 방식으로 전신주가 구름에서 비를 빨아들여 멀리 떨어져 있는, 더 가문 곳으로 가져가는 것이라며. 그런 걸어떻게 다 아는지 군수는 참 머리가 섹시하다며.

헤이, 미가! 요! 해버 구리브닝.

키미노인이 한 손으로 팔랑팔랑 허공을 저으며 멀어져 갔다.

군수가 요즘 이태리 소설에 푹 빠졌다더니.

미가가 중얼거렸다.

네?

요의 질문을 보지 않고 미가가 말했다.

사귀자는 말들…….

그리고 바다 쪽으로 고개를 돌렸다. 요도 바다를 바라보았다.

그 말들이 특별한 것도 아니었고 딱히 멋지다거나 그런 것도 아니었는데 깊이 사무치는 거야, 그 말들이. 그의 말들이. 나중에야 알았어. 문자를 주고받게 되면서.

바다를 바라보며 요는 고개를 끄덕였다.

'주말에 뭐 해?' 같은 사소한 문자를 말이야, 그처럼 짧은 문장도 조금씩 다른 문장으로 최소한 열 번을 써보고 보낸다는 걸 알았어. 연습하고 나열하고 비교하고. 그중 가장 적절하다 싶은 걸 골라 나한테 보내는 거였지. 음, 그에게 사소하다는 건 그런 거였어. 사실은 엄청난 내공이 들어 있었던 거지. 평이하고 짧은 말 안에. 쌓이고 쌓인 시간과 열의. 우연히 그의 휴대전화를 보고 그 놀라운 사실을 확인하게 되었어. 사귀자는 말에 어째서 별생각 없이 그러자고 해버렸는지, 한참이나 지난 뒤에 안 거야. 어찌할 수 없는 힘 같은 거. 그게 확전해졌던 거지. 늘 그런 식이었던 그가 질릴 법도 했지만……감동해 버리고 말았으니 뭐. 내 운명은 이미 그 이전에 결정돼 있었던 건지도 몰라. 준비돼 있었던 건지도.

기다리고 있었던 건지도…….

요가 자판을 눌렀다.

그런 그가 떠나다니. 사소한 일처럼 나를 잊다니. 나는 그 사람으로 인해 이미 떠날 수도 사소할 수도 없게 되었는데. 웬만하면, 객실, 이 봄 다 가기 전에 돌아가.

갑자기 나한테 왜…….

돌아가. 나의 사소함으로 말할게. 돌아가.

*

안 돌아가, 나는. 너를 보기 전엔. 이제 포구 한 곳 밖에 남지 않았어. 너는 마지막 포구에 있는 거잖아. 그런데 나는 어째서 당장 그곳으로 달려가지 못할까. 미가의 도다리쑥국 때문일지도 모른다는 생각마저 들더라. 도다리쑥국 때문이라니. 말도 안 되는 거지만 너에게 선뜻 달려가지 못하는 이유를 모르겠으니 도다리쑥국 탓이라도 해보는 수밖에. 나는 그녀의 도다리쑥국을 먹으면서 어딘가 변하고 있다는 느낌이 들어. 그게 뭔지는 모르지만. 어쨌든 무언가 슬슬 달라지고 있다는 느낌. 어제도 얘기했듯, 그래, 너처럼 떠난 사람의 사연이 여기에도 있더구나. 어느 날 말없이 떠나 영영 볼 수 없게 된 사람의 사연. 혼자 남은 사람은 낯선 포구의 숙소 여주인이 되었어. 도다리쑥국을 끓이는. 내게 지금 가장 두려운 것은 너에 관해 아무것도 모른다는 사실이야. 네가 떠난 이유를 모르고, 그래서 너의 고통을 모른다는 거야. 나로 인한 것이었을 텐데 내가 모르다니. 그동안 가장 끔찍했던 것은 그것이었어. 네가 떠난 뒤 나는 말하는 걸 잃어버렸어. 말이 너와 함께 도망쳐 버렸어. 하릴없이 몸 여기저기에 나를 징벌하는 상처만 내고 있어. 이제 너의 고통을 보여 줘. 늦었지만 그걸 찾아 백구십여 일을 달려왔어. 네가 떠남으로 해서 내가 얻은 아픔은 너의 것에 비하면 아무것도 아닐 거야. 너의 고통을 내가 영영 모른 채 만나지도 못하게 된다면 어떡하나. 내 두려움이 어떤 건지 알겠니? 네가 나와 함께 공부했던 보고타를 떠나 이곳 남도의 한 포구에 머문다는 소식이, 그 소식이 내게 당도하는 데 이 년 반이 걸렸어. 비록 지구 반대편이었긴 하나 이 년 반이나 걸리다니. 이곳 군수라면 저 빌어먹을 전신주가 네 소식을 엉뚱한 데로 실어 날랐기 때문이라고 말하겠지만 소식은 보고타까지 제대로 도착했어. 그런데 그것이 학교 기숙사 룸메이트 셀라도르의 서랍에서라면 모를까…… 십 년 전에 퇴임한 황금세기문학 교수의 기증 서가에서 이 년 반 만에 우연히 발견되었다는 것은 콜롬비아 설화에나 나올 법한 일이었지. A4 용지 반 장짜리 편지를 그렇게 한 번 보내 놓고 더는 보내지 않았던 너의 심정을 나는 지금도 깜깜 헤아리지 못해. 나는 네가 마지막 포구에 있을 거라 믿어. 하지만 난 또 왜 이럴까. 한 포구를 샅샅이 살피는 데 닷새면 가능하고, 아무리 큰 포구라도 일주일이면 충분한데 나는 어쩌자고 이곳 미가의 집에서 스무 날을 보내고 있는 걸까. 정말 도다리쑥국 때문일까. 도다리쑥국은 이곳에 온 지 사흘 만에 처음 먹은 음식이었어. 이런 음식 나는 좋아하지 않지. 나는 마른 것, 튀긴 것, 살짝 구운 것, 찍어 먹거나 발라 먹는 것을 좋아하잖아. 채소라면 데친 브로콜리와 볶은 토마토 같은 것 좋아하고. 그런데 도다리쑥국을 맛있게 아주 잘 먹었지. 맛있었으니까. 내일 모레라도 또 먹을 수 있겠냐고 하자 미가는 깊은 생각에 잠기는 듯했어. 그건 좀 힘들겠는데, 하는 답이 곧 나올 법한 표정이었어. 그런 건 딱 느껴지는 거니까. 응. 그런데 미가의 대답은 응, 이었지. 응. 그 짧은 대답을 하는데 미가는 어째서 그토록 깊은 생각에 잠겼던 걸까. 다음 날 이유를 알게 되었지. 미가는 도다리쑥국의 재료를 구하기 위해 1박 2일의 여정을 떠났거든. 이 포구에서도 도다리를 살 수 있었지만 어디 더 좋은 특산지의 도다리가 있는 모양이라고 생각했어. 맛있는 도다리쑥국을 위해 불원천리 찾아가는 모양이라고. 나를 위한 것도 있겠지만 미가의 조리 원칙이 원래 그럴 거라고 생각했어. 맛을 위해서는 어떤 수고도 아끼지 않는 것. 그녀가 집을 비운 사이 나는 예약도 않고 불쑥 찾아온 내 나이 또래의 여자 투숙객을 미가를 대신해 받아야 했어. 비어 있던 2층 안쪽 방을 새 투숙객에게 내어 주고 '주인은 도다리를 구하러 떠났고 내일이나 돌아올 예정입니다'라고 했어. 그러자 새 투숙객은 네, 하며 고개를 이상하리만큼 한참이나 끄덕였지. 미가는 다음 날 오후가 되어서야 돌아왔어. 돌아와서 처음 한 말이 "됐어. 구했어!"였어. 얼마나 대단한 도다리일까 싶어 그녀의 바구니를 슬쩍 보았는데 거기에 도다리는 없고 무만 있는 거야. 무. 도다리쑥국은 된장 반 스푼 넣고 무 썰어 넣고 도다리 넣고 쑥 넣어 끓이면 끝이야, 하고 그녀가 말했어. 국물 맛은 도다리보다는 무라고. 신문지에 싸고 포일로 또 싼 것을 1.5미터 땅속에 지푸라기를 깔고 겨우내 보관한 특별한 무여야 한다고. 하지만 아무리 보관

을 정성스레 잘해도 무 자체가 맛있는 무가 아니면 다 꽝이
라고. 가져온 무는 어떻게 먹어도 맛있는 무며, 그걸 위해 도
경계를 넘어 하동까지 갔다 왔다고. 그녀의 말을 다 믿을 수
는 없었지만 그날 도다리쑥국의 맛은 정말 굉장했어. 몸속
의 어떤 분노와 원망도 감쪽같이 사라질 것만 같은 맛이었
으니까. 미가는 감자도 썰어 튀기고 베이컨도 구해다 내 취
향에 맞춰 바삭하게 구워 주지. 미가는 칼을 감추고 나는 그
것을 찾아내 하릴없이 잇몸을 훼손해. 그런 날들이 이 봄의
포구를 지나고 있어. 설마 도다리쑥국 때문에 이곳에 눌러
있는 건 아니겠지. 그것 때문은 아니라 하더라도 그녀의 정
성은 무시할 수 없을 것 같아. 여기엔 어느덧 나와도 친해진
광석과 삼성, 그리고 키미노인이 있어. 앉으면 어느새 아스
라해지는 평상들이 있고. 방파제와 빨간 등대, 언제나 반짝
이는 은결이 있어. 나를 이곳에 주저앉게 하는 것들. 도다리
쑥국도 그중 하나겠지. 포구는 나를 주저앉게만 하는 게 아
니라, 돌아가라고 해. 바다를 남겨 두고, 바다에 남겨 두고
가라네. 무슨 뜻인지……. 너를 코앞에 두고 어떻게 돌아가.
그럴 수 없어. 그러지 않을 거야. 네가 보고 싶어 오래 슬픈
진요가.

*

미가는 자신의 방에서 요의 편지를 읽었다. 읽고 나서 또 한 통의 편지를 읽었다. 이미 읽은 편지였으나 또 읽었다. 그것은 요의 편지가 아니라 이름도 주소도 없는 사람이 보낸 영단어 섞인 한문 편지였다. 미가는 한문 편지에 동봉된 번역문을 읽었다.

저는 이제 더는 움직일 수 없습니다. 좁은 병상을 제 힘으로 벗어날 수 없습니다. 상태가 심해졌습니다만 편지는 쓸수 있습니다. 직장도 있고 움직일 수도 있었을 때 당신의 나라에 다녀올 수 있었던 것을 다행이라고 생각합니다. 당신에게 꼭 필요했던 것을 줄 수 있어 기뻤습니다. 내 생애 가장 큰 행복이었습니다.

미가는 편지에서 눈을 떼고 작은 창으로 쏟아져 들어오는 오후의 봄 빛을 바라보았다. 일어서서 그 빛 안으로 걸어 들어갔다. 반짝이는 바다가 멀리 있었고 가까운 1층 미닫이 문 밖에는 평상이 있었다.

새 투숙객이 평상의 한 귀퉁이에 앉아 있는 것을 미가는 내려다보았다. 안데르센의 인어공주 동상처럼 앉아 먼바다를 바라보는 투숙객의 뒷모습을, 요가 바라보고 있었다.

요를 객실이라 부르는 호칭과 구분하려고 미가는 새 투

숙객을 안쪽이라고 불렀다. 2층 안쪽 방. 안쪽이 앉은 모습을 보면 인어공주 같거든…… 미가는 전날 삼성에게 말했다. 코펜하겐항의 동상과 겹치는 것은 그 자태가 아름다워서가 아니라…… 아니라 뭐, 뭐? 삼성 곁에 있던 광석이 물었다. 동상이 당하는 수난 때문인 것 같아. 수난? 무슨 수난? 뭐, 뭐? 광석이 또 물었으나 미가는 대답하지 않았다.

지금 평상에 앉아 바다를 바라보는 새 투숙객을 요가 바라보고 있는 것. 그것은 바다를 바라보는 미가를 키미가 바라보던 것과 같았고, 바다를 바라보는 요를 미가가 바라보던 것과 같았다. 그 사실이 새삼스러운지 미가는 오랫동안 두 사람을 내려다보았다.

안쪽은 말 못하는 요보다 더 말이 없었다. 동작은 정지에 가까울 만큼 느렸으나 순간 이동하는 정령 같았다. 2층에서 1층으로, 식탁에서 평상으로, 프레임이 뭉텅뭉텅 생략된 동영상처럼 건너뛰었다. 말과 움직임과 식사량이 놀랄 만큼 적었다. 보이지 않는 손이 어느새 옮겨 놓은 인형처럼 안쪽은 이곳저곳에 문득문득 출몰했다. 표정이 일정하게 다소곳함에도 불구하고 그녀를 움직이게 하는 힘은 왠지 몹시 화난 마음 같았다. 내가 보기엔 일정하다기보다는 완강한 다소곳함이었다. 그런 안쪽이 동상처럼 정지한 채 오래 바다를 바라보았다. 요는 그런 그녀를 우두커니 지켜보았고.

책상으로 돌아온 미가가 읽다 만 편지를 읽었다.

다시 힘든 시간을 견디고 계시다니 멀리서나마 응원하고 싶었습니다. 제가 또다시 도와드릴 수 있는 병증이시라면 무엇이든 무릅쓰고 달려가겠습니다만, 안타깝게도 당신의 터미널terminal한 팽크리스pancreas, 췌장암 말기에 제가 해드릴 것은 없습니다. 이제 골수를 드릴 수는 없게 되었으나 힘든 시간을 보내고 계실 당신에게 드릴 말씀은 있습니다. 제가 누리는 행복과 확신이라 소중한 당신과 꼭 나누고 싶기 때문입니다. 있는 힘을 다해 누군가를 도우십시오. 얼마가 남았든 당신과 저의 삶이 빛나야 하지 않겠습니까. 외람되었다면 부디 용서를.

*

저는 요즘 편지 읽는 것이 일입니다.

미가가 답장을 썼다.

오도 가도 못 하는 편지가 제게로 옵니다. 일 년에 두세 통이 전부입니다만 요즘은 이틀에 한 통씩 읽고 있습니다. 모두 제 집에 머무는 청년의 편지입니다. 책벌레인 이곳 군수가 만든 데드 레터 오피스Dead Letter Office 제도인데 이곳에서는 길편지라고 합니다.

말 못하는 청년은 휴대전화를 움켜쥔 채, 떠난 사랑을 찾아 일백구십여 일을 달려왔습니다. 방파제에 나가지 않는 날이면 종일 객실에 엎드려 편지를 쓰고, 주소도 이름도 없는 봉투를 들고 우편취급국에 다녀옵니다. 저와 당신이 주고받는 편지의 겉봉과 다를 바 없습니다. 그러나 당신과 저는 이렇게 서로 기쁘게 읽고 거기에 답장을 쓰는 행운을 누립니다.

저는 그에게 도다리쑥국을 끓여 주지요. 그가 여기서 가장 좋아하는 음식이기 때문이기도 하지만 도다리쑥국은 사실 그의 사랑이 이 포구에 머무를 때 가장 즐겨 먹었던 음식입니다. 이상하지요. 그는 그의 사랑이 잘 먹었던 도다리쑥국을 좋아하게 되었는가 하면, 그녀가 분홍빛 원피스와 함께 물 위로 떠올랐던 장소에 매일 오랫동안 머뭅니다.

그녀가 좋아했던 도다리쑥국은 제가 끓였던 것은 아니었고요, 매운 아귀찜집 삼성이 끓였던 것입니다. 도다리쑥국이라면 이 포구에서 삼성을 따를 사람이 없습니다. 하동의 무농장도 삼성이 일러 준 것이었습니다.

끝내 주인을 찾을 수 없는 길편지는 우편집중국 서랍에 보관되었다가 이 년 뒤 소각됩니다. 세상에서 영영 사라지고 마는 것이지요. 길편지 중에는 물론 어렵사리 주인을 찾은 편지도 있었고 그로 인해 한 독거노인의 생명을 극적으로 구한 적도 있었습니다. 그러나 대개는 주인을 못 찾았고 우편집중국의 어두운 서랍 속에서 외로운 계절을 보내다가 태워졌습니다. 떨어진 봄 꽃잎처럼 갈 곳도 올 곳도 없이 빛 속을 표표하던 편지는 그렇게 사라지고 마는 것입니다.

이곳 포구에 흘러든 사람들 중에 끝내는 스스로를 태워 버리는 사람들이 종종 있습니다. 물론 저처럼 이곳에 주저앉거나 돌아가는 사람들이 더 많지만 이태 전의 그녀처럼 번민의 삶을 마감하는 일도 있지요.

그래서 포구 사람들은 어디든 끝까지 가지는 말라고 말합니다. 끝까지 가게 하지 않기 위해 삼성은 팽총을 쏘며 그들에게서 한시도 눈을 떼지 않고, 광석은 손재주를 부려 평상을 만듭니다. 키미는 늘 재미난 이야기를 쏟아 내며 반짝이는 바다를 바라보게 합니다. 저는 기껏 도다리쑥국이지요. 있는 힘을 다해 누군가를 도우라는 당신의 말씀에 저는 부끄럽기만 합니다. 제가 할 수 있는 일이란 고작 편지를 읽고 그들 곁에 있어 주는 것뿐입니다.

미가는 펜을 놓고 창가로 다가갔다. 봄비 소식은 오늘도 없었다. 포구는 매일 눈부셨다. 요는 흰 편지 봉투를 든 채 늘 서던 곳에 서 있었다. 가끔 제 뒷머리를 쓰다듬으며. 우두커니 바다를 바라보다가 고개를 갑자기 하늘로 젖히기도 하며. 미가는 그에게서 눈을 떼지 못했다.

안쪽 방 투숙객이 요를 지나쳐 등대 쪽으로 느리게 움직였다. 아지랑이에 먹힌 두 사람의 가냘픈 실루엣이 너울거렸다. 키미노인은 보이지 않았다.

*

그렇지. 다리를 조금 벌리고 똑바로 서서, 응, 그렇게. 그리고
요, 가슴을 조금만 펴봐. 숨을 깊이 들이마셔. 내 말은 말이 아
니지만 너에겐 말처럼 들릴지도 몰라. 나는 네가 지금 보고 있
는 그 빛이 아니지만 그 빛처럼 보일지도 몰라. 지금 무언가가
네 팔을 들어 네 뒷머리를 쓰다듬게 할 거다.

그렇지, 거기. 뒷머리. 그리고 은결을 봐. 눈을 떼지 말고.
그리고 요, 네 마음 가는대로 몸을 움직여 봐. 그것이 네 마음
가는대로 움직이는 것은 아니지만 네 마음 가는대로 움직이
는 것처럼 보일 거야. 나는 이름도 없고 소리도 없고 볼 수도
없어. 그러나 지금 네가 하늘을 향해 고개를 드는 것은 내가
있기 때문이다. 네가 아닌 나. 네가 전부인 것 같지만 그렇지
는 않아. 보이는 것이 전부인 것 같아도 그렇지가 않아. 그러
니 너는 네 전부도 아니고, 보이는 것이라 할지라도 네가 보는
것이 아니야. 자자, 몰라도 돼. 요. 하늘을 다시 봐. 잘했어. 너
는 돌아갈 거다. 돌아가거라.

미가의 음식 비법이 무언지 너는 알까. 네가 그토록 맛있
어 하는 그녀의 음식들. 남겨 두는 거야. 미가는 모든 재료를

다 쓰지 않아. 꼭 필요한 재료마저도 다 쓰지는 않는다고. 더구나 열의를 다하지도 않고 조금은 남겨 두지. 미가의 음식에 어려 있는 그런 절묘한 결핍과 부족이 아니었다면 너는 그녀의 음식을 좋아하지 않았을지도 몰라.

요. 팔을 들어 다시 한번 네 뒷머리를 네 손으로 쓰다듬어 보려무나. 마지막 포구는 남겨 둬라. 끝까지 가지 마라. 그 바다는 남겨 둬. 미가도 끝까지 가려 했던 사람이고 키미도 끝까지 가려 했던 사람이지만 그들은 그들의 바다를 남겨 두었더니라.

너의 그녀를 떠올리며 네 입으로 말해 봐도 좋다. 당신이 계실 자리를 위해 가보지 않은 곳을 남겨 두어야 할까 봅니다[2], 하고. 돌아가면서 너는 말하게 될 거다. 내가 가보지 않은 한쪽 바다는 늘 마음속에서 파도치고 있습니다, 하고.

네가 몰라서 그렇지, 네가 남기지 않고 끝까지 간다면, 예서 돌아가지 않는다면, 그것은 너의 그녀를 영영 살리지 못하는 거란다. 이 이치를 알길 바란다. 은결을 보거라. 남겨 두는 것이 결국엔 너의 그녀를 살리는 일이야.

*

방파제 끝에서 날카로운 소리가 들렸다. 소리가 나는 등대 쪽으로 요가 고개를 돌렸다. 격하게 돌아가는 회전체가 무언가에 쓸리며 반복적으로 내는 자극.

그것은 사람의 웃음소리였다. 발작하듯 토하듯 날카롭게 쏟아 내는 웃음소리여서 듣는 사람의 귀를 벨 것 같았다. 오로지 토해 내기만 할 뿐 숨을 들이쉬지 못하여 곧 호흡이 끊어질 것 같았다.

요는 천천히 걷던 걸음을 빨리했다. 2층 안쪽 방 새 투숙객이 등대 아래쪽 테트라포드에서 가늘고 긴 허리를 꺾으며 웃었다. 웃을 때마다 그녀의 흰색 로브 롱 카디건도 펄럭펄럭 꺾였다. 그녀의 기이한 웃음소리에 하늘이 얼음처럼 깨져 내릴 것 같았다. 점점 더 허리가 꺾였다. 숨을 들이켜지 못해 그녀의 꺾인 허리는 영영 복원될 것 같지 않았다. 크고 날카로운 웃음이 요의 귀든 갈매기의 날개든 난도질해 버릴 것 같았다.

헉헉거리며 요는 그녀에게 다가갔다. 그녀가 위태롭게 서 있는 테트라포드로 건너뛰었다. 그녀는 허리를 꺾은 채, 고개만 돌려, 요를 쳐다보았다. 요의 눈과 마주쳤다. 빨간 그녀의 두 눈에 걸쭉한 눈물이 물집처럼 들러붙어 있었다. 울음소리였던 것이다.

*

요가 늘 앉던 식탁에, 안쪽이 앉았다. 식탁 세 개 중 두 개는 비어 있었다. 안쪽은 고개를 들어 유리 미닫이 너머의 포구를 바라보았다. 줄어들긴 했으나 아직도 봄 꽃잎이 어디선가 불어왔다가 이내 어딘가로 날아갔다. 안쪽은 차려 놓은 음식을 거의 먹지 않았다.

그릇 씻는 소리가 들렸다. 미가는 그릇을 씻고 또 씻었다. 키미노인이 아침 봄볕을 밟으며 방파제 쪽으로 걸어갔다. 키미는 왜소해서 아장아장 걸었다. 방파제 끝에는 빨간 등대가 있었다. 바다가 반짝거렸다.

그릇 씻는 걸 멈추고 미가가 말했다.

은결이야.

사람의 이름을 말하듯 미가는 반짝이는 것을 칭했다. 안쪽은 그것을 오래 바라보았다. 해수면이 아니라 해수면에 반짝인다는 것.

그러게 객실, 식기 전에 먹으랬잖아.

미가는 안쪽을 객실이라 불렀다. 더는 안쪽이라고 구분해 부를 필요가 없었다.

요가 떠났다.

군내버스를 타고 포구를 떠났다. 그가 오던 날 그랬던 것처럼 그가 떠나던 날도 광석과 삼성은 팽총을 쐈다. 갈매기들이 땅에 떨어진 어팽을 먹으려고 길 위로 우르르 모여들었다. 요를 태운 버스가 부릉거리며 길 위를 달리자 어팽에 모여들었던 수십 마리의 갈매기들이 한꺼번에 하얗게 날아올랐다.
날아올랐었다.

　미가는 객실에게 데운 도다리 국물을 부어 주었다. 도
다리나 쑥보다 무를 훨씬 많이 넣은 게 미가의 도다리쑥국이
었다.

＊

어제저녁 미가는 요의 글을 읽었다. 나를 돌아가게 한 것은 은
결이야, 하고 그는 포구에서의 마지막 편지에 썼다.

　나처럼 2층 방에 투숙한 여자가 있다고 했었지. 기이한
웃음에 이끌려 방파제 끝의 그녀에게 갔었는데 아마도 그녀
는 울고 있었던 것 같아. 내가 했던 그 한 마디 말고는 그녀에
게 어떤 말도 해줄 수 없었어. 은결을 봐요. 내가 그렇게 말했
어. 미가도 키미도 아닌 내가. 광석도 삼성도 아닌 내가 말이
야. 은결을 봐요. 그녀에게 달려가 말하기 전, 나는 은결을 보
고 있었거든. 보고 있는 동안 내 안에 무언가가 들어왔어. 그
리고 돌아가기로 맘먹었던 거야, 나도 모르게. 너를 코앞에 두
고 돌아가다니. 스스로도 납득하지 못할 어처구니없는 결정
이, 무언가가 내 안에 무겁게 실리는 순간 내려졌어. 미안해.
너에게 설명할 수 없어. 나에게도 누구에게도. 하지만 그것은

분명하고 충분한 느낌이어서 너를 마지막 포구에 혼자 두고 떠나는 나를 스스로 받아들이게 한 거야. 체념적 자기 위안 같아 비겁하다는 생각이 들었어. 물론 한편으로는 매우 깊고도 슬픈 울음이 한순간 내 몸을 바람처럼 통과하고 있었지. 하지만 나에게 무겁게 실렸던 것의 정체를 알 수 없었던 것처럼 나를 통과하는 것이 슬픔인지도 몰랐어. 안쪽 방 투숙객의 통곡과 그녀의 붉은 눈에 어린 물집 같은 눈물을 맞닥뜨리고서야 나를 스쳐 갔던 것도 슬픔이었다는 것을 겨우 알게 되었지. 나를 돌아가게 하는 것은, 어쩌면, 너의 뜻은 아닐까. 모르겠어. 나는 은결을 보고 있었을 뿐이야. 내가 말할 수 있는 것은 그 은결이 나를 돌아가게 했다는 것뿐…….

*

요가 떠났으니 미가는 한동안 길편지를 읽지 않게 되겠지. 설마 2층 객실에 묵고 있는 여자의 이름까지도 길편지를 통해 알게 되지는 않을 테니까.

　요는 알 리 없었다. 자신을 돌아가게 한 것이 나라는 걸. 나는 이름도 소리도 없고 보이지도 않으니 그가 알 턱이 없다. 알 수 없어.

　그런데, 요. 네가 알지 못했던 것은 그것만이 아니야. 포구 사람들은 다 아는데 너만 알지 못했던 게 또 있어. 네가 이십여 일 머물렀던 이 포구가 실은 네가 가고자 했던 마지막 포구였다는 것. 그러니까, 요. 이제 너는 세상에 없는 너만의 바다 하나를 간직하게 된 거야. 네가 남겨 놓은 바다.

1   도덕경 제14장 시지불견명왈이 道德經第十四章 視之不見名曰夷

2   이성복, 「서해」, 『그 여름의 끝』, 문학과 지성사, 1990

[소리 성]

풍경 소리

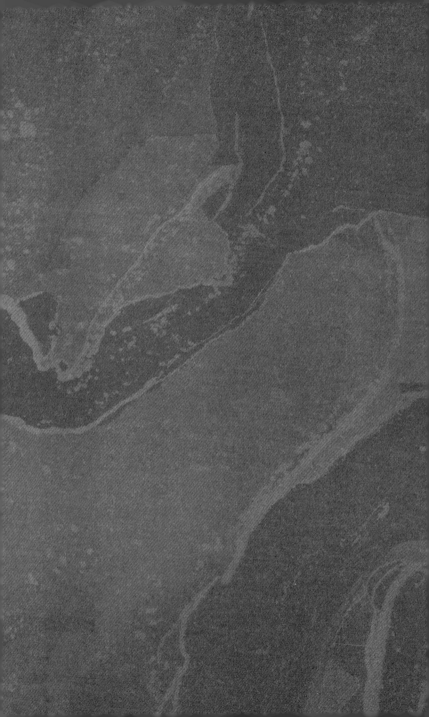

성불사 깊은 밤에 그윽한 풍경 소리.

라고 적으니 어딘지 머쓱.

성불사의 밤이 깊은 건 맞고, 풍경 소리 들리는 것도 사실이지만 그윽한지는 모르겠다. 그윽하다는 게 뭔지도 잘. 아, 갑자기 객수라는 말이 떠올랐다. 떠올라서 깜짝 놀랐다. 뭐지 이건? 갑자기 떠오르는 건? 한자는 모르겠다. 객수. 이런 말이 떠오르다니 참.

역시 달라진 건가. 슬슬 달라지는 건가. 생각지도 못한 말인데. 써먹은 적도 없는 말인 것 같은데. 객수. 성불사에 온 지 사흘이 지났다. 달라질 때도 된 건가. 뭔가 달라질 거라고 했다. 달라지고 싶으면 성불사에 가서 풍경 소리를 들으라고 서경이가 말했다…….

미와는 오늘도 노트에다 슥삭슥삭 적었다. 풍경 소리를, 들으라고, 서경이가, 말했다……. 그렇게 슥삭슥삭. 요를 깔고 엎드려 이불로 등을 덮은 뒤 촛대를 노트 가까이 끌어당기고.

형광등 켜고 써도 돼요. 얼마든지. 괜찮아.

낮에 주승이 말했다.

형광등요?

미와가 물었다.

방 천장에 달린 거. 형광등이잖아요, 그서.

아, 형광등.

형광등이 없다면 그만이지만 있을진대 켜지 않을 까닭이 없잖아요. 응. 절이라고 밤에는 불 다 끄고 자고 그러지는 않아요. 안 그래도 돼요.

아.

그러니 얼마든지.

네. 저, 그런데, 쓰는 데는…… 촛불이 좋아요. 네.

미와가 말했다. 형광등을 켜면 창살문에 바깥의 풍경 그림자가 비치지 않았다. 촛불을 켜면 창살문에 풍경 그림자가 어른거렸다. 이 말을 미와는 하지 않았다.

그런가?

주승이 고개를 끄덕였다.

네.

미와도 끄덕였다.

솔바람이 불었다. 미와의 긴 머리카락이 날렸고 주승의 흰 눈썹 끝이 흔들렸다.

요즘은 다들 노트북컴퓨터 쓰던데, 웅, 객실은 스프링…… 노트를 쓰네. 아, 수첩인가? 노트북컴퓨터가 없다면 모를까…… 있다면 써야지.

일반적인 노트보다는 작고 수첩보다는 큰 것을 미와는 갖고 있었다. 거기에다가 밤이고 낮이고 연필로 슥삭슥삭 조금씩 적었다. 주승은 미와를 객실이라고 불렀다.

노트북컴퓨터는…… 네, 갖고 오지 않았어요.

그렇군.

얇은 나폴리 피자 도우 같길래, 에, 이걸 샀어요. 사봤어요. 지질이 그렇잖나요?…… 아무래도 노트 쪽에 가깝지 않으려나 이거?

피자를 좋아하는구먼?

몹시 그렇긴 하지만 인도 바라나시의 차파티 재질 같았더라도 샀을걸요. 맛, 그런 거 때문에 샀을 리가 없잖아요. 노트든데. 감촉 때문에 샀어요.

감촉?

종이 두께, 감촉, 에, 그런 거요. 연필로 쓰면 슥삭슥삭 작은 톱질할 때 나는 소리가 나고요.

그런가? 작은 톱……….

주승이 또 고개를 끄덕였고,

에. 아주 작은 톱. 그런 게 있다면요.

미와도 또 끄덕였다.

노트북컴퓨터라면, 그래, 슥삭슥삭 그런 소리가 나지 않
겠지.

에. 안 나요.

주승은 요사채 툇마루에 미와와 나란히 앉아서 분황사
탑을 바라보았다. 뾰족한 턱을 들고 바라보았다. 분황사탑 꼭
대기는 푸르디푸른 하늘이었다.

수봉이 가사袈裟 없는 승복 차림으로 절 마당을 휘적휘적
가로지르다가 멈추었다. 주승과 미와를 바라보았다. 주승과
미와는 분황사탑 위 하늘만 바라보았다. 수봉은 건너던 절 마
당을 마저 건넜다. 휘적휘적.

하늘 가운데로 나 있는 흰 비행운 빗금을 올려다보다가
저것은 상처일지도 모르겠는 거야, 하고 미와는 노트에 적었
다. 슥삭슥삭 적었다. 저 하늘은 어쩐지 짜릿한 데가 있잖아,
하고.

쓰르라미가 울었다. 미와와 주승은 한동안 쓰르라미 소
리에 묻혀 있었다. 아까 갔던 방향과 이번에는 반대 방향으로,
그러나 언제나 같은 걸음걸이로 수봉이 절 마당을 가로질렀
다. 휘적휘적. 주승이 턱을 내리고 미와에게 물었다.

사람…… 죽여요?

네?

미와가 되물었다.

소설 같은 거 쓰는 거 아닌가요?

주승은 소띠였고 팔십 세였다. 목소리나 그런 것은 소심
한 여덟 살.

글……쎄요.

미와는 서른두셋쯤 보였다.

소설? 소설이 아니라고 할 자신이 없었다. 나는 소설
을 알지 못했으니까. 소설이라니. 읽는 건 싫어하지 않았지
만 쓸 줄 몰랐고, 쓸 엄두를 내지 않았고, 낼 필요가 없었고
(당연하지 않은가), 그래서 소설이려면 어찌해야 하는지 몰
랐다, 진짜. 그러니까 소설이 아니라고 말하려면, 그러려
면 어찌해야 하는지도 모르는 거지. 글쎄요, 하고 대답하길
참 잘했어. 응. 그런 생각을 하며,

하여튼 아, 안 죽여요, 사람. 네. 저는.

하고 말해 버렸다. 말하고 나서는 더 할 말이 없어서
하늘을 바라보았다.

그래도 소설이 돼요?

분황사탑 꼭대기로 길고 흰 비행운이 한 개 더 지나갔
다. 아앗! 또 하나 지나간다, 하고 손가락 끝으로 그것을

따라갔다. 하늘이 무언가에 의해 난자를 당한다는 느낌이
잠깐 들었지만 나는 그 느낌을 노트에 적지도 않고 아무 말
도 안 하고 가만히 있었다.

하늘을 이고 있는 분황사탑은 나뭇더미라던가? 두었
다가 땔나무로 쓰려고 죽은 나무를 베어다 쌓다 보니 영락
없는 분황사탑이 되어 버렸다던가? 규모도 꼭 경주의 그것
만 하다 하고. 역시 이런 얘기는 수봉스님이 잘했다. 성불
사에 엘피가스통이 들어오면서 땔나무 더미는, 쓸 일이 없
으니까, 탑 모양을 그대로 유지하게 되었다는 것. 엄청 큰
나무 분황사탑이 이제는 새집과 벌집이 되었다는 것. 그곳
에서 버섯이 잘 자란다는 것도 수봉스님의 얘기.

자기 말이 쓰르라미 소리에 묻혀 버린 줄 알고 주승이
다시 나한테 물었다.

그런 소설도 있어요?

성불사의 한낮 쓰르라미 소리는 아, 정말, 드릴로 두
개골을 지이이이잉 뚫는 것 같았다. 그런데 머리가 아프거
나 그러지는 않았다.

에?

죽이지 않는 소설.

모르겠지만, 에, 되지 않을까요. 죽이지 않아도 소
설이?

앞의 질문에 늦게 대답하고 있었다, 나는.

그런 소설도…… 있다고요?

최근에 읽은 소설을 후딱 떠올리고(그래 봤자 단편 세 개? 네 개?) 자신 있게 대답했다. 큰 소리로.

있어요! 그런 소설.

그리고 생각했다. 어떤 것을 소설이라 여기기에 주승은 저런 말을 하지? 또 생각했다. 주승이 읽은 소설은 뭘까? 어떤 거지? 그러다 아무 생각 않기로 했다. 아무 생각 않기로 하면 아무 생각도 안 났다. 주승도 아무 생각 없이 물은 건지도 모르잖아, 하는 식으로 받아들이면 쉽게 생각이 멈추었다. 정말 그랬다. 과연 달라지는 걸까, 나는. 생각이 멈추다니. 생각을 멈추다니. 사흘째 풍경 소리를 듣고 있으니까? 그러니까?

아닐지도 모르지. 객수라는 말도, 뭔가 달라지는 조짐 때문이 아니라 정말로 객수 때문에 객수라는 말이 떠올랐는지도. 그랬는지도. 나는 지금 서울의 내 방을 떠나 먼 성불사에 와 있으니까. 잘 구워진 밀전병 같은, 그런 종이 위를 달리는 연필 소리. 이런 게 언제나 고소하고 맛있고 정겹기는 해도, 응, 여기는 낯선 타지인 거다.

핸펀도 안 써요?

주승이 물었다.

핸……편이요?

노트북컴퓨터도 안 쓴다면서.

나는 웃음이 나오려는 것을 꾹 참았다. 참았는데도 크크, 어쩔 수 없이 조금은 흘러나왔다. 노승이 핸편이라고 하니까 갑자기 핸편이 뭔가 했잖아.

써……요.

쓰는 걸 보지 못했는데.

근데 안 쓰기로요. 여기 있는 동안은. 에.

없다면 모를까 있는데 아낄 거 뭐 있어요.

하여튼 여기 있는 동안만요.

그렇구나.

네.

그렇군.

주승이 자꾸 귀여워졌다. 귀여워해도 되나?

부재중전화가, 그럴 거야, 분황사탑처럼 쌓였을 거야. 그걸 알면서도 나는 전원을 켜지 않았지. 하늘은 높고 성불사는 편했으니까. 이런 곳에서 객수라니. 객수. 객수.

밤 풍경 소리가 들렸다. 밤이나 낮이나 풍경 소리를 듣는 게 나의 일. 낮에는 쓰르라미 소리에 섞인 풍경 소리. 밤에는 솔바람에 섞인 풍경 소리. 바람이 불지 않으면 풍경 소리는 생기지 않겠지. 풍경 소리는 풍경 소리일까 바람 소리일까. 가끔 생각했지만 오래 생각하지 않았다. 풍경 소리를 글자로 쓰려면 어떻게 적어야 할까. 생각해 보았으나 그것도 오래 생각하지 않았다.

　주승은 풍경을 퐁탁이라고 한다나. 풍경을 풍탁이라고도 하고 금탁이라고도 하고 첨마라고도 한다는 걸 나는 수봉스님께 들어 알았다. 경쇠라고도 하고 풍령이라고도 한다는 걸. 아, 한 가지 것에 이름이 많기도 하지. 그런데 주승은 풍경을 꼭 풍탁이라고만 하면서, 발음할 때는 퐁탁이라고 한댔다. 퐁탁. 그렇게 잘못 발음한다는 것이 수봉스님의 주장. 나는 잘 알 수 없었지만 그런 것도 같았고.

　풍탁이라니깐요.

　수봉스님이 말하면,

　누가 뭐래, 퐁탁.

　주승이 말했다.

　퐁탁이 아니라 풍탁.

　그래, 퐁탁.

　이런 식이었다, 둘은. 둘에게 풍탁퐁탁은 티격태격과 같은 말인 셈. 내가 보기엔 그럴 필요가 없을 것 같았는데 둘은 자주 사소한 실랑이를 벌였다. 서로의 어딘가를 긁으며.

　아이 참. 풍탁이라니까요. 땡강땡강.

그래, 퐁탁. 땡강땡강.

떵강떵강이 아니라 땡강땡강.

그러니까 인마 네가 아직 멀었다는 거다.

멀었는지는 몰라도 퐁탁 땡강땡강은 아니죠.

개 주제에 까불긴.

개라니요?

너는 개로군 개로구나 개야 개지 하고 말하잖아.

언제요? 개로군 개로구나 개야 개지 하고 말하죠.

봐, 그렇게 말하잖아.

그렇게 안 말한다니까요.

아이코, 나무 관세음보살. 나무아미타불. 나무 대세지
보살. 나무 보광월전묘음존왕불.

주승은 수봉스님을 걸핏하면 너, 인마, 하고 불렀다.
그것도 귀여워. 하지만 마흔 살 정도 아래라고 해도 승가의
법도는 그게 아니지 않나? 모르겠다. 수봉스님도 호락호락
하진 않았다.

수봉스님의 말을 듣다 보면 '먹을 만했던 게로군'을
'먹을 만했던 개로군'이라고 발음하는 것 같기도 했다. 집
안이 좋은 개야. 집안이 좋은 개지. 이렇게. 하지만 나는 확
신이 안 섰다. 수봉스님이 그렇지 않다고 우기고, 내가 확
신을 가질 일도 아니니.

하여튼 부처의 이름 중에 그토록 긴 이름이 있다는 것을 나는 처음 알았다. 보광월전묘음존왕불? 긴 이름인데 똑바로 다 들었다. 다 들렸다. 내 귀에는 주승의 발음에 별다른 문제가 없어 보였다.

풍탁. 바람이 치는 목탁이라는 뜻인가? 예쁜 이름이다. 풍령은 바람이 흔드는 방울? 나는 매일 그런 소리를 듣고 있는 것이었다. 열심히. 그러기 위해 온 거니까. 성불사에. 하지만 풍경 소리를 글자로는 어떻게 적어야 할지 여전히 몰랐다. 아무리 들어도 땡강땡강도 띵강띵강도 아님.

커피 같은 것도 되나요?

미와가 공양간에 들어서며 좌자에게 물었다.

되다마다요.

좌자는 곧장 가스레인지로 향했다. 새소리가 공양간의 작은 창구멍을 통해 흘러들어 왔다.

함 씨가 일어서서 밖으로 나가자 미와는 그가 앉았던 자작나무 식탁에 앉았다. 식탁은 그것 하나뿐이었으니까. 앉아서 미와는 새소리와 쓰르라미 소리와 바람 소리를 들었다. 풍경 소리를 들었다. 창구멍 밖으로 하늘을 보기 위해 고개를 낮게 숙였다. 하늘은 구름도 비행운도 없이 깨끗했다. 하늘 냄새라도 맡으려는 것처럼 미와는 콧구멍을 벌름거리며 흡흡

숨을 들이켰다.

공양간에서 나간 거구의 함 씨가 창구멍 밖을 스쳐 지나
갔다. 그의 몸이 창구멍을 가려 잠깐 어두워졌다. 놀란 미와
가 숙였던 고개를 번쩍 들었다. 함 씨가 지나가자 공양간이 다
시 밝아졌다.

좌자가 따뜻한 질그릇 잔을 미와에게 건네고 맞은편에
앉았다.

잘 마시겠습니다.

미와가 고개 숙여 인사했고 좌자가 마주 고개를 숙였다.

절에서 커피가 될까 싶었거든요.

미와는 커피를 한 모금 마셨다.

되다마다요. 성불사니까.

누구에게나 그렇듯 좌자는 두꺼운 안경알 속의 작은 눈
으로 상대를 뚫어지게 바라보며 말했다.

그리고 좌자니까. 맞죠?

미와가 말했다.

그렇습니다. 나는 성불사의 공양주 좌자입니다.

좌자가 환하게 웃자 하얗게 센 그녀의 귀밑머리가 환해
보였다. 미와는 좌자에게 잘 적응해 가는 것 같았다. 미와도
환하게 웃었다.

왜 좌자예요?

첫날 미와가 물었었다.

이곳에서는, 왜라고, 묻지, 않습니다.

좌자가 정색하고 뚝뚝 끊어서 말했다. 절 마당 팽나무 그늘 아래서였다.

성불사에서는 누구도 왜라고 묻지 않는 것은 사실이었다. 어쩌다 그렇게 되었는지 아무도 몰랐다. 하지만 성불사에 오는 사람들은 왜라는 말을 빼고도 모든 대화가 가능하다는 것을 금방 알아차렸다. 미와는 그것을 알아차리기 전이었으므로 좌자의 말이 이상하고 좀 무서웠을 것이다. 말끝에는 언제나 미소를 띠었지만 어쨌든 좌자의 말은 뚝, 뚝, 끊는 식이었으니까.

미와가 왜 미와냐고 물으면, 대답할 수 있겠어요?

좌자의 말은 발음이 정확하고 느리고 저음이어서 늘 뱀이 기어가는 것처럼 서늘했다. 팽나무 그늘도 서늘했다. 말끝에 짓는 미소만 따뜻했다.

아름다운 기와랬……어요. 미와. 에, 성불사 기와 같은.

기와가 왜 아름답냐고 물으면, 대답할 수 있겠어요?

미와는 더는 입을 열지 못하고 꾹 다물었다. 좌자의 질문이 우주를 묶는 끈보다 길어질지도 모른다는 걸 직감했던 걸까. 하여튼 그랬었다.

그런데 이제 왜라는 말을 쓰지 않는 것에 익숙해진 만큼 미와는 좌자와 가까워진 것 같았다.

맛있네요. 아, 맛있어. 정말.

질그릇 잔을 자작나무 식탁에 내려놓으며 미와가 눈을 반짝반짝거렸다. 좌자가 깍듯이 고개를 숙여 응대했다.

셰셰.

앗, 중국 사람이에요?

미와가 튀어 오르듯이 외쳤다.

그래서 좌자였던 거예요?

미와의 목소리가 공양간의 지붕을 뚫을 것 같았다.

좌자는 두꺼운 안경알 속의 작은 눈으로 미와를 뚫어지게 바라보았다.

아, 아, 또 제가 오버했군요. 미안해요, 좌자.

미와는 얼른 딴소리를 했다.

그런데 참 이상해요, 좌자.

무엇이 이상합니까?

좌자의 음성은 여전히 차분하고 서늘했다.

저 여기 온 지 사흘이 되었는데요.

그랬지요. 사흘.

미소만 따뜻했다.

어디서 왔냐고 묻는 사람이 하나도 없어요.

그랬던가요?

그랬어요. 주지스님, 수봉스님, 영차보살, 좌자 모두. 왔나 보다 가나 보다인가요?

그럴 리가…….

그럼 뭘까요? 궁금해하지 않는 건.

좌자는 천천히 고개를 낮추었다. 자작나무 식탁 아래까지 머리를 낮추었다. 계속 낮추었다.

뭐 하세요?

미와가 물었다.

미와가 아까 이렇게 하길래. 궁금해서.

해보니…… 어떤가요?

고개가 아픕니다.

하늘이 보이나요?

궁금해하는 것을 궁금해하는 것은 이토록 힘들군요.

좌자는 참 알 수 없는 사람.

이라고 생각하면서도, 알 수나 있는 것일까, 알아야 하는 걸까, 하는 생각도 들었다.

낮에 좌자가 끓여 준 커피도 커피가 아니었잖아. 무슨 풀뿌리를 달인 물인지는 몰라도 커피가 아닌 것만은 분명했다. 그런데 커피가 아니라고 좌자가 말하지 않아서 나도 커피가 아니군요, 하고 말하지 않았다. 커피가 아니면 안 되었던 것도 아니었으니까.

니는 그것이 무엇이든, 그래, 맛있으면 되었다는 투의 느긋한 마음이었을 것이다. 좌자와 함께일 때 나도 모르게 그런 상태에 이르곤 했으니까. 그녀가 일러 준 많은 새 이름과 꽃 이름도 실제 이름과는 어쩌면 커피와 풀뿌리만큼의 거리가 있을지도 몰랐다. 하지만 그런다고 느긋한 마음의 상태가 달라질 것 같지 않았다. 좌자가 이상하다는 생각도 전혀 안 들었고.

오늘 밤에도 별이 바람에 스치운다.

하고 적으니 역시 좀 머쓱. 그래도 슥삭슥삭, 구운 전병 위를 달리는 연필 소리는 좋기만 하다. 별을 스치운 바람이 객실 처마의 풍경을 흔드나? 객실에 엎드려 촛불을 끌어당기고, 풍경 소리를 듣거나 풍경 소리에 대해 쓰면서, 나는 창호지에 비치는 풍경의 그림자를 바라보았다. 달빛에 젖은 창호지는 푸르렀고 풍경의 검은 윤곽은 또렷했다. 별을 스치운 바람이 검은 풍경의 그림자 곁으로 다가와 벌나비처럼 맴돌았다. 풍경 소리는 풍경에서 나는 소리가 아니라 바람이 묻혀 온 별 소리일까……. 이렇게 적자니 왠지 오글거려.

달라지고 싶으면 성불사 풍경 소리를 들으랬지. 서경이 떠올랐다. 나는 풍경 소리에 점점 익숙해져 갔다. 고개를 낮추고 공양간 창구멍을 통해 보았던 한낮의 가을 하늘 그거, 내가 본 거나 좌자가 본 거나 그게 그거 아니었을까. 생각했다, 풍경 소리를 들으며. 이런저런 생각을 했다. 아무 생각이나 했다.

키가 작고 동글동글하고 허리에 알맞게 살이 오른 좌자. 의젓한 장독 같았다. 의젓하고 단단하고 오래된 장독. 걸을 때도 발바닥과 땅바닥과의 간극이 거의 없지. 안정되고 곰살스러워 보이는 사람, 좌자. 엄마와 같은 임진생 용띠. 좌자를 볼 때마다 엄마에 관한 뭔가를 문득 짐작해 낼 것 같았으나 금방 막막해졌다. 엄마라면 언제나 막막해지고 말지. 엄마는 좌자와 너무 다른 사람.

좌자는 곧장 곧장 무엇을 하는 사람이고. 커피 같은 것도 되나요? 하고 물었을 때도 되다마다요, 하고 곧장 대답했다. 그리고 곧장 가스레인지로 향했다. 그런 식. 말과 동작 사이에 틈이 없는 사람. 동작과 동작이 곧장 이어지는 사람. 그 사이에 있게 마련인 생각이나 사고나 번민 같은 게 날렵하게 제거된 사람. 머뭇거리는 법이 없었다.

엄마는……. 엄마는 말과 동작, 동작과 동작 사이의 틈이 비정상으로 비대해진 사람. 그래서 말과 동작, 동작과 동작이 곧장 이어지지 못하고, 한없이 멀고 멀어지기만 하다가, 끝내는 서로를 잃어버리고 말았지. 그런 사람이었던 엄마.

궁금한 거라면 또 있어요.

나는 좌자에게 말했다. 좌자는 그때까지도 자작나무 탁자 아래로 고개를 낮추고 있었고.

뭔가요?

왜라고 묻고 싶을 땐…… 그럼 어떻게 해야 하나요?

그렇군.

에?

그렇군.

왜라고 묻는 대신 그렇군, 이요?

그래요.

그렇군이라고 말한다고요?

그래요.

어떤 여자가 있었어요. 나는 이야기를 시작했다. 여자 나이 서른이 넘어 첫아이를 낳았는데 아이가 크도록 아이에겐 아버지가 없었어요. 없었대요, 하고 고쳐 말했다. 여자는 결혼도 하지 않았고 딸애한테는 아버지가 없다고만 했대요, 하고.

미혼모라고 하면 될 것을 나는 좌자에게 그런 식으로 말하고 있었다. 엄마라고 하면 될 것을.

스물네 살이 되어 나는 상경해서 나노블록 회사에 취직했고 엄마는 나를 낳아 키운 충청북도 영동에서 여전히 살았다. 혼자서 심심하지? 하고 물을 때마다 엄마는 무슨 소릴, 상철이가 있잖니, 하고 말했다.

고양이 이름이 왜 상철입니까?

좌자가 이렇게 묻기라도 바랐던 걸까. '왜?'를 사용하는 좌자를 보고 싶었던 걸까. 그랬을지도. 나는 상철이 고양이 이름이었다고 말하면서 좌자를 슬쩍 바라보았으니까. 좌자는 어느새 자세를 똑바로 하고 앉아 두꺼운 안경알 속 작은 눈으로 나를 바라보며 말했다.

그렇군. 고양이 이름이었군요.

패배감을 떨치며 나는 계속 이야기했다.

『뜨거운 양철 지붕 위의 고양이』라는 희곡에서 온 이름인데요, 여자는 양철을 생철이라고 했어요. 했대요. 굳이 그렇게 말하는 데는…… 네, 역시 이유가 없었어요. 생철. 몰라요, 까닭을. 생철이 상철이가 된 사정도. 그런 사람이었어요. 알 수 없는 게 한두 가지가 아닌 여자였대요.

상철은 진짜 뜨거운 양철 지붕에서 굴러떨어진 고양이 새끼였다. 내가 집을 떠나던 해 여름의 일. 엄마는 이십사 년 동안 방 안에서 레고만 쌓던 내가 자신의 품을 떠나버리자 상철을 움켜쥔 거였다. 노란 고양이. 상철이라는 이름을 처음 들었을 때 상철이 아버지의 이름은 아니었을까 생각하다 생각을 박박 지웠다. 몇 번을 다시 태어난대도 엄마는 그런 통속이라면 여전히 치를 떨 사람이었으니까. 그런 사람이 미혼모가 되었다니 아, 정말 알 수 없는 일. 그러나 알 수 없는 일은 엄마의 마지막에서도 일어나고야 말았다. 인생의 대미마저 엄마는 알 수 없는 일로 장식해 버리고 말았으니까.

알 수 없는 여자의 이야기를, 나는 알 수 없는 좌자 앞에다 늘어놓았다.

그렇군요.

좌자가 고개를 끄덕이고서 말했다.

육십이 넘어 연하의 미국인 남자와 결혼을 했군요.

그리고 한국을 떠나 버렸죠.

미국으로?

남자의 어머니 집이 미국에 있었대요.

한국에 남은 딸은 좀 외로웠겠네.

엉망이었대요. 완전.

음. 미국인 남자의 어머니가 여자와 나이 차이가 얼마 나지도 않고 뭐 그런저런 것들 때문이었겠지요. 게다가 남자가 엄청 마마보이였다면서요. 딸로서는 엄마가 걱정도 되고 해서 기분이 좋을 리 없었겠네요.

아뇨. 남자가 여자를 만난 것은 남자의 어머니가 세상을 떠난 지 이 년이나 지난 뒤였대요.

아, 이 년.

딸의 멘털이 엉망이 되었던 건 상철이 때문이었대요.

그렇군요. 상철이.

좌자는 끝내 왜, 라고 묻지 않았다.

남자가 사랑한 것은 상철이었다니 말 다 했죠.

그렇군요.

상철이를 갖기 위해 여자와 결혼한 거래요.

…….

그런데 여자는 그걸 알고도 남자와 결혼했대요.

…….

두 사람이 한 고양이를 너무 좋아해서, 고양이와 떨어질 수 없어서 결혼의 방식으로 고양이를 공유한 것이라나요.

…….

좌자는 말이 없었다. 나도 말을 멈추고, 숨을 깊이 들이키며, 좌자를 바라보았다.

뭘…… 좀 먹을까요, 우리?

좌자가 서늘하게 말했다. 갑자기 배가 고파진 것을 그녀는 어떻게 알았을까.

될까요?

되다마다요.

성불사니까?

공양주니까.

좌자는 웃고 곧장 일어나 조리대로 걸어갔다.

엄마는 지난달 와이오밍주 텐 슬리프 메모리얼 파크
에 묻혔다. 죽어 가면서도 엄마는 나에게 사정을 알리지 않
았다. 그래서 나는 아무것도 몰랐다. 미국인 남자는 엄마
가 죽었다는 사실을 전화로 알리며, 알리지 말아 달라는 엄
마의 부탁을 받았으나 이렇게 고인과의 약속을 어기고 있
노라 말했다. 결혼 전부터 엄마는 치료를 거부한 채 혼자
병을 앓고 있었다며. 작지만 물빛 맑은 호수가 내려다보이
는 언덕에 누웠노라며 남자는 우는지 한동안 말을 잇지 못
했다.

나는 어찌해야 할지 몰랐다. 어찌해야 할지. 서른 넘
은 나이에 아비 없는 아이를 몰래 낳아 이십사 년을 장물인
듯 숨겨 키우고, 그 딸이 품을 떠난 뒤에는 아비시니안 고
양이 상철을 혼자 보듬다가, 상철을 좋아하게 된 웬 연하의
미국 남자를 만나서, 상철을 위해서라며 그와 결혼을 감행
하고, 미국엘 가고, 이제는 죽어 호수가 내려다보이는 타국
의 언덕에 묻힌 여자를, 나는 어찌해야 할지 몰랐다. 몰라
서 나는 미국인 남자에게도 무슨 말을 해야 할지 몰랐다.

상철이는요?

내가 한 말은 고작 그것.

고양이는요?

다시 물었다. 미국인 남자가 목멘 소리로 말했다.

밥을 안 먹어요.

네?

밥을 안 먹는다고요.

그제야 미국인 남자가 한 말이 모두 한국어였다는 걸 나는 처음 깨달았다. 그 사람 역시 나로서는 어쩌할 수 없는 남자라는 것도. 그리고 고양이 울음소리를 들었다. 수화기를 통해 들려오는 고양이 울음소리. 상철은 미국인 남자의 어깨에 올라앉은 것 같았다. 나를 향해 하는 말인 것처럼 고양이는 길게 울고 또 울었다. 자꾸 울었다. 상철이 울음소리. 그 소리였다. 그 소리에 나는 그만 모든 게 엉망이 되고 말았다. 나를 한순간에 엉망으로 만들어 버린 게 상철이 소리인 것은 분명했다. 그러나 어째서 그리되었는지는 알 수 없었다. 알 수 없었다.

자나 깨나 고양이 울음소리의 환청에 시달렸다. 먼 미국의 로키산맥 끝자락에서 울려오는 상철의 울음소리에 사로잡혔다. 나를 쥐고 흔드는 소리의 정체를 알지 못한 채.

과연 어디에서 오는 것이며 그것은 무엇일까. 나는 아무 일도 못 할 것 같았다. 아무 일도 못 했다. '단두대의 이

슬 마리 앙투아네트'라는, 오만사천여 개가 소요되는 전시
용 나노블록 모형을 삼 일 만에 당겨 완성해 버렸고, 남은
일정과 연차를 합쳐 휴가를 얻었고, 내 방에 틀어박혔다.
그리고 이 모두가 예정된 일인 것만 같아 소스라치게 놀
랐다.

　뭔가 달라지고 싶을 땐 성불사에 가서 풍경 소리를
들어……

　두 달 전 서경이 했던 말이 떠올랐던 것.

　무엇이 어떻게 달라진다는 건지. 성불사에 가서 풍경
소리를 듣고 싶긴 했으나 그때는 달라지고 싶다는 생각 따
위 없었다. 툭하면 상철과 엄마와 미국인 남자가 함께 찍은
사진이 휴대전화로 날아오던 때였다. 그래도 성불사에는
한번 가보고 싶었고, 그래서 나에게도 뭔가 달라지고 싶은
게 생겼으면 좋겠다는 생각까지 했었다.

　그러다 상철의 소리에 사로잡혔던 것. 사로잡히고 나
서 짐작하게 되었다. 서경의 말에는 처음부터 성불사보다는
풍경 소리에 방점이 찍혀 있었던 것이라고. 풍경 소리. 상철
의 소리. 그리고 이 모두가 예정된 일일지도 모른다는 것.

　무엇이 어떻게 달라지더냐? 서경에게 묻지 않았다. 묻
지 않고 조용히 이곳으로 왔다. 성불사에 다녀오고 나서 칠
킬로나 빠졌지 뭐니. 이런 말이 서경의 입에서 튀어나오지

말란 법이 없었다. 실제로 서경은 최근 부쩍 날씬해졌고 남자 친구와의 사이도 많이 좋아진 것처럼 보였다. 남자 친구와 사이가 좋아지면서 나와 그와의 관계에 보이던 그녀의 지나친 관심도 사라졌다. 나는 누구에게도 그에 관해 더는 말하고 싶지 않았다. 듣고 싶지도 않았다. 그를 생각하면 분황사탑만큼 쌓여 있을 부재중전화와 문자메시지가 떠올라 마음이 지저분해졌다.

풍경 소리가 상철의 환청을 어떻게 해주지 않을까. 그와의 문제를 어떻게 해주지 않을까. 내심 나는 그런 걸 기대했을 것이나 그것만으로는 성불사에 올 수 없었다. 아니면 말고. 그냥 조용히 휴가나 보내고 와도 되니까. 그래도 되잖아? 하며 퇴로를 애써 마음속에 장만하고서야 짐을 쌌다. 어쩐지 겁이 났으니까.

짐에서 노트북컴퓨터는 뺐다. 대신 지질의 감촉만으로도 고소한, 가볍고 작은 노트를 한 권 샀다. 연필 세 자루와 함께. 오는 날부터 휴대전화의 전원을 끄고 나는 이것저것 적기 시작했다. 슥삭슥삭. 오늘도 적다 보니 주승의 말이 떠올랐다. 사람 죽여요? 죽이지 않고도 소설이 돼요? 내가 죽인 것은 아니지만, 그리고 내가 쓰는 것이 소설도 아니지만, 오늘 나는 글에다 엄마의 죽음을 넣었던 것이다. 죽음. 누군가의 죽음 없이는 정말, 글이라는 건 되지 않는 걸까. 이런 바보 같은 생각을 하다가, 내가 이곳에 온 것은 엄마의 죽음과도 관련이 있겠지, 하고 중얼거렸다. 주승의 엉뚱한 질문에 담겼던 뜻이 이것이었을까? 하고.

하여튼 상철의 소리가 아닌 소리를 들어 보려고, 그 소리 아닌 소리에 집중해 보려고, 나는 잘 구워진 차파티 지질의 노트를 샀다. 그랬을 거야. 노트를 산 것은 정말 잘한 일이었다. 이 노트 무지 맘에 들어. 아무거나 적으면서 스삭스삭 연필 지나는 소리에 귀를 기울이는 것도. 쓰면서 풍경과 바람과 새소리를 듣고 주승의 목탁 소리와 수봉스님의 염불 소리를 떠올리는 것도. 공양간의 도마질 소리를 적는 것도. 맘에 들어.

도마질 소리가 멈추었다. 좌자가 오지그릇에 담긴 음식을 자작나무 탁자로 내왔다. 도마질 소리가 사라지자 쓰르라미 소리가 좁은 창구멍으로 반죽처럼 밀려들어 왔다. 솔바람 소리도 섞여 들어왔다. 창밖엔 오후의 가을볕이 넘실거렸다.

먹어 봐요.

좌자가 미와에게 권했다.

배고픈 걸…… 어떻게 딱 아셨어요?

어떤 얘기를 할 땐 배가 고파지잖아요.

배가 고파지는 얘기?

그런 게 있어요. 잘은 모르지만 왠지 배가 막 고파지는 얘기가.

음! 으으음. 으음!

미와가 갑자기 신음 소리를 냈다. 입을 벌리지 못하고. 입 속에 음식이 있었으므로.

좌자가 흐뭇하게 미소 지었다.

저마, 저마 마이어. 저마. 와아. 머디? 어더게 마드으거에요 이거?

소리가 겨우 빠져나올 만큼만 미와는 입술을 벌렸다.

어떻게 만드는 거냐고요?

에.

보다시피 특별한 건 없어요. 이건 두릅나물무침이잖아요. 두릅을 가시에 찔리지 않게 잘 다듬어서, 슴슴한 소금물에 데쳐서…….

좌자가 서늘한 목소리로 설명했다.

에.

미와가 끄덕였다.

데칠 때는 밑동부터. 봐요, 그쪽이 굵으니까. 데쳐지는 동안 찬물을 준비해 뒀다가…….

여전히 느리게 말했다.

에.

여전히 끄덕거렸다.

데쳐지면 곧바로 찬물로직행열기를빼고꼭짜고된장으로버무리면끝. 성불사 가을두릅나물무침이에요.

좌자의 말이 갑자기 크고 빨라졌다가 허망한 듯 끝났다.

끝이에요?

끝이에요.

다예요, 그게?

다예요.

이건요?

표고버섯무침이잖아요. 말려 놓았던 거니까 먼지를 싹싹 털고 미지근한 물에 삼십 분쯤 불려요.

에.

불린 물은 찌개나 육수로 사용할 거니까 버리지 말고 보관하고요.

에.

불은 표고를 얇게 썰어서 들기름에살짝볶다가된장에무치면끝.

역시 그게 다?

다예요.

된장 맛인 거네요, 다.

그래요, 된장 맛. 그리고 성불산에서 함 씨가 따온 재료 맛.

아까 그분?

네, 그분.

양념이라곤 된장밖에 없나요?

된장밖에 없어요.

매일 먹었던 음식들이 다 된장 양념?

네.

설마.

정말.

그런데도 다 다른 맛이고 그토록 맛있었을까.

맛있나요?

네. 매일 매일. 염치없이 끼니때만 기다리는 걸요.

고마워라.

얼마나 맛있는지 몰라요. 다른 비법이 있을 거야. 맞죠?

미와는 두릅나물을 입에 넣고 밤과 잣이 든 흑미밥을 입
에 넣고 다시 표고버섯을 입에 넣었다. 잔뜩 넣었다.

비법은, 없습니다.

되자뿌이아고오?

된장뿐입니다.

오오지?

오로지.

기가, 기가 마혀서.

많이 드세요.

끼이대도 아이데 이거…….

끼니때도 아닌데 폐가 될까 봐요?

에.

미와는 세차게 끄덕거렸다. 음식을 한입 가득 문 채. 세차게. 끄덕끄덕.

가을 두릅 표고 이런 거, 없다면 모를까 있으니 먹어야죠. 많이 드세요.

컥.

그때 그만 사레가 들렸다.

기도가 막혔는지 미와의 얼굴이 붉게 팽창하기 시작했다. 참지 못하고 공양간 밖으로 뛰쳐나갔다. 금방이라도 재채기와 함께 음식물이 튀어나올 것 같았으나 눈물만 펑펑 나왔다. 입 안의 것은 어느새 꿀꺽 넘어갔으나 기도는 쉽게 트이지 않는 것 같았다.

팽나무 아래 쪼그리고 앉아 미와는 눈물을 철철 흘렸다. 저도 멋쩍은지 실실 웃으며. 좌자가 다가와 미와의 등을 천천히 쓸었다. 미와의 다급한 발자국 소리에 놀란 쓰르라미들이 일시에 울음을 그쳤다. 그러자 팽나무 이파리들이 쏴아, 바다 소리를 냈다.

땅 위에 드러난 팽나무의 거대한 뿌리 위로 미와의 눈물
과 콧물이 떨어져 내렸다. 미와의 등에서는 좌자의 손이 여전
히 부드럽게 원을 그렸다.

　　아, 정말로 기가 막혔었나 봐요, 좌자.

　　이제 좀 트여요?

　　된장뿐이라는 말에, 맛에, 그만. 후우 후우.

　　믿기지 않나요?

　　정말 믿기지 않아요.

　　하지만 사실인걸요.

　　그리고 저, 그것도 성불사 투인가요?

　　성불사 투……요?

　　없다면 그뿐이지만 있을진대…… 이런 식으로 하는 말.

　　주지스님 말투인데 하하, 저도 모르게 그만.

　　아, 주지스님.

　　그것 때문에 사례가……?

　　아뇨. 사례는 된장 때문.

　　된장.

　　네, 놀라워서. 된장이. 좌자가.

땅 위로 드러난 거대한 팽나무 뿌리. 성불사에서는 그것을
타조의 발이라고 불렀다. 그러고 보니 정말 그랬다. 좌자와

나는 그, 타조의 발가락 하나씩을 차지하고 앉았다. 좌자는 큰 발가락 나는 작은 발가락.

좌자가 의젓하고 단단하고 오래된 장독 같다는 느낌. 그것은 우연한 것이 아니었다. 그녀는 된장 요리사, 된장 마술사였던 셈. 그래서 사레가 들렸던 모양이다. 그녀에게 장독 같다는 말은 차마 안 했지만 사레가 된장 때문이었던 것만은 사실.

딱히 할 일이 없는 오후였으므로 좌자와 나는 하늘을 바라보며 쓰르라미 소리를 들었다. 풍경 소리를 들었다. 그것이 할 일이었다. 오후여서 좀 더웠다. 팽나무 이파리들이 끝없이 바닷바람 소리를 냈다.

팔랑거리는 작은 잎들을 하염없이 쳐다보자니 아련하고 간지럽고 재채기가 날 것 같고 졸렸다. 사레들렸던 게 떠오를 때마다 졸다가도 혼자 멋쩍어 웃었다. 좌자는 내가 왜 웃는지도 모르고 따라 웃었고.

분황사탑을 쌓은 것이 함 씨라는 것을 알았다. 한때 성불사의 땔감을 혼자 감당했었다고.

무언가를 쌓는 데는, 네에에, 도사거든요, 그이가.

혼자 감당했으나 땔감은 언제나 충분했고 넘쳐서 탑을 쌓기 시작한 거랬다.

또 뭘 잘 쌓나요?

돌담. 최고지요. 옹벽도 잘 쌓지만 집을 에두르는 돌담 있잖아요. 정말 튼튼하고 예뻐요. 절 아래 안마을 돌담들도 그이가 다 쌓은 거예요. 저것 봐요. 죽은 나무들로 쌓긴 했지만 저 엄청난 것도 정말 분황사탑 같잖아요?

분황사탑을…… 아세요?

몰라요.

아.

하지만 정확할 거예요. 보나 마나.

네에.

요즘은 죄 석유고 가스고 시멘트고 그러니 그이도 할 일이 많이 없어졌어요. 아직도 여전히 농사짓고 나물 뜯고 약초 캐서 성불사 식구를 다 먹여 살리긴 하지만.

절 식구는…… 아닌가 보죠?

농사짓는 사람이에요. 절 아래쪽에서.

그런데 왜 그런 걸 혼자서 감당할까요? 하고 묻고 싶었지만,

그렇군요.

하고 나는 말했다.

시줏돈도 안 들어오는 절이니까죠 뭐.

왜 절에 시주를 안 하는 걸까요? 라고 물으려다가 역시,

네, 그렇군요.

하고 나는 대답했다. 몸속 어딘가가 시원해졌다.

주승도 수봉도 천하태평이잖아요. 하하.

좌자는 팽나무 꼭대기를 바라보며 천하태평으로 웃었다.

내 눈엔 함 씨가 지나치게 크고 지나치게 느리고, 미안한 말이지만 모든 것에 둔감해 보였다. 적어도 예쁘거나 정확한 것하고는 거리가 먼 사람 같았다. 외모도 안 생긴 축. 좀 많이 안 생긴 축. 계속 미안한 말이지만.

오늘 공양간에서 마주쳤을 때도 그는 나를 인식하지 못했다. 못하는 것 같았다. 주의력이 현저히 떨어지는 사람? 그런 생각이 또 한 번 들었지. 계절에 맞지 않는 옷과 수습한 기미가 전혀 보이지 않는 앞섶. 그런 것만으로도 많은 것을 알 수 있는 것 아니던가. 아닌가?

함 씨는 한 손에 무언가를 한 알 쥐고 있었는데 하도 손이 커서 그것이 앵두인 줄 알았다. 그것을 자작나무 식탁 위에 내려놓았을 때에야 나는 그것이 자두라는 걸 알았다. 쥐면 앵두 놓으면 자두.

커피 같은 것도 되나요?

나는 좌자에게 물었다. 자두였어, 속으로 중얼거리며. 함 씨는 나를 바라보지 않았다. 이어 붙인 자작나무 판자 사이의 좁은 직선 틈새로 그는 자두를 굴렸다. 틈새가 좁아서기도 하고 자두가 구슬 같은 완전 구형이 아니어서 자두는 자꾸 직선 틈새를 이탈해 멋대로 굴렀다.

되다마다요.

좌자가 일어서서 곧장 가스레인지 쪽으로 향했고 함 씨는 희끗한 머리를 벅벅 긁었다. 긁으며 자두를 다시 집어 조심스레 굴렸다. 자두는 직선 틈새를 자꾸 벗어나다가 탁자 아래로 굴러떨어졌다. 새소리가 공양간의 작은 창구멍으로 미어져 들어왔다.

함 씨가 일어서서 밖으로 나갈 때까지 나는 공양간에 막 들어서던 모양 그대로 서 있었다. 그러고 있었다는 걸 그때는 몰랐지. 함 씨는 바닥에 떨어진 자두를 한동안 바라보았다. 제가 던져 놓은 장난감을 제가 바라보며 갸웃거리는 상철 같았다.

그가 하도 자두를 은밀히 노려보는 바람에 자두가 어느 한순간 저 스스로 튀어 오르거나 굴러 도망칠 것처럼 보였다. 나까지 눈을 뗄 수 없게 했다. 그때 잠깐 동안은 정말 그럴 것 같은 긴장이 감돌았다. 자두에 쑥 다리가 생겨나 막 도망칠 것 같은. 하지만 자두가 그럴 리 없잖아? 그는 자리에서 일어나 바닥의 자두를 집어 들었다. 웬일로 어깨에 힘을 잔뜩 주고, 으잇샤, 한껏 멋을 부려 집어 드는 바람에 그의 몸이 약간 균형을 잃었다. 자두 한 알 집어 올리는 데 그토록 큰 힘을 쓰다니. 왜 저래? 그의 덩치에 하나도 어울리지 않는 동작이어서 나는 공연히 깜짝 놀라고 말았지 뭔가. 뭐야? 왜 저래? 놀란 맘이 가라앉기도 전에 그는 자두를 쥔 손의 엄지손가락 지문으로 자신의 콧잔등을 슥 문지르며 후룩 코를 들이마셨다. 그리고는 유유히 밖으로 사라졌다. 아아아. 나는 바닥에 주저앉을 뻔. 함 씨 때문이 아니라. 함 씨 때문이었나? 하여튼 '무언가'에 의해, 내가 참말로 엉뚱한 시공에 던져져 있다는 자각이, 나를 후려쳤던 것.

그 무언가는 무엇일까. 상철의 울음일까. 엄마의 죽음일까. 휴대전화에 쌓일 그의 문자일까. 날씬해진 서경? 나는 무섭고 좀 어지러웠던 듯. 무엇이 나를 이곳에다 패대기친 것일까. 그런 생각 때문에.

나는 가까스로 자작나무 탁자에 기대어 앉았다. 고개가 자꾸 밑으로 내려갔다. 슬슬. 자꾸 자꾸. 창구멍 밖으로 하늘이 보였다. 하늘은 구름도 비행운도 없이 깨끗했다. 좌자가 따뜻한 질그릇 잔을 탁자에 내려놓았을 때에야 간신히 정신을 차렸던가.

그분. 말하는 걸 못 들은 것 같아요.

타조의 작은 발을 쓰다듬으며 나는 하늘을 바라보

았다.

　함 써요?

　네.

　해요. 가끔.

　타조의 큰 발을 쓰다듬으며 좌자가 말했다.

　앗! 비행운이다.

　나도 모르게 큰 소리로 외쳤다. 맘껏 외쳤다. 팽나무 이파리 너머 하늘 한가운데로 길고 흰 칼자국이 스윽 지나갔다.

　좌자도 고개를 젖히고 하늘을 올려다보았다. 우리는 오래오래 말없이 올려다보았다.

　성불사에 경찰 공무원 둘이 다녀가던 한낮, 미와는 객실에 엎드려 노트에 이런저런 소리를 적었다. 스삭스삭, 스와와와, 쓰쓰쓰스, 탁탁탁탁, 똑똑똑똑. 네 글자씩 적어 내려갔다. 뜩뜩뜩뜩, 오이오이……. 성불사에 두 경찰 공무원이 다녀가는 걸 미와는 알지 못했다.

　스삭스삭 옆에다가 미와는 '내가 무언가를 적을 때'라고 썼다. 스와와와에는 '팽나무 이파리 흔들릴 때', 쓰쓰쓰스에는 '쓰르라미가 두개골을 뚫을 때ㅋㅋ', 탁탁탁탁에는 '좌자가 도마질할 때', 똑똑똑똑에는 '소심한 주승이 목탁 칠 때'라고 나란히 적었다. 뜩뜩뜩뜩에는 '수봉스님 목탁 칠 때'라고 쓰고 오이오이에는 '수봉스님 염불할 때'라고 적었다. 그리고 한 줄 더 적었다. '수봉스님은 염불의 경구 끝을 길게 끌다가 마침내는 모두 '이'로 끝낸다. 이상하다'라고 덧붙였다. 한 줄 더 적었다. '무안이비설신의이, 무색성향미촉버이, 무안계이, 내지무의식계이, 무무며이, 역무무명지이……. 이렇게'라고.

그러는 동안 열어 놓은 객실 문으로 한낮 햇살이 들어와 미와의 엎드린 허리와 엉덩이를 지나갔고 다시 방을 빠져나와 댓돌을 지났고 객실의 맨 오른쪽 기둥을 지나 소각장 쪽으로 살금살금 기어갔다.

미와가 경찰들을 봤다면 젊은 경찰이 권총을 만지작거리며 내는 소리도 적었을까.

늙은 경찰이 모자를 벗으며 요사채 툇마루에 풀썩 앉았다.

아구구구.

소리를 내며 앉았다.

아구구 죽겠다.

하며. 그리고 흐흐 웃었다.

젊은 경찰은 선 채로 허리에 찬 권총의 총구 부분을 검지로 톡톡 건드렸다. 권총이 권태롭게 끄덕거렸다.

아무래도…… 그거겠죠?

젊은 경찰이 물었다.

응. 이거라니까.

늙은 경찰의 이마에 난 선명한 모자 자국이 어딘지 서글 펐다.

아구구 죽겠다. 네, 그게 맞는 것 같네요.

그렇다니까.

젊은 경찰이 큭큭 웃었고 눈부신 한낮 햇빛 때문인지 늙 은 경찰은 인상을 찌푸렸다.

얼마 뒤 수봉이 가사 없는 승복 차림으로 그들 곁으로 왔 다. 역시 휘적휘적. 쓰르라미 소리가 소낙비처럼 쏟아졌다.

별일 없지요?

제복 앞섶을 헤친 채 늙은 경찰이 손부채를 부치며, 대답 없는 수봉에게 다시 물었다.

조용하니 별일 없는 것 같네요, 그죠?

그렇지요. 조용하니 별일 없는 개지요.

수봉이 대답했다.

그럼 가보겠습니다.

늙은 경찰이 일어서서 천왕문 쪽으로 느적느적 걸음을 옮겼다. 조금 전 두 외국인이 함께 이곳을 다녀간 모양이라고 젊은 경찰이 수봉에게 말했다. 늙은 경찰은 천왕문을 지나며

아아아, 속닥하니 조오타, 하고 말했다. 한 사람은 한국말을 전혀 모르는 캐나다 사람이고 한 사람은 한국말에 많이 서툰 프랑스인이었는데 이 절에서 아구구가 곧 죽을 거라며 신고를 했다고, 신고를 했으니 안 와볼 수도 없는 노릇이었다며 젊은 경찰이 수봉에게 큭큭 웃으며 말했다.

아, 이런 일이 있긴 있네요, 스님.

아구구가 곧 죽을 거라는 말을 이 절에서 누가 했답디끼?

수봉이 물었다.

그래니granny, 할머니.

그래니?

네, 스님. 그래니.

그……랬군요.

수봉이 고개를 끄덕였다.

하여튼 이런 일이 있긴 있네요, 스님.

젊은 경찰은 똑같은 말을 했다.

뭐 다 그런 개지요.

수봉이 끄덕였다.

젊은 경찰은 허리에 찬 권총의 총구를 계속 검지로 건드렸다. 남자들이 소변 보고 오줌 터는 모양 같았는데 그럴 때마다 헐거운 권총집에서 더걱더걱 권총 흔들리는 소리가 났다. 더걱더걱. 더걱더걱.

소리를 적었다. 풍경 소리는 적지 못했다. 땡강땡강으로도 적고 띵강띵강으로도 적었다가 지웠다. 땡강땡강으로 적으려니 어쩐지 수봉스님 편을 드는 것 같았고 띵강띵강으로 적으려니 주승을 편드는 것 같았다. 편들 마음 같은 건 진짜 조금도 없었지만, 적으니까, 마음이라는 게 참 이상하게, 저절로 편드는 것처럼 되었다. 팅강탱강으로 적었다가도 에이, 지워 버렸다. 다른 소리들을 적어 봤다. 스삭스삭, 스와와와, 쓰쓰쓰스, 탁탁탁탁, 똑똑똑똑. 그리고 뜩뜩뜩뜩, 오이오이 같은 것.

아침 열 시쯤이었나. 세면장에서 손수건을 빨고 객실로 오다가(아, 저녁에 빨래 걷는 걸 그만 깜빡했다!) 대적광전[1] 옆 나무 벤치에 앉은 주승과 좌자를 보았다. 등받이 없는 평평한 나무 벤치. 그 위로 아침 햇볕이 떨어져 내렸다. 주승과 좌자가 그곳에 나란히 앉아 물끄러미 허공을 바라보았다. 완전 부부 분위기. 보다 보니 처음 보는 광경이 아니라는 생각이 들었다.

둘은 허리를 꼿꼿이 펴고, 실눈을 뜨고, 말없이 허공을 응시했어. 싱크로율 백 퍼센트. 아, 저런 참선도 있나 싶게. 그들이 바라보는 것은 하늘이 아닌 허공일 거야. 나는 짐작했다. 성불사에 온 뒤로 나는 함부로 짐작하는 버릇이 생겼는데, 그래 놓고 반성하지 않는 버릇도 덤으로 생겼다.

하늘보다 가깝지만 하늘보다 아득한 것. 그런 것이 허공이라고, 주승과 좌자를 보면서 나는 또 함부로 확신했다. 함부로 그러는 게 점점 재미있어졌다.

그들 발치에는 맨드라미가 피어 있었다. 붉은 기운이 뚝뚝 흘렀다. 나는 걸음을 멈추고 한참 동안이나 그들을 바라보았으나 그들은 내 기척을 알아차리지 못했다. 밀랍 인형 같았다. 오래오래 그러고 있었다.

그들이 바라보는 것이 허공이라는 확신이 들었듯, 허공으로부터 날아오는 어떤 소리에 귀를 기울이는 것이라고 생각했다. 확신과 생각은 나에게서 나온 것이 아니었다. 그것이 나를 관통해 버렸을 뿐이라는 느낌? 이 느낌이 너무도 분명했던 나머지, 함부로 확신을 해놓고도 나는 하나도 멋쩍지 않았어. 그래서 반성도 않고 재미만 있는 걸까. 내 버릇이 아니었던 것?

그 소리는 어떤 소리일까. 그들이 듣는 소리. 허공에서 오는 소리. 연필로 적을 수 있는 소리일까. 들을 수나 있는 소리일까. 소리라면 들을 수 있고 적을 수 있는 거겠지만 나는 그들과 그다지 멀리 떨어져 있지 않으면서도 그 소리를 듣지 못했다. 스삭스삭, 스와와와, 쓰쓰쓰스, 탁탁탁탁, 똑똑똑똑. 이런 소리는 아니었을 소리. 뜩뜩뜩뜩, 오이오이. 이런 소리도 아닐 것만 같은 소리. 왠지. 아, 모르겠다.

서산의 그림자가 길어져 성불사가 어두워질 무렵 영
차보살이 객실로 와서 나를 불렀다.

공양간에서 미와 님을 초대합니다.

영차보살은 어스름에 보아도 깜짝 놀랄 만큼 미인이
었다. 예쁜 귀신 같다는 생각을 얼른 해버렸다. 나이 들고
햇볕에 탄 절 아랫말 농부였으나 그녀에게서 발하는 고운
광택은 조금도 감추어지지 않았다. 그러니 귀신이지.

초대요?

나는 자리에서 벌떡 일어났다.

그래요. 초대.

그녀만 보면 무언가 하염없이 여엉차 끌어올리는 모
습이 절로 연상된다고? 그래서 주승이 지어 주었다는 순우
리말 법명이라고? 그녀는 그럼 무엇을 그리 여엉차 끌어올
리는 걸까. 주승은 그녀에게서 무얼 본 거지? 혹시…… 그
녀는 자신의 미모를 평생 여엉차 끌어올리는 건 아닐까. 아
닐까 생각하다가 미안 미안. 이 내 못 말리는 속물기.

초대라는 말에 반응하는 경박한 몸짓도 못 말리기는
마찬가지. 하지만 할 수 없어. 그게 나니까. 고무공처럼 통
통통통 튀어 나는 공양간으로 달려갔다.

노란 콩고물 떡에서 김이 모락모락 났다. 5층짜리 정사

각형 시루떡. 떡쌀이 희고 두툼해서 포근했다. 성불사에서는 시루떡의 층과 층 사이에 팥을 쓰지 않았다. 쓰지 않았는데, 이번에는 맨 위층 표면에 글자를 새기기 위해 수십 알의 팥을 썼다. 늦은 감이 있지만 미와를 위한 환영 케이크였던 셈. 맨 위층 표면에 팥으로 새겨진 글자도 '환영'이었다.

상자 같은 것으로 높게 돋우어진 떡이 자작나무 탁자 한 가운데 모셔져 있었다. 떡 가까이에서 푸른 사과와 포도, 방울 토마토와 귤이 예쁜 색을 빛냈다. 과일들 자리 바깥 둘레에는 호박고지와 푸른 시래기무침이 놓였고, 그 옆으로 자색 무와 빨간 무와 당근을 넣어 담근 컬러풀한 백김치가 자리했다. 잣 과 기장이 들어간 잡곡밥과, 참기름에 무친 기와버섯을 넣고 끓인 뭇국. 특별한 저녁 공양이었다.

미와가 촐랑촐랑 공양간으로 들어섰다. 그리고 멈칫 놀 라 섰다. 김이 모락모락 나는 5층짜리 포근한 떡 뒤로 주승과 수봉과 좌자와 영차가 차려 자세로 나란히 서 있었던 것.

사람은 넷뿐이었지만 도열이라는 말에 어울릴 광경이었 다. 워낙 큰 눈을 미와는 더 크게 뜨고 꼼짝없이 멈추어 있었 다. 먹음직스러운 만찬이 차려진 긴 자작나무 식탁을 사이에 두고 4 대 1로 마주하는 형국. 미와는 심복들이 호위하는 원 수의 은밀한 처소에 불현듯 홀로 내습한 복수의 화신? 그런 장면 같았다. 네 사람의 표정에 웃음기라곤 없었으니까. 미와를 노려보는 것 같았으니까. 아니라면, 그냥 뻥한 표정이었 달까. 떡에는 '환영'이라고 써놓고. 따뜻한 김도 모락모락 나는데.

긴장과 적대가 아닌 엄숙과 숙연의 분위기였던 것인데 서툴렀을 뿐이다. 엄숙해야 할 이유를 알지 못했던 미와는 얼떨떨 놀랐을 뿐이고. 아닌 게 아니라 공양간의 분위기는 코미디일 뿐이었는데 여전히 연기에 서툰 네 명과 얼떨떨한 한 명 때문에 어정쩡한 긴장은 쉽게 풀리지 않았다.

장난이나 허투가 아닌 진실한 배려와 관심. 네 사람의 뜻은 그것이었을 텐데 진지함에 서툴렀던 나머지 그만 긴장과 적대 같아지고 말았다. 미와는 그걸 알 리 없었고.

이 네 명이 표정 없이 나란히 서 있는 게 아무래도 화엄성중[2] 같았는지 미와는 그만 두 손을 얼른 모으고 죄지은 사람처럼 꾸벅 고개를 숙였다. 대적광전에 들를 때마다 오른쪽 벽면의 무서운 화엄성중 탱화를 보고 그랬듯.

그러자 네 명의 준비된 반응이, 마침내, 미와를 향했다. 그들은 표정을 풀고, 미소 지으며, 중창단 같은 제스처로 각자 한 손을 쑥 앞으로 동시에 내밀며,

어디서, 오셨습니까?

라고 합창했다.

어서오세요거나 환영합니다가 아니었다. 미와는 그들의

합창에 얼른 화답하지 못했다.

다시 무표정해졌던 네 사람이, 이번에는 조금 더 활짝 웃으며 더 큰 소리로 합창했다. 제스처도 컸다.

어디서, 오셨습니까?

서울에서요, 하고 말해 버렸네. 아. 꾸벅 고개를 숙이며. 아니면 뭐라고 대답한단 말인가. 객실에서 오는 중입니다, 하고 말해야 했나? 그러면 웃거나 다시 물을 것 같았다. 화낼지도. 그래서 서울에서요, 서울에서 왔는데요, 하고 말했다.

충북 영동에서 왔습니다, 하고 말할 걸 그랬나. 이미 대답해 버린 뒤였다. 다행히 그들이 웃지도 다시 묻지도 않아서 대답을 잘한 건가 보다고 생각했다. 하지만 뭐가 뭔지 몰라서 그들에게 그냥 막 바보같이 웃어 주었다.

서울, 객실, 영동……. 떡을 먹고 밥을 먹으면서도 나는 내가 어디서 온 거지? 하고 속으로 나에게 물었다. 자색 무와 빨간 무로 빛깔을 낸 백김치가 하도 맛있어서 깜빡깜빡 잊었다가도 문득문득 다시 물었다. 엄만가? 내가 온 곳이? 아버지?

천천히 많이 드십시오.

주승이 나를 보며 세 번째 똑같은 말을 했다.

맛있어서요. 음, 정말 맛있어요. 스님은 맨날 이런 거

드셔서 좋겠다.

주지스님은 어째서 갈수록 만만하게 여겨지는 걸까. 귀여운 걸까. 밥 먹을 때는 밥 먹는 거만 생각하라던 스님의 말을 잊고 이런 건방진 생각을 또 했다. 맛있는 밥을 먹으며. 엄마든 아버지든 나에겐 알 수 없이 아득한 곳, 서울이나 그 어떤 장소보다 훨씬 멀고 막막한 곳이라는 생각을 하며.

오래오래 쉬면서요, 응? 좋은 거 많이 많이 먹어요.

그래도 될까요, 스님?

없다면 모를까, 응? 영차보살의 음식이 이렇게나 좋고 많은데 하염없이 먹을 수밖에. 사는 거 별거 아뇨.

주승이 웃었다. 바람 새는 것 같은 웃음. 만만한 주승이었지만 웃음소리만큼은 언제나 수상했다.

그렇게 해요, 얼마든지.

영차보살이 말했다.

떡과 백김치. 영차보살 솜씨입니다. 오늘의 호박고지도.

좌자가 말했다.

고맙습니다. 너무 맛있습니다. 정말. 정말요.

정말 맛있어서 나는 정말 맛있다고 정말로 여러 번 고개를 주억거리며 말했다. 정말 정말 정말. 내 앞에 놓인 세계는 성불사도 풍경 소리도 사람도 바람도 아니고, 아니고, 오로지 밥 오로지 떡 오로지 백김치인 것 같았다. 나와 밥, 나와 떡, 나와 백김치. 세상은 그렇게 나와 맛있는 것들로만 이루어져 있다는 생각에 빠졌다. 한없이 황홀했다.

오늘의 호박고지도 된장 양념뿐인 것 같은데요?

내가 좌자에게 물었고,

물론이에요. 기막혀서 사레들리는 된장.

좌자가 웃으며 대답했다.

영차보살 솜씨라면서요. 된장 마술사는 좌자 아니던가요?

좌자가 내 한쪽 귓바퀴에 입술을 가까이 댔다. 그리고 바람을 불어 넣듯 말했다.

실은, 영차보살이 진짜지요. 된장 마술사.

그런……가요?

나는 영차보살의 된장을, 응, 그냥 버무리기만 하는 사람인 걸요.

눈을 들어 나는 영차보살을 바라볼 수밖에. 그제야 영차보살이 나를 바라보고 있었다는 것을 알았다. 먹는 것에 푹 빠진 나를, 줄곧, 바라보고 있었던 것. 정말 잘 먹겠습니다, 맛있습니다, 진심으로 그녀에게 말하고 싶었으나 내 입에서는 다른 말이 튀어나왔다.

정말 미인이세요.

주승은 잠이 들고 객이 홀로 듣는구나.

라고 적어도 이젠 그다지 머쓱하지 않네. 정말 주승도
성불사도 모두 잠들고 나만 홀로 깨어 있어서 그럴까. 밤이
되면 성불사는 적막에 갇혔다. 아, 대단한 적막. 대적광전
의 대적이 바로 그런 뜻이라고 수봉스님은 나에게 말했고,
야 웃기는 소리 마라 대적은 인마 소리가 너무 커서 들을
수 없는 소리인 게야, 하고 주승은 수봉스님한테 말했다.
응? 무슨 말인지.

어쨌든 수봉스님도 주승도 좌자도 모두 잠들고 객실
의 작은 촛불만 소리 없이 탔다. 소리라면 연필이 노트 위
를 지나는 소리와 푸른 창호지에 검은 그림자로 어른거리
는 풍경 소리뿐. 적막이 적막 속으로 아주 사라지려 할 때
마다 풍경이 한 번씩 울어 적막이 적막으로 남아 있게 했
다. 적막을 적막이게 하는 것은 소리? 이렇게 적고 땡강땡
강 땡강땡강 풍탁 퐁탁을 이어 적다가, 지웠다. 아무려나
나 홀로 깨어 들었으므로 풍경 소리는 어쩐지 나만을 위한
소리 같았다.

상철의 소리가 전혀 안 들리는 것은 아니었다. 다만 들
려도 한결 편해졌다. 소리라기보다 그것은 기억이거나 환

청에 가까운 것이어서, 라고 생각하면 들려도 견딜 만했으니까. 상철에게서 애써 벗어나려 하지 않고, 들리려면 들리라지, 했더니 소리의 날카로움이 훨씬 줄었다. 풍경 소리가 점점 맑아져서 나는 그 풍경 소리에 더 많은 것들을 의지하게 되었다.

적막한 밤이라서일까, 저녁의 일이 오롯이 떠올랐다. 어째서 그들은 엄숙하고 숙연했던 거지? 분에 넘친 저녁 공양에 취해서 나는 성찬의 연원 따위 따져 보지 못했다. 먹기에 바빴어. 쉼 없이 입에 넣고 맛있어 맛있어 고개가 부러질 만큼 끄덕였을 뿐. 내 혀가 미친 거 아닌가 싶게 정말 맛있었으니까.

먹는 중간에 간신히 생각나기는 했다. 어디서 왔냐고 묻는 사람이 하나도 없더라고 했던 내 말을. 하지만 그것은 셰셰라는 말 때문에 내가 좌자를 중국인으로 경박하게 오해해 버린 것을 얼버무리기 위한 수선이었을 뿐이잖은가. 내 그 말을 잊지 않고 물어 줄 양이면 그냥 지나는 말로 집은 어디요? 하면 될 것을. 그런데 눈부시게 잔뜩 한 상 차려 놓고, 명부의 대왕들처럼 근엄하게, 넷이서, 합창으로 묻다니.

어디서 왔느냐고 물은 게 아니었나? 아니었을까? 그렇담 서울에서요, 라는 내 대답으로 상황이 끝났던 건 뭐지? 더는 묻지 않았으니까. 잘 대답했다는 뜻이잖아? 어디서 오셨습니까? 서울에서요. 끝. 끝이었으니까, 그걸로. 그리고 밥 먹기 시작. 그들도 언제 물었냐는 듯 웃고, 많이 먹어라, 영차보살의 솜씨다, 진짜 된장 마술사다, 그런 말만 하지 않았던가. 나는 미친 듯 먹었고. 주승은 천천히 천천히 먹으라 하고. 그렇게 이상한 저녁 공양이 끝나 성불사에는 밤이 왔고 주승도 잠들고 나만 홀로 깨어 적막과 너나들이 하는 풍경 소리를 듣고 있는 것이다.

내가 온 곳이 객실이라고 하거나 영동이라고 했다면, 그랬다면 그들의 반응이 어땠을까? 달랐을까? 아니, 내가 온 곳이 객실이며 서울이며 영동인 것이 사실이었으니 무어라고 답했든 더는 묻지 않았을지도. 그런데, 음, 그런데 나는 영동 이전에는 그럼 어디서 온 거지?

이래서 나는 다시, 생각할 때마다 음울해지고 마는, 엄마와 아버지라는 존재에 붙들리지 않으면 안 되었다. 엄마는 나로서는 아무래도 떠올릴 수 없는 와이오밍주라는 곳의 메모리얼 파크에 묻혔고 아버지는 처음부터 없었다. 나의 처음에 단세포쯤으로 간여했을지는 모르나 그 뒤로는 어디에도 있지 않았다.

엄마는 어디에서 왔던 걸까. 이런 상념에 휘둘릴 때마다 상철의 울음소리가 선명했었다. 알 수 없는 곳에 묻혔

듯 엄마는 알 수 없는 곳에서 왔던 건 아닐까. 탄생을 캐묻고 원망하고 저항하고 소리를 질러도 반응하지 않던, 이승 사람 같지 않던 엄마. 감각기관이 없기라도 한 것처럼 나의 억지와 고집에 참 고요히도 무감했던 사람. 그런 사람이 생크림과 휘핑크림 전문가였다는 건 언제나 수수께끼였다.

영동은 물론이고 대전과 또 어디더라? 김천. 그 여러 곳의 제과점과 카페에서도 엄마가 만든 생크림만을 원했다. 엄마가 만든 생크림을 원료로 쓴다고 해도 휘핑크림을 엄마처럼 만들어 내기는 쉽지 않았던 듯, 엄마는 자주 급한 부탁을 받고 먼 출장길에 나섰다. 그럴 때마다 나는 거대한 레고 무더기와 함께 방에 갇혔다.

정확한 유지방률과 교반의 속도와 강도. 그것이 휘핑크림 노하우의 전부였다. 끝. 그러나 여간해서는 엄마의 맛을 흉내 내지 못했다. 교반 감각뿐 아니라 크림의 색과 맛을 구별하는 능력이 남달리 뛰어났던, 그토록 민감했던 사람이 어째서 나에게만은 무감했는지. 말이 없었는지. 매정했는지. 아, 싫다. 나를 볼 때마다 어쩔 수 없이 불편한 아버지가 떠올랐기 때문이라고 말한다면 나는 얼마든지, 정말 얼마든지 그런 엄마를 이해할 수 있을 것 같았다. 그래서 그러는 거냐고 물으면 엄마는 말이 없었고 여일하게 매정했지.

태어난 방에서 내가 이십사 년을 견딜 수 있었던 것은 레고, 내가 엄마의 배 속에서부터 끌고 나온 것만 같던 레고 덕이었다. 레고만 있으면 나는 배가 고파도 울지 않았고 늦어지는 엄마가 그립지도 않았어. 엄마는 특별히 먼 출장을 가거나 그래서 내가 좀 더 심심할 거라고 여겨지면, 넘치게 많은데도 불구하고 새로운 레고를 방에다 들이부었지.

레고가 많은 건 좋았으나 적다고 해도 나는 상관하지 않았다. 엄마가 방 안에 레고를 자꾸만 들이부었던 것은 심심하거나 외로운 나를 위해서가 아니라 미안함 때문이었다. 내가 알지. 그러나 공연한 미안함이었어. 나도 엄마의 딸답게 엄마의 미안함 따위 신경 안 쓴 지 오래였으니까. 전국 레고 블록 쌓기 대회에서 역대 최연소 우승자가 되었을 때도 엄마와 나는 함께 기뻐했으나 기쁨의 이유는 각자 달랐다. 당연히.

이십사 년을 버티게 했던 것이 레고만이었을까. 나는 이 말을 안 할 수가 없네. 좋아, 고백하는 것이다. 나는 누구보다 엄마의 휘핑크림을 좋아했고 물리지 않았다는 것. 엄마는 그날 교반한 것 중 가장 잘된 크림을 집으로 가져왔고, 갓 뻗어 나온 흰 울금 뿌리 같은 손가락으로 그중 일부를 떼어 내 입술에 묻혀 주었지. 나는 그 순간들을 잊을 수 없다. 내가 일찍이 안 것은 엄마의 휘핑크림이 세상에 다시 없는 맛이라는 것이었고, 내가 오랫동안 몰랐던 것은 집을 뛰쳐나가지 못했던 이유가 레고 때문인지 엄마의 휘핑크림 때문인지에 대한 거였다.

내 입술에 묻혀 주던 크림은 백옥이라는 이름의 난초 꽃잎 같았다. 그것을 핥아먹고 만족해하는 나의 낯을 유심히—계기의 눈금을 들여다보듯— 살피고서야 엄마는 하루의 피로를 풀었어. 그윽이 고개를 끄덕이며. 나머지 크림은 냉장고에 보관했다가 다음 날 새로운 크림 원료에 반드시 넣었다. 그걸 엄마는 종자크림이라고 했다. 그런 식으로 수십 년간 휘핑크림의 맛을 이어 나간 거라고.

엄마는 영동에서 가장 큰 제과점에 적을 두고 있다고 했으나 그 제과점에서 엄마를 보았다는 사람은 아무도 없었다. 유령이지 뭔가. 그러나 엄마는 하루도 빠짐없이 제과점에 간다며 나갔다. 생크림이든 휘핑크림이든 엄마가 그것을 만드는 장면을 나는 한 번도 보지 못했다. 엄마는 어디에 갔다 왔으며, 어디에서 살았던 것일까.

나노블록 업체에 특채되어 집을 떠나게 되었을 때 나의 시원은 엄마가 아닌, 엄마보다 더 먼 곳일지도 모른다는 생각을 처음 했다. 내가 집을 떠나고 나서도 엄마의 출근은 여덟 달 동안 계속되었지. 그러나 여덟 달 동안뿐이었어.

집을 떠나던 즈음 엄마의 손 빛도 크림 맛도 변해 있었던 것이다. 그래서 나는 집을 떠난 이유가 새로 나온 나노블록의 매력과 특채 때문인지 맛이 변한 엄마의 휘핑크림 때문인지 알지 못했던 것.

일을 안 하게 된 뒤로 엄마는 상철만 키웠지. 나와 레고가 없어진 방에서 엄마와 상철이 살았다. 그러다 낙엽이 바람에 불려가듯 엄마는 연하의 남자를 만나 상철과 함께 휘익 미국엘 갔고 지금은 호수가 내려다보이는 공동묘지에 누워 있는 것이다.

꼭 엄마 때문은 아니겠지만 엄마를 생각하면 어딘가 세상이 몹시 쓸쓸해지면서 상철의 환청이 귓가를 맴돌기 시작했다.

아, 그런데 아무리 생각해도 오늘 나의 대답은 웃겼어. 집을 떠난 뒤로, 나의 시원이 엄마보다 더 먼 곳일 거라는 생각을 지운 적이 없었는데. 그랬는데 어디서 왔느냐는 근엄한 질문에 서울에서요, 하고 대답하다니. 그곳에서는 겨우 구 년을 머물렀을 뿐인데.

그리고 한 번 더 나는 네 사람 앞에서 바보가 되었다. 정신을 못 차리고 맛있게 음식을 먹고 있었는데, 그래서 주승이 옆에서 천천히 드십시오 천천히 드십시오 하며 몇 차례나 말했는데, 걸신들린 것처럼 쩝쩝거리고 먹다가 그만,

왜요?

하고 내가 물었던 것.

공양간의 분위기가 급속 냉각되었다. 그대로 멈춰라! 모든 사물이 멈추었다. 세상이 딱딱하게 굳은 채로 약간 흔들렸던가. 나는 좀 어지러웠다. 뭐지?

아아, 왜요. 왜요였다. 왜? 하고 물었던 것이다, 내가. 내가 그만.

뒤늦게 깨달았으나 이미 뱉은 말이었고 수습을 할 수 없었다. 수습할 방법도 없었다. 그래도 그렇지, 어쩜 네 사람 모두 기겁을 하는 모습이란 말인가. 어쩌다 왜요? 하고도 물을 수 있는 것 아닌가. 나는 그들의 뻥한 표정에 그만 짜증이 났던가. 아니다.

짜증은 그에게서 비롯된 거였다. 나의 남자가 되기에 아무 결격사유가 없다고 믿는 그. 내 생각도 같았다. 그에게는 객관적인 결격사유라는 게 없었다. 유일한 결격사유라면 내가 그를 좋아하지 않는다는 거. 그래서 동료 이상으로 그를 받아들일 수 없다는 거였다. 그 사람을 내치다니. 네 취향 완전 쩐다는 거 알아? 서경은 자기 남자 친구 앞에서도 그를 완벽한 남자라고 여러 번 추켜세웠다. 추켜세우는 것도 모자라 서경은 화를 냈다. 나에게 막 화를 내며 넌 후회할 거야, 하며 절규 같은 걸 했다.

그가 완벽한지 어떤지 네가 어떻게 아는데? 마침내 서경이의 남자 친구가 서경에게 물었다. 미와에게 왜 화를 내는데? 왜? 서경의 남자 친구는 서경보다 더 크게 화를 냈다. 나는 속으로 서경의 남자 친구를 매우 매우 응원했다. 그들은 그 뒤로 서로 한동안 안 만났다. 그는 여전히 나를 따라다녔고.

좋아서 따라다니는 것이라며 따라다니는 것을 혼자 정당화했다. 나 같은 사람이 따라다니면 너의 가치가 올라가니까, 음, 말하자면 따라다녀 주는 거지. '완벽한' 그였기에 그런 말을 하지는 않았지만 나는 그가 자꾸 따라다녀서 경찰에 신고했다.

낮에 경찰이 왔었어요.

수봉스님이 주승한테 하는 말을 듣고 나는 놀라 물었다.

왜요?

공양간이 얼어붙었다.

처음 공양간에 들어섰을 때 그들이 보였던 뻥한 표정이 다시 연출되었다. 왜요? 내 목소리가 좀 크긴 했지. 뻥한 표정이 오래갔다. 잠자코 있으면 뜨악한 분위기가 언제까지고 계속될 것 같았다.

아, 그렇군요.

역시 나도 모르게 나온 말이었다. 그렇군요. 공양간의 분위기가 눈 녹듯 녹았다. 너무 쉽게 녹자 나는 그들이 왠지 야속해졌다.

  그나저나 키가 콩나물처럼 길고 밋밋하고 성격 안 좋고 눈딱부리고 퉁명하고 어리석은 나를 그는 어째서 포기하지 않는 걸까. 이래저래 나는 잠 못 이루고, 모두가 잠든 성불사 깊은 밤에, 처마 끝 풍경 소리를, 홀로 들었다.

  주승과 좌자가 대적광전 옆 나무 벤치에 나란히 앉아 있었다. 미와가 발소리를 죽이며 그들 뒤쪽을 지나갔다. 맨드라미는 나무 벤치 앞쪽에도 피어 있었고 나무 벤치 뒤쪽에도 피어 있었다. 주승과 좌자는 붉은 빛 뚝뚝 흐르는 작은 맨드라미 밭 한가운데 놓여 있는 것처럼 보였다. 언제나 그 자리에서는 그랬듯 두 사람은 허공의 어느 한 점에 시선을 고정한 채 꼼짝하지 않았다. 바람이 그들의 이마를 스치고 지나갔다.

  미와는 맨드라미를 밟지 않으려는 듯 기척도 내지 않고 살금살금 걸었다. 발밑을 살피고, 주승과 좌자의 꼿꼿한 등을 바라보고, 그들이 주시하는 허공을 바라보다가, 다시 발밑을 살폈다. 그렇게 걸어 미와는 수봉이 기다리는 대적광전의 북면 추녀 밑에 다다랐다.

  없다면 모를까, 있는 거니 한번 같이 봅시다.

대적광전 외벽의 심우도를 가리키며 수봉이 말했다.

주지스님처럼 말씀하시네.

미와가 말했다.

없다면 모를까 있는 거니 객실과 함께 보거라 하시니까, 네, 그러니까 보는 개지요.

주지스님의 명령?

덕분에 데이트하는 개지요.

수봉은 벽면의 심우도를 올려다보았다. 여러 장면이 병풍처럼 이어진 벽화를 미와도 올려다보았다.

수봉은 게걸음을 걸었고 미와도 수봉을 따라 게걸음을 걸었다. 천천히 걸었다. 아주 천천히. 그리고 대적광전 외벽의 3면을 다 돌아, 열 장면 중 마지막 벽화에 다다랐다.

내내 아무 말씀 안 하시네요.

미와가 말했다. 마지막 장면은 커다란 원이었고 그것이 전부였다.

아무것도 묻지 않았잖아요.

수봉이 말했다.

아무것도 모르니까요.

그냥…… 음, 네, 보기만 하면 되는 그림이에요.

주지스님이 같이 보라고 하셨다면서요. 설명 좀 해줘라, 그런 뜻 아니었을까요?

마지막 장면이 그려진 위치에서는 주승도 좌자도 보이지 않았다.

데이트 좀 해봐라, 그런 뜻이었던 개죠.

설명 좀 해줘요. 설명 데이트.

초동이 소를 찾잖아요. 아까 시작 장면에서 봤잖아요. 그러다 찾았어요, 소를. 좋아서 소 등 위에 올라타서 초동이 피리를 불어요. 삘릴리 삘릴리 이렇게. 그러다 소가 스윽 사라지고 초동도 스윽 사라져요. 사라진 자리에 텅 빈 빵.

빵요?

영이라고도 하고 공이라고도 하고 빵이라고도 하는 것.

저 원?

네. 지금 보고 있는 뚱그런 거.

그리고요?

끝.

끝났어요, 설명?

…….

설명이 아니잖아요. 본 대로 말한 거잖아요.

더 어떻게 말하나?

이럴 거면 저 혼자 봐도 되는 거잖아요.

수봉이 없다면 모를까 수봉이 있으니 둘이 보라는 개지요.

아아, 스님은 좀 짓궂은 듯.

하하하.

크게 웃다가 웃음에 사레들린 듯 수봉은 뚝 그쳤다. 그리고 목을 길게 빼 주승과 좌자 쪽을 기웃거렸다.

수봉스님한테 만족한 설명을 듣지 못했다. 수봉스님은 초동의 피리 얘기만 했는데 그건 아무래도 심우도의 본론이 아닌, 곁다리인 것 같았다.

저 그림이요. 찾는 이도 찾은 소도 스윽 없어지고 마는 그림이잖아요. 그러면 저 피리, 피리 소리도 없어지는 거잖아요. 어디로 갔을까요, 피리 소리는.

수봉스님이 말했다.

없어졌는데 어디로 가요? 없어졌다며요?

내가 물었다.

아주 없어지는 것 같지 않으니까요. 초동도 소도 아주 없어지는 건 아니잖아요.

사라지는 거라면서요?

대신 빵이 되었잖아요. 봐요. 영, 공, 빵으로 있잖아요. 저렇게.

그럼 피리 소리도 영, 공, 빵으로 있게 되는 건가?

나는 마지막 장면의 영, 공, 빵을 올려다보았다.

사라졌으니까…….

수봉이 은밀히 말했다.

들을 수 없는 소리가 되어 버리고 말았겠지만 그건 우리가 들을 수 없게 됐을 뿐 어딘가에는 있다는 개지요.

있다고요?

영, 공, 빵처럼요.

그럼 혹시…… 대적?

미와도 은밀하게 응대했다.

대적?

주지스님이 그러셨잖아요. 대적은 소리가 너무 커서 들을 수 없는 소리라고.

아, 아. 이런.

수봉의 눈이 휘둥그레졌다.

거기로 돌아간 거 아닐까요, 피리 소리도?

자신도 깜짝 놀란 듯 미와가 말했다.

떨리네.

떨려요?

떨려. 주승은 그럼 대적까지 듣는 건가?

수봉이 다시 고개를 길게 빼고 몇 걸음 옆으로 움직여 주승과 좌자 쪽을 훔쳐보았다. 그들의 뒷모습을. 그들은 여전히 홀린 듯 허공을 주시하고 앉아 있었다.

가끔요. 네, 가끔 그런 생각을 했거든요. 목탁 치며 보광월전묘음존왕불을 연호할 때 말인데요.

　말하는 수봉의 머리 위에 영, 공, 빵이 걸려 있었다.

　보광월전묘음존왕부이라고 했죠. 언제나 경구의 끝을 '이'로 길게 끌며 끝내잖아요, 스님은. 속으로 중얼거렸을 뿐,

　아, 네. 보광월전묘음…….

　하고 나는 시치미를 뗐다.

　묘음존왕불이요.

　아, 네. 묘음존왕불.

　밝은 달빛 아래 묘음이라는 뜻인데요.

　고양이 소리?

　내가 묻고 내가 놀랐다. 고양이 소리 부처라니.

　고양이 소리도 묘음이지만 여기서는 묘한 소리라는 뜻이에요. 묘음.

　아.

　밝은 달빛 아래 묘한 소리의 부처.

　소리가 부처구나.

　부처인 소리가 어떤 소리일까 나도 궁금했거든요. 보광월전묘음존왕불을 염송할 때마다.

　아.

　너무 커서, 네, 들을 수 없는 소리일 수도 있겠네요. 소리 부처. 부처 소리. 묘음. 주승의 말이라면 귀담아듣지

않았던 내가 미욱했던 개지요.

그런……가요?

모든 소리의 근원 같은 거 아닐까요? 소리의 부처. 들을 수는 없지만 들을 수 있는 모든 소리를 들을 수 있게 하는 소리. 영, 공, 빵의 소리.

그런 소리를 일컬어 누군가는 천뢰라 했고 누군가는 옴이라 했고 누군가는 희夷[3]라 했으며 누군가는 태초의 말이라고 했다. 저들 미와와 수봉은 묘음이라고도 대적이라고도 영, 공, 빵의 소리라고도 했다. 그러나 일컫는 말은 일컫는 대상과도 뜻과도 하나일 수 없으니 무어라 일컫든 제대로 일컫는 게 아니고 마는 시절이 되어 버렸다. 이름이 해당 만물을 잃고 만물이 해당 이름을 잃어 이제는 임의의 약속과 간주로만 겨우 만물의 이름을 대신하는 시절이 되었으니.

이름과 만물이 하나였던 시절의 이름은 지금처럼 종이 위에 적거나 입을 통해 전화로 옮길 수 있는 이름이 아니어서 이름이라 할 수 없었다. 그래서 지금의 어떤 말과 이름으로도 나는 일컬어질 수 없는 소리인 것이다.

나. 나를 드러내고야 말았으니 고백하건대 나는 다만 그런 소리일 뿐이다. 듣게 하는 소리는 들을 수 없고 보게 하는 빛은 볼 수가 없다고 할 때의 그 소리.

나는 종종 주승과 좌자의 넋을 하릴없이 빼앗고, 바람 한

점 없는 밤 요란하게 풍경을 울리며, 미와로 하여금 지구 반대편 고양이 울음소리와 로키산맥의 바람 소리를 듣게 하고, 염불하던 수봉을 묘음에 떨게 하는 것이다.

수봉이 나를 영, 공, 빵이라 한들, 주승과 미와가 나를 대적이라 한들, 그것이 내 이름은 아니어서 영, 공, 빵 따위로는 나를 설명할 수 없으니…… 나는 다만 가끔씩 사람의 혼을 후려치듯 빼앗고, 잠에서 홀연 깨어나게 하거나 또한 꿈속에다 과격하게 빠뜨리며, 찰나일망정 세상이 소리고 소리가 세상의 전부임을 두려워하며 겪게 할 뿐이다.

서경한테도…… 말했었나요?

미와가 물었다.

무얼요?

밝은 달빛 아래 묘한 소리의 부처.

피리 얘기만 했어요. 삘릴리 삘릴리. 어디로 갔을까 그 소리는, 하고 말했을 개요.

풍경 소리를 들으라고 했거든요, 서경이. 달라지고 싶다면.

풍경 소리가 들렸다. 미와가 고개를 들어 대적광전 처마 끝에 달린 풍경을 올려다보았다. 하늘빛이 밝고 환했다. 풍경의 실루엣이 바람에 흔들렸다. 공양간 쪽에서 밥 익는 냄새가 났다.

그래서 미와도 풍경 소리를 찾아 온 개로군요. 달라지
려고.

그런…… 셈이겠지요.

그래 찾았나요?

매일 듣는 걸요.

그래 달라졌나요?

모르겠어요.

어떻게 달라지기를 원하는 개요?

수봉은 주승의 풍탁과 땡강땡강을 마음에 안 들어 하면
서도 자신은 걸핏하면 개요, 개로군요, 개라지요, 하고 말했
다. 그런 것은 부자가 똑 닮았다. 그들이 부자지간이라는 것
은 성불사에서 좌자와 나만 아는 사실이었다.

상철의 소리가 안 들리게요.

미와가 말했다.

상철의 소리?

묘음이요.

하.

고양이 소리요.

아.

초등학교 때 틀니를 했던 친구가 있었어요, 하며 수봉
스님이 말했다. 그 친구 이름이 상철이었어요, 하고.

신기해서 애들이 자꾸 틀니를 빼보라고 성화를 했죠. 과자와 사탕을 주면서. 그런데도 죽어라 안 보여 주는 거예요. 나중에 나한테만 말하더라고요. 과자와 사탕 때문에 망했는데 자꾸 과자와 사탕을 주면 어떡하냐고요.

엄마가 키우던 상철이 소리가 그치지 않아요.

내가 말했다. 우리의 머리 위에는 여전히 영, 공, 빵이 있었고.

풍경 소리를 찾아 들으면 그칠지도 모르겠다고 생각했던 개로군요. 상철의 소리가.

말하자면…… 네에.

내버려 두는 것도 방법인데.

상철의 소리를요?

벗어나고 싶다는 맘이 못 벗어나게도 하니까요.

아.

상철도 내버려 두니까 지가 빼서 보여 주더라고요. 틀니를.

달라진 거네요!

나는 눈을 반짝거렸다. 그랬을 것이다.

틀니가 보고 싶다는 내 맘이 사라지니까 안 보여 주고 싶다는 저쪽 맘도 사라진 개죠.

아.

심우도 아래서 이런 얘기는 너무 빤하고 지겹잖아요?

아닌 것 같은데요.

틀니를 빼서 보여 준들 뭐 하겠어요. 이미 안 보고 싶어졌는데. 더는 이전의 내가 아닌데.

이런 얘기 서경한테도 했던 거로군요.

했던 개로군요, 하고 말이 나올 뻔해서 나는 깜짝 놀랐지 뭔가.

그랬겠지요 뭐. 상철의 얘기는 안 했겠지만, 그래도 맥락은 대충.

아아, 나도 얼른 안 벗어나고 싶어져야 되겠다.

사람이 달라지는 얘긴데 쉽지는 않아요.

사람까지?

말했지만, 더는 이전의 내가 아니게 되는 개라오.

어떻게 해야 될까요?

기도를 해야죠.

어떻게?

풍경 소리를…… 들으세요.

에?

나는 또 어려워졌다. 아, 절에서 하는 소리들은 어렵다. 이런 말들 다 싹 사라지고 한 번에 숙 통하는 소리는 없을까. 영, 공, 빵이라면 가능할까. 밥 익는 냄새가 구수하더니 공양간의 편경이 울렸다. 공양간 문간에 걸린 편경은 얇고 납작한 돌판. 밥 때가 되면 좌자가 뿔방망이로 뗑, 하고 한 번 쳤다. 딱 한 번 쳤다. 배고프면 크게 들리고 배고프지 않으면 안 들릴 정도로 딱 한 번. 크지도 작지도 않게. 나에겐 언제나 굉음이었지만.

나는 뗑이라고 썼던 것을 떵이라고 고쳐 적었다가 둘 다 슥슥 지웠다. 오늘 점심 공양도 염치없이 맛있었다. 풍경 소리를 잘 들어야 할 것 같은데 나는 먹는 것에 빠진 것 같았다.

대적광전의 본존불[4]인 비로자나불은 형상도 없고 소리도 없는 부처다. 그래서 전혀 설법하지 않는 부처라고 수봉이 말했다. 미와는 걸으며 들었다. 수봉과 좌자와 미와가 은행나무 길을 걸어 절 아랫말 쪽으로 내려가고 있었다.

시주가 안 들어오니 자경이라도 해야 하거든요, 하고 좌자가 미와에게 말하자 땅도 없는데 무슨 자경? 일당 뛰는 개지, 하고 수봉이 맞받았다. 머리에 수건을 두르고 호미를 들고 셋은 고구마를 캐러 산 아랫말 쪽으로 향했다.

사실은 싯다르타 부처님도 열반하실 때 나 아무 설법도 안 했다, 한 마디도 안 했다 잉, 하고 돌아가셨다는 거 알아요?

수봉이 말했다.

그럼 금강경[5] 화엄경[6]은요? 부처님이 설하신 거 아닌가?

미와가 물었다.

별도 센데 공연히 따라나서는 거 아닌가요? 그냥 객실에서 쉬시지. 글이나 쓰면서.

좌자가 미와에게 말했다.

팔만사천경을 설하시고 나 아무 말도 안 했다 하시니 뻥도 그런 뻥이 있을까요?

수봉.

묘음으로 하시나?

미와.

글은 무슨 글을 쓰시나요? 객실에서 맨날. 소설 같은 건가요?

좌자.

묘음? 역시 그런가? 우리가 잘 못 알아듣는 소리로?

수봉.

하시긴…… 하시겠죠?

미와.

아, 난 완전 왕따구먼.

좌자.

고구마 넝쿨은 이미 먼저 거두어 밭두렁 한쪽으로 옮겨진 뒤였다. 여름내 잎과 줄기에 감추어져 있던 붉은 땅이 발가

벗겨진 모습. 멀리까지 흙내가 끼쳤다. 넝쿨을 걷어 낸 밭주인 함 씨와 영차보살이 밭 가장자리에 나란히 앉아 잠시 숨을 돌리고 있었다. 가을볕이 맨흙과 밭두렁과 두 사람의 어깨 위로 떨어져 내렸다.

내외가 보기 좋네.

좌자가 말했다. 함께 고구마를 캐기로 한 마을 사람들이 하나둘 밭으로 모여들기 시작했다.

붉은 흙이 가득 품고 있을 고구마. 그걸 상상하느라고 나는 좌자에게 금방 되묻지 못했을까. 그랬나? 발가벗은 밭은 막 출산을 앞둔 신열 오른 임신부처럼 가쁜 숨을 몰아쉬었다. 봉긋한 이랑의 풋풋한 숨결. 그것이 바람에 묻어 오자 금방 배가 고파오는 것 같았다. 전분 액즙을 마구 흘리며 막 캐낸 햇고구마를 와삭와삭 씹어 먹는 상상을 했다. 나는 요즘 돼지 같다는 생각을 멈출 수가 없어. 그런 생각하느라 좌자의 말을 못 들었거나, 들었어도 뭔 말인지 몰랐거나. 그것보다는 믿지 못했거나. 그래서 금방 묻지 못했거나. 그들이 부부라는 사실이 믿기지 않아서.

부부예요?

결국 묻고 나서 나는 더 놀랐지. 놀라운 것을 내가 말하고 내가 들을 때 더 놀라는 거니까.

좌자도 수봉도 대답하지 않았다. 이 양반들도 내 말을

못 들은 건가? 들었어도 뭔 말인지 모르는 걸까.

저 두 사람이요?

숨이 막혀 올 즈음 수봉스님이 되물어 주었다.

에.

나는 스스로 바보 같다는 생각을 하며 고개를 세차게 끄덕였다.

함 씨하고 영차보살하고요?

좌자가 다시 물었고 나는 끄덕이던 고개를 멈추지 않았다.

에.

달리 말할 수 없지요. 부부를 뭐라 달리 말하나?

좌자가 말했고,

내외, 부처, 안팎, 또…… 불경에서는 항배라고도 하지요.

수봉스님이 웃으며 말했다.

딸 둘은 서울에서 대학 다니고…….

우리가 밭에 다다라 봉긋하게 솟은 이랑 하나씩을 차지하고 쪼그려 앉자 함 씨와 영차보살이 일어서서 밭을 등졌다.

딴 데로 가나 봐요!

내가 탐정처럼 말했다.

여긴 우리들한테 맡기고 또 다른 일 하러 안마을로 가는 개지요. 워낙 일이 많아서요, 저 두 사람.

수봉스님이 말했고 좌자가 이어 말했다.

미와는 그런데…… 벌에 쏘인 사람 같아요, 지금.

에?

봐, 놀라서 되우 겁먹은 사람 같잖아요.

미녀와 야수, 미녀와 킹콩인데 놀라 겁먹지 않을 수 있을까. 함 씨와 영차보살이 안마을로 난 길로 들어섰다. 고구마를 캐야 하는데 나는 나란히 걷는 그들의 뒷모습을 오랫동안 바라보았다. 좌자와 수봉스님은 나에게 뭐라 하지 않았다. 그들이 멀어질수록 그들 위의 하늘이 높아졌다. 들판은 더 넓어졌고 햇빛은 더 눈부셔졌다.

무언가 하염없이 여엉차 끌어올리는 모습이 절로 연상된다고 해서 지은 법명이라나. 영차. 영차보살. 그녀가 걷는 저 길은 큰 노를 젓듯 여엉차 견디며 지나가는 생이라는 생각을 하자 참을 수 없는 죄책감이 몰려들었다. 정체도, 어디에서 몰려든 것인지도 알 수 없는 죄책감. 그리고 말할 수 없이 달콤했던 휘핑크림이 사무쳐 왔다.

가당찮은 무례를 범하는 거라고 여겼다. 그녀에게. 그러면서도 나는 영차보살에 대한 느낌을 떨치지 못했다. 선고된 숙명을 너끈히 사랑해 내는 자의 엄숙하고도 쓸쓸한

행로. 그런 느낌. 그러나 이번에도 내 생각과 느낌이 아니라 그것은 나를 관통해 가는, 나로서도 어쩔 수 없는 어떤 것이었다. 이전의 어느 한때 그것은 주승을 통과했던 서슬이 아니었을까.

황태살을 결 따라 잘게 찢는 영차보살 옆에서 좌자도 미와도 황태살을 찢었다. 바짝 마른 포였으나 껍질 벗긴 황대의 살 무늬가 너무도 선명했다. 황금처럼 노란 마른 살 위로 방추형 겹무늬가 촘촘하게 지나갔다.

고구마를 캔 뒤 미와는 느지막이 좌자를 따라 안마을 구경을 왔다. 수봉은 현물 품삯으로 받은 고구마를 지고 성불사로 돌아갔다. 안마을은 외부인들이 성불사를 드나들 때 이용하는 큰 길에서 한참이나 벗어난 곳에 있었다. 폭이 그다지 넓지는 않으나 제법 깊어 보이는 짙은 물이 마을을 휘돌아 흘렀다.

그곳 커다란 장독대 한 편에 앉아 영차보살은 손끝으로 황태의 마른 살을 찢었다. 황태의 결을 한 올 한 올 풀어냈다. 찢는 것이 아니라 황태의 몸에서 탄력 있는 노란 실을 뽑아내는 것 같았다.

잣는 거랄까.

좌자가 말했고 영차보살이 웃었다.

실을 잣듯이요?

미와가 말했다.

실을 잣듯, 살에 깃든 평생의 시간을 풀어내는 거죠.

좌자가 말했고 영차보살이 아까처럼 웃었다.

황태 평생의 시간요?

살아서 물속의 시간, 죽어서 덕장의 시간.

지금 좌자의 말투가 어딘지 다른 거 아세요?

몸을 스치고 간 숱한 바다의 물살들. 몸에 박힌 그 순간 순간의 일렁임이 실처럼 가늘고 바늘처럼 빛나는 살결들이 된 거예요.

아.

좌자는 한쪽을 가리켰다.

봐요. 한 마리의 몸에서 나온 살의 결이 얼마나 엄청 난지.

좌자가 가리키는 곳을 미와가 바라보았다. 사자 한 마리 가 웅크린 듯한 황금 솜 무더기.

저게 황태 한 마리에서 나온 양이에요?

영차보살은 여전히 말이 없었다.

된장에 들어가는 거예요. 영차보살의 서른여덟 가지 된 장 중 황태장이라는 이름의 특별한 된장에 들어가는 것.

된장이 되는 거구나.

영차보살이 맛을 잣는 방법이죠. 맛을 불러오는 일. 한 알의 대추에 올올이 새겨진 바람과 햇볕의 시간들을 고스란히 불러와서 대추장을 만들죠. 모든 된장이 그런 식인 거예요.

된장 홍보대사 같으셔요, 좌자는. 말도 잘하고. 요리도 잘하시고.

하하. 내 말이 아니에요. 다 영차보살의 말.

네?

내가 앵무새처럼 졸졸 따라 하니까 이제 영차보살은 입 딱 다물고 저렇게 웃음만 살살 흘려요. 살살. 저 웃음, 섹시하지 않아요? 오, 끔찍해.

그만해요 좌자.

영차보살이 입을 열었다.

나는 황태향이 좋고 대추향이 그냥 좋을 뿐이에요. 황태는 어쩜 죽어서도 이런 향을 낼까 싶어요. 사람은 몇 생을 수행해야 이런 향을 낼까. 퇴계의 시에 그런 게 있다죠. '내 전생에는 밝은 달이었지, 몇 생애나 더 닦아야 매화가 될까……'

봐. 말이 장난이 아니잖아요? 매화장도 있거든.

좌자가 낮은 소리로 살짝 끼어들었고 영차보살이 이어 말했다.

향은 이승과 저승 여러 승을 관통한대요. 황태향도 이승에서만 깃든 것이 아니겠지요. 누생累生의 향기랄까, 매향도 황태향도. 미안해요. 말하다 보니 잘난 척하는 말을…….

좌자가 하하 웃었다. 영차보살이 얼른 자리에서 일어나 저만치 놓여 있는 장독으로 걸어갔다. 뚜껑을 열고 된장을 손 끝으로 한 자밤 떴다.

내 손이 깨끗하다고 믿어 주면 황태장 맛을 볼 수 있어요.

영차보살이 미와에게 손가락을 내밀었다. 오후의 가을 볕이 그녀의 울금 뿌리 같은 손가락과 밝은 빛깔의 황태장 위로 떨어져 내렸다.

눈부신 기시감. 나는 그것에 사로잡혔다.

고구마를 캐서 저는 손이 깨끗하지 않으니까요.

중얼거리며 어린아이처럼 입을 벌렸다.

그리고는 곧, 사레가 들릴 것처럼 기가 막혀 숨을 멈추었다. 이건가? 이런 것인가? 이런 느낌이었던가?

한참 뒤에 나는 후우 가까스로 숨을 내쉬었다.

무어라 말할 수 없는 황태장 맛을 입 안 가득 느끼며 나는 함 씨가 쌓았다는 안마을의 돌담들과 역시 그가 쌓았다는 돌 축대 위의 거대한 장독대의 전경을 떠올렸다. 그것들과 맞닥뜨렸을 때도 기가 막혀 숨을 멈추었었으니까.

돌담과 장독대와 황태장 맛. 모두 그 느낌을 말로 표현할 수 없는 것들이었다. 말문이 막힌 나를 무찔러 오던 충격. 말이 아닌 말의 기세에 눌려 나는 속수무책 눈과 귀와 입을 열고 한동안 멍하니 서 있었지.

한 사람이 쌓은 거라고는 도저히 믿기지 않는 안마을 집과 집 사이의 돌담. 마을 전체를 크게 에두르는 돌담. 길이와 폭과 높이로만 따져도 수십 명이 십수 년을 쌓아도 다 못 쌓을 규모였다. 그렇게밖에 안 보였어. 한 사람이 천년을 살며 쌓는다면 모를까. 그런 것을 혼자 손으로 쌓겠다 하고 정말 혼자 다 쌓았다니. 도깨비의 힘을 빌리지 않고는 가능하지 않은, 장관이었다.

게다가 그는 부지런한 농사꾼이었고 성불사의 땔감과 먹을거리까지 감당했던 사람이었다지 않은가. 한곳에 쌓으면 산이 되고도 남을 둥글넓적한 돌들. 그것들은 단단하면서도 부드러운 곡선의 담장을 이루며 집과 집, 감나무와 감나무 사이를 휘돌았다. 감을 비끼며 떨어져 내리는 주황빛 햇살 때문에 담장의 둥글넓적한 돌들은 빵처럼 따뜻했고.

장독대도 그냥 장독대였던가. 장독대는 함 씨가 사람의 허리 높이로 돋우어 올린 타원형의 돌 축대 위에 자리하고 있었는데, 내 눈에는 돌 축대의 둘레가 1킬로미터를 넘는 듯했다. 타원형의 거대한 지대 위에 들어찬 거라고는 빽빽한 장독, 장독뿐이었다. 오로지 장독뿐. 장독 장독 장독. 저 끝 쪽 장독들은 아슴아슴하여 보이지도 않았어.

그 장독대 한쪽 귀퉁이에 자리하고 앉아 황태살을 잣는 영차보살의 모습. 나무에서 내려다본다면 한 개의 작은 점에 지나지 않았을 테지. 수많은 개개의 장독 안에는, 영차보살의 말에 따르면, 누생을 통하여 깃든 향기들이 가을볕에 익어 가고 있었던 것이다. 이건가? 이런 것인가? 이런 느낌이었던가? 말 아닌 말의 기세라는 것, 말없이 설파되는 세상이라는 것이?

그런데 저어, 불가에서는 동물성을 섭취하지 않지 않나요?

역시 나는 미와. 내가 어디 가겠어? 눈치도 맥락도 없이 던지고 보는 질문이라니. 하지만 거두어들이기에는 늦었다. 말이란 그런 것.

영차는 뭐…… 스님도 절 사람도 아니잖아요.

좌자가 얼른 말했다.

된장에 황태를 넣지 말아야 하는 이유보다 넣어야 하는 더 큰 이유가 있으면 넣지요.

영차보살이 말했다.

아.

갑자기 어딘가 옹색해지는 기분이 들다가 나는 고개를 끄덕였다. 끄덕끄덕. 풀뿌리 달인 물을 커피라고 해도 말없이 잘 마셨던 나를 떠올리며. 어째서 엄마 앞에서는 한 번도 이래 보지 못했을까, 엄마를 끄덕여 주지 못했을까 생각하며. 작은 이유 때문에 더 큰 이유를 몰랐던 나 자신과 세상에 없던 휘핑크림의 맛을 떠올리며. 나는 자꾸 고개를 끄덕였다.

그때까지 입 안에 감돌던 황태의 잔향을 나는 꿀꺽 삼키고 영차보살에게 말없이 엄지를 척 들어 보였다.

영차보살이 웃었다.

몇 생을 여엉차 이어 오고 있는 사람의 향기가 그녀에게서 났다.

난폭하게 깨어났다. 어젯밤의 일을 나는 이렇게 적는다. 난폭하게 깨어났다고.

아무 꿈도 없었다. 몸이 불편한 데도 없었고. 언제나 맛있는 좌자표 저녁 공양으로 속도 아주 편했었다. 이번에는 조금만 먹되 맛있게 먹자 하고 조금만 먹되 맛있게 먹었다. 파슬리의 녹색향이 손끝에 오래 남아 있었다. 노트에 이런저런 글을 적다가 밤 열 시 쯤 촛불을 끄고 잠들었던가. 그러다 깼던 것이다.

나에게는 자다 깨는 일이 다반사는 아니었으나 그렇다고 특별한 일도 아니었다. 악몽도 없었고 춥지도 덥지도 않았지. 그런데도 나는 난폭하게 깨어났다고 적는다.

치즈를 살짝만 건드려도 철컥 일어서고 마는 무서운 톱니 트랩. 그것처럼 내 상체가 어둠 속에 발딱 일어섰다. 일어섰을 것이다. 기억을 짚어 보건대 그렇다는 말.

무엇이 내 몸에 그토록 격한 탄력을 불러일으켰을까. 물론 알 수 없지, 아무것도. 과격한 동작이었으나 내 의지가 아니었으므로 나는 그것을 난폭한 깨어남이라고 말하는 것이다.

무언가를 생각할 쫌도 없는 아주 잠깐 동안의 깨어남. 그때는 아무것도 몰랐고 아침이 되어서도 기억나는 것이 없었다. 시간이 더 지나고 나니 몇 개의 불투명한 이미지가 떠올랐고 그것에 대한 유추가 가능해졌다. 이미지 차원을 아주 벗어난 유추는 아닐지라도.

헉.

이 소리가 내 목구멍에서 튀어나왔는지, 그것을 내 귀로 들었는지 알 수 없으나 가장 먼저 떠오른 것이 그 청각 이미지였다. 언제 일으켰는지 모르나 내 상체는 이미 방바닥과 꼿꼿하게 수직을 이룬 상태였으므로 수평에서 수직으로의 이동이 찰나적이었다는 것을 짐작할 수 있었어. 그 찰나에 튀어나온 것 같았던 찰나의 소리. 헉.

그때 내 눈에 들어왔던 것. 뭐더라? 푸르고 어스름한 막의 형상이었는데 벽이었는지 허공이었는지 분간할 수 없었다. 내가 내 수정체를 본다면 그런 느낌이었을까. 잠깐 동안의 갑작스러운 깨어남이 남긴 거라고는, 그런 흐린 몇 개의 인상뿐. 어쩌면 내 몸에 각인된 뚜렷한 두 가지 징후 때문에 다른 것의 기억이 상대적으로 혼미해진 건지도 몰랐다.

몸에 각인된 두 가지. 하나는 머릿속이 깨끗이 비어 아주 넓고 하얬다는 것. 새하얬다는 것. 그래서 이 느낌은 뇌의 것이 아닌 몸의 감각이라고 짐작하는 것이다. 나머지 하나는, 무당의 방울 소리처럼 귀를 파고들던 맹렬했던 풍경 소리. 그 둘 말고는 분명한 게 아무것도 없었다.

어젯밤의 난폭한 깨어남은 그렇게 삼사 초간 이어졌던 듯. 벌떡 일어섰던 상체가 다시 풀썩 고꾸라질 때까지 삼사 초 동안, 내 하얗게 텅 빈 머릿속으로 요란한 풍경 소리가 무쩌르듯 흘러들었던 것.

주승도 수봉도 좌자도 잠든 성불사. 바람 한 점 없고 달빛만 고요했다. 대적광전 뒤편의 큰 숲이 뒤채는 소리는 아무나 들을 수 없는 것. 그나마도 성불사에 깃든 사람들은 모두 깊은 잠에 빠졌으니.

주승과 수봉과 좌자에겐 성불사가 가정인 셈이었다. 그러나 그렇다는 것은 나와 좌자만 알 뿐 주승도 수봉도, 영차도 객실의 미와도 알지 못했다. 어미인 좌자가 입을 열지 않는 것은 어쩌면 부처의 세상에서는 주승과 수봉이 부자지간보다 더 막대한 관계라고 생각하기 때문인지도 몰랐다. 아니면 수봉이 주승과 자신이 아닌 더 아득한 데서 기원했다고 여기는지도. 그리 여긴다면 좌자가 어찌 입을 열겠으며 입을 연들 무슨 얘깃거리가 되겠는가.

어쨌거나 성불사의 밤은 각자의 방에서 잠든 그들을 달빛과 함께 꼭꼭 품었다. 객실의 미와도 촛불을 끄고 잠든 지 오래. 나만 깨어 그들을 굽어보지만 나는 원래 잠을 모르는 터라 깨어 있는 거라고도 할 수 없었다. 바람이 잦아들고 밤이 깊어 모든 사물이 딱 정지해 고요하고 적막해도 모든 소리의 연원인 나마저 잠들거나 사라지지는 않는 것이다.

미와가 뒤척였다. 이승에서의 엄마의 짧은 삶이 무슨 원망이나 미련의 빌미가 될까마는, 미와는 그래도 깊이 잠들지 못했다. 세상에 다시없었다던 휘핑크림의 맛, 그 백옥 난 같았다던 빛깔 하나로도 연화장蓮華藏의 인연이었을 것을, 미와에겐 그것이 맛과 색으로만 강렬했었기 때문일까.

미와는 헉, 소리를 내며 잠에서 깨어났다. 승과 승을 가르는 찰나의 소리. 상체를 일으켜 세운 것도 찰나였다. 발딱 일어나 앉은 그녀의 몸이 활시위처럼 팽팽했다. 놀라 자두만 하게 커진 눈은 흰자위 없이 온통 새카맸다. 어쩌나. 잠결에 내몰린 곳이 어떤 시공인지도 모른 채 미와는 팽팽했던 몸을 벌벌 떨었다.

바람 한 점 없이 달빛만 교교한 밤이었으나 풍경 소리를
들려주어 미와가 잠들 수 있도록, 나는 허공에 주문을 넣었다.
저 손아마저 잠들어 홀로 울게 하여라. 기함한 미와가 안쓰러
웠다.

객실 창호지 문에 어린 푸른 달빛. 달빛과 함께 떨어져
내린 풍경의 둥근 몸체와 물고기 모양의 추가 푸른 창호지에
검은 윤곽으로 또렷이 박혔다. 바람 없는 한밤중이었으므로
그림자는 꼼짝도 하지 않았다. 꼼짝도 하지 않았으나 풍경 소
리가 울리기 시작했다.

그 소리를, 미와는 들었을까. 창졸간에 깨어나 처음에는
팽팽하게, 그러고는 이내 벌벌 떨다가, 끝내는 휘청거리던 미
와의 상체가 풀썩 고꾸라졌다. 그녀가 다시 깊은 잠에 빠진 뒤
로도 풍경 소리는 한동안 그치지 않고 홀로 울었다. 성불사 깊
은 밤에.

휴대전화 전원을 켜니 그에게서 걸려 온 부재중전화가
168통, 문자메시지가 54개.

널 이해할 수 없어. 나를 이해시켜 봐. 나를 설득하든
지 해보라고.

전원을 켜자마자 그에게서 전화가 걸려 왔고,

너 나한테 이럴 수 있어? 이래도 돼? 들어 줄 테니 말해 봐. 이러는 이유든 사정이든 심리든. 네가 무슨 일로 괴롭다면 그것을 가장 잘 해결해 줄 유일한 사람은 나야. 그걸 몰라? 정말 몰라서 그래? 어떻게 이제야 전화를 받아?

그의 외침이 쏟아져 나오기 시작했다.

나를 설득할 수 없다면 너는 내가 하자는 대로 해야 돼. 그래야 되는 거야. 좋아, 내가 떼를 쓰기 위해 네 말에 설득력이 없다고 우겨 댈 수도 있겠지. 어처구니없게도 너는 나를 그런 놈으로 보니까. 그러니까, 그러니까 내가 아닌 네 친구나 네 친구의 남자 친구, 그런 제삼자들이라도 설득을 해봐. 네가 할 말이 있다면, 할 수 있다면 그렇게 해 보라고. 그들이 지금 이러는 널 납득한다면, 그런다면 내가 네 말을 믿겠어…….

팽나무 아래서 나는 그의 전화를 받았다. 그의 말은 내가 팽나무 이파리를 다 셀 때까지도 끝날 것 같지 않았다. 나는 오래오래 기다려 그에게 말했다.

이제야 알겠어.

뭘?

그가 물었다.

네 소리를 들으니 알겠어.

소리?

응, 소리.

어떤 소리?

안 되겠는 소리.

뭐?

소리를 들으니까 안 되겠다는 생각이 들었어.

왜?

왜냐고?

응, 왜?

내 소리가 안 들려?

무슨 소리야? 들려.

내 소리가 안 들리지?

들린다니까.

내 소리가 안 들리는 모양이네.

뭐? 야, 들려. 너 미쳤어? 미와야!

나는 귀에서 휴대전화를 천천히 내렸다. 통화 종료를 누르고 전원을 껐다. 주승과 좌자가 나무 벤치에 앉아 바라 보곤 하던 허공으로 눈을 돌렸다.

미와가 캐리어를 끌고 은행나무 길을 내려갔다. 그녀가 올 때 와 다름없이 그녀가 떠나는 지금도 성불사는 가을 한복판이 었다. 수봉이 쓸어 놓은 마당에는 대 빗자루의 흔적이 해변의 잔물결 자국처럼 남았다. 허공을 날아온 몇 잎의 산벚나무 단풍이 물결 자국 사이사이에 내려앉았다.

은행나무 잎이 눈처럼 덮여서 은행나무 길은 바닥이 보이지 않았다. 노란 길 위로 까만 은행나무 그림자가 철로의 침목처럼 가로로 누웠다. 그 위를 미와의 캐리어 바퀴가 돌돌돌 소리를 내며 지나갔다.

고구마 밭 밭두렁에 작동을 멈춘 관리기 한 대가 햇살을 받고 있었다. 다른 작물을 파종할 준비를 막 끝낸 고구마 밭은 굵은 빗으로 빗은 듯 고랑과 이랑이 가지런했다. 더는 고구마 밭이라고 할 수 없는 새 밭. 방금 이랑 작업이 끝난 붉은 밭에서 진득한 흙내가 피어올랐다. 관리기 엔진의 열기도 식지 않은 것 같은데 함 씨는 어디로 간 것일까. 나는 잠시 멈추어 왔던 길을 돌아보았다.

멀리 대적광전의 용마루와 분황사탑을 닮은 나무탑 꼭대기가 보였다. 오랜만에 비행운 하나가 하늘 가운데를 비꼈다. 언제나 무섭기만 했던 대적광전의 화엄성중을 떠올렸다. 언젠가 다시 오겠습니다. 두 손을 모아 그쪽을 향해 합장을 했다.

캐리어 손잡이를 최대한 늘여 잡고 돌아섰다. 가야 할 길이 내 앞에 나른하게 놓여 있었다. 햇살로 한 차례 심호흡을 하고 발을 내디뎠다.

그 소리를, 미와는 들었을까. 바람 없이 홀로 울었던 어젯밤 그 풍경 소리를? 나는 궁금해서 미와 쪽을 향해 소리를 내보기로 했다. 미와가 내 소리를 알아들을까?

발을 내딛는데, 뒤에서 소리가 나에게 물었다.

어디로, 가십니까?

멀고 깊은 곳에서 들려오는 소리. 아니면 주승과 수봉 스님, 좌자와 영차보살의 합창 같기도 한.

나는 소리가 들려오는 쪽으로 고개를 돌렸다. 성불사를 에워싼 나무들이 저마다 단풍을 뽐냈다. 언제 나를 봤느냐는 듯 시치미 떼는 고즈넉한 사찰의 가을 풍경이, 떠나지도 않아 성급한 향수부터 불러일으켰다.

소리를 듣는구나. 어젯밤 풍경 소리도 들었겠구나. 그럼 잘 가시오. 나는 그녀를 향해 말했다. 바이.

그 소리에 나는 답하지 못했다. 길을 걸으며 두고두고 나에게 물어야 할 질문이라고 생각했다.

나는 한 손을 높이 들어 성불사를 향해 흔들었다. 그리고 말했다. 고마웠습니다, 모두들. 바이.

1   절의 법당 가운데 비로자나불을 본존으로 모시는 본당

2   화엄경에 등장하는 104위의 성스러운 존재들. 대개는 탱화로 그려져 법당 좌측에 걸린다.

3   도덕경 제14장 청지불문명왈희 道德經第十四章 聽之不聞名曰希

4   사찰의 각 전각에 모시는 주불 主佛. 대적광전의 주불은 비로자나불이다.

5   석가모니가 설한 '공사상'이 깊게 다뤄진 대승불교의 대표 경전

6   부처가 되기 위한 수행과 인과응보에 대해 설한 것으로, 석가모니가 성도한 깨달음의 내용을 그대로 설법한 경전

[향기 향]

육두구 향

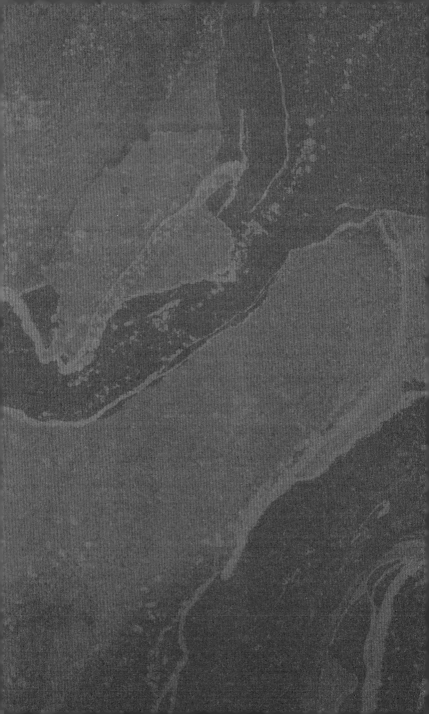

오늘로 나는 그녀를 세 번 만났다.

오늘로 그는 그녀를 세 번 만났다.

횟수 같은 건, 음, 그다지 중요하지 않겠지. 몇 번이든. 중요한
게 아니라고, 나는 생각했다. 중요하지 않아. 한 번을 봐도 세
번 본 것 같고 세 번을 봐도 한 번 본 것 같을 수 있는 거니까.

그러면서 그는 오래전에 자신이 썼던 글자를 떠올리기라도
했을까. '하루를 입어도 십 년을 입은 듯 십 년을 입어도……'
그의 카피는 아니었으나 그가 썼던 글자였다. 주요 일간지 전
면광고를 장식했던 글자를 기념하는 액자가 아직도 그의 방
한 귀퉁이에 걸려 있었다. 그의 출세작이었다. 글자보다는 글
씨라고 하는 게 낫겠다. 그는 캘리그래피스트였다.

한 번을 봐도 왠지 알 것만 같은 사람. 그리고 세 번을 봐도 서른 번을 봐도 도무지 알 수 없는 사람. 그런 사람이라는 게, 음, 있는 거겠지. 그럴 터인데, 그녀는 어느 쪽? 어느 쪽일까. 오늘로 나는 그녀를 세 번 만났다. 그녀를 좀 알게 되었나. 그녀를 알려고 했었나. 지나치게 그녀의 쇄골에만 빠져들고 만 걸까.

　　그녀를 처음 만나러 갔던 날, 그리고 두 번째 만나러 갔던 날은 어땠던가. 어땠지? 그리고 세 번째 만나러 갔던 오늘은? 기분 같은 것에는 별 차이가 없었다. 없었어. 나는 그저, 음, 그녀를 만나야겠다고만 생각했으니까. 만나야겠다고만. 매번 그러기만 했으니까. 왜 그래야 하는지도 모른 채. 그녀를 보게 되면 왜 내가 그래야만 했는지를, 알게 될 것 같았다. 알게 되기를 바랐지. 정말 알고 싶었으니까. 왜 그래야 하는지를. 도무지. 음. 하지만 알지 못했어. 첫 번째도 두 번째도 다. 그래서 세 번째 그녀를 만나게 되었던 것이다. 봐야겠다고만 생각했으니까.

그랬긴 해도 오늘만큼은 좀 다른 기분이 아니었을까. 그녀를 만나러 가는 길에 벚꽃이 활짝 피었었으니까. 첫 방문은 여름이었고 두 번째는 겨울이었다. 꽃 같은 건 없었다. 무성한 잎 아니면 앙상한 가지뿐이었다. 그 나무들 중 많은 그루가 벚나무였다는 걸 비로소 알게 되었다. 오늘로 그는 그녀를 세 번 만났다.

수령이 꽤 된 벚나무들이었다. 벚나무 특유의 검은 줄기와 흰 꽃이 선연한 흑백의 대비를 이루었다. 하루 전만 해도 볼 수 없었던 꽃들이었다. 하루 만에, 일제히, 활짝 핀 벚나무 길을 그는 달렸다. 그녀를 만나기 위해서는 승용차로 매번 70킬로미터쯤을 달려야 했는데 그 방향이 남쪽이었다는 사실을 그는 새삼 깨달았을 것이다. 그의 집 뒤뜰 벚나무는 피기 전이었다.

그가 벚꽃 길을 아무 생각 없이 달릴 수 있었을까. 대학 졸업 한 해 전, 북녘 어딘가가 고향이라던 담임 교수와 벚꽃 길을 찾았다가 꽤 오랫동안 난독증으로 고생했던 그였다. 모래톱이 아름다운, 남도의 긴 강을 끼고 백 리나 이어지던 벚꽃 길.

집게발에 검은 털이 숭숭 난 지역 특산 민물게장을 노교수는 맛있다며 쪽쪽 빨았다. 게는 주먹만 했다. 이보다 맛있는 건 세상에 없어. 고향 것이 최고지만 말이야. 벚꽃이 눈처럼 떨어져 내리는 식당의 야외 평상에서 교수는 게장을 핥고 빨았다. 어딘가 음울했던 풍경. 동행했던 학생들은 검고 낯설고 짠 내 나는 그것을 외면했다. 그도 마찬가지였다. 싸 온 샌드위치를 교수 옆에 앉아 먹다가 그는 식중독에 걸리듯 난독증에 걸렸다.

평상에서 일어섰을 때 그는 이미 식당의 간판을 제대로 읽을 수 없게 되었던 것. 민물게장 냄새 때문이라고 그는 말했다. 독소와 마취와 환각 성분의 냄새라는 게 있다면 아마 그와 같을 것이라고. 학생들은 그의 말을 들었고 교수는 듣지 못했다. 그런 말 해봤자 손해만 된다며 동료 학생들은 그가 교수 앞에서 입을 열지 못하도록 했다. 하지 마. 교수 성깔 알잖아. 그러나 그는 고집을 꺾지 않았다. 며칠 뒤, 왜 못 읽어? 하고 묻는 교수에게 민물게장 때문이라고 그는 말해 버렸다. 왜 그랬는지 알 수 없었겠지. 나의 존재를 그가 알 리 없었을 테니까. 민물게장이 발효되면서 싸한 육두구의 풍미를 낸다는 것은 더욱더 몰랐을 것이다. 난독증이 민물게장 냄새 때문이라고만 그는 말했다. 그에게 큰 손해가 돌아갔지만 어차피 난독증으로 이런저런 손해를 당할 만큼 당하고 있던 터였으므로 교수로부터의 손해라는 게 별 의미가 없었다.

"민물게장이요?"

그녀가 물었다. 그녀는 언제나처럼 오늘도 주방에 있었고,

"네, 주먹만 한."

나는 주방이 보이는 자리에 앉아 대답했다.

"그거 좋아하는 사람들은, 그렇죠, 매우 좋아하죠."

그녀는 음식이나 음료를 그림 그리듯 만들어 냈다. 왠지 느낌이 그랬다. 소리 없이. 서슬만 스윽스윽 느껴졌어. 걸음걸이도 도마질도 소리를 내지 않아서 아아, 외딴집의 미녀 유령? 유령인가? 하고 잠깐 생각하다 혼자 웃었던 첫날이 떠올랐다. 그녀는 수없이 많고 작은 향신료 병들을 번갈아 들어, 스튜 팬이나 접시 위에 붓질하듯 흔들었다. 스윽스윽. 몸의 움직임에도 남다른 여유가 있었지. 나도 따라 금방 느긋해졌을 만큼. 바깥의 시간과는 다른 시간이 그녀의 외딴집 안에 흐르는 것 같았다. 첫날부터 나는 그것을 알아차렸다. 어쩌면 아예 흐르지 않거나, 고인 자리에서 맴도는 듯해 보이는 시간. '마이너스의 시간'이라는 카피가 떠올랐고 나는 열다섯 개의 자모를 어떻게 디자인해서 배치해야 외딴집의 시간과 어울릴까 따위를 생각했다.

"그렇다고, 네, 저도 알고 있습니다. 민물게장."

나는 오늘도 기장밥 반 공기와 돌나물두부카나페를 주문했다.

첫날 그녀가 권했던 음식이었다.

"아, 벚꽃이 피면 그러니까."

"네."

"힘들었던 시간들이 막."

"아뇨, 아뇨. 지났는걸요. 나았는걸요, 다."

"벚꽃이 피어도요, 이제?"

"네. 잘 읽어요."

"아무렇지도 않은 거예요?"

음식을 만들 때면 그녀는 한사코 누구도 바라보지 않았
다. 그녀 주위에는 언제나 살짝 어지러운 향신료의 여운이, 빛
처럼 반짝거렸다.

"아무렇지도 않아요, 벚꽃."

첫날도 두 번째 날도 나는 돌나물두부카나페를 먹었
었다.

"민물게장 냄새를 맡아도요?"

돌나물두부카나페는 내가 갔던 첫날 그녀가 처음 만들
어 본 음식이랬다.

"아마도요. 그동안 다시 볼 수는 없었지만."

나는 그러니까 그녀의 돌나물두부카나페 메뉴의 첫 손
님이었던 것이다.

"네에."

그녀가 고개를 끄덕였다.

"흔치 않은 거잖습니까, 그게."

나는 다른 음식이 생각나지 않을 만큼 그녀의 돌나물두
부카나페가 맛있었다. 두부프라이, 푸른 돌나물, 양념간장.
그토록 간단한 레시피에 그녀는 어떤 비결을 더했던 걸까. 간

장에 향신료를 몇 종류나 섞은 걸까. 스윽스윽. 그녀는 간단한 음식만 만든다고 했었지. 다른 반찬 없이도 그것 한 가지로 충분한.

"그렇죠."

"네."

"그런데 민물게장은…… 왜?"

"네?"

"민물게장 얘기하셨잖아요."

"아."

깜빡했었다. 민물게장 얘기를 꺼낸 이유. 그녀의 쇄골을 보느라 그만. 아, 하는 순간 떠올랐다. 벚꽃이 피어서, 벚꽃 그늘을 달리는 내내 민물게장이 떠올랐지만, 그랬지만, 나는 오로지 그녀를 보기 위해 벚꽃 길을 달리는 것뿐이라는 생각밖에 없었노라고, 이 말을 하기 위해서였다고 그녀에게 말했다. 민물게장 얘기를 꺼냈던 것은 그래서였다고. 어떤 것도 그녀를 만나야겠다는 생각을 앞지르지 못했다고.

"왜 그러는 건지는 여전히 모르겠고요?"

그녀가 늘 묻는 말이었다.

당신의 쇄골 때문에, 라는 말이 튀어나오려 했으나 나는 꾹 삼키고 대답했다.

"모……르겠어요."

왜 쇄골 때문이냐고 물으면 대답할 수 없었으니까. 그녀의 쇄골은 민물게장 이후 나에게 닥친 가장 이상한 사태였다. 어떻게 대답할 수 있을까. 어떻게. 그녀의 쇄골은 그동안 내 안에서 꼬리를 물고 이어지던 의구심이 마지막으로 닿은 곳이었다. 그런 게 있었어. 꼬리를 물던, 의심스럽고 두렵던 마음들. 그리고 나는 닿았던 거지. 그녀의 쇄골에. 또 다른 새로운 의구심에 쇄골도 언젠가는 사리를 내주게 될지 알 수 없으나 하여튼 지금은.

오늘도 그녀의 돌나물두부카나페를 맛있게 먹었다. 먹으면 먹을수록 더 좋아질 거라는 행복한 생각에, 이상하게도 불쑥, 이유 모를 두려움이 끼어들었다. 그래서일까, 돌나물두부카나페가 자꾸 더 맛있어졌다. 두려움은 뭘까.

그녀의 외딴집은 그의 집으로부터 70킬로미터쯤 남쪽이었다. 국도를 타고 달리다가 지방도로로 접어들고 마침내는 지도에도 없는 작은 길로 들어서야 하는 곳. 말하자면 특별할 게 없는 곳이었다. 작은 길은 끝나지 않고 커다란 공업단지가 있는 쪽으로 이어졌다. 국도에서 지방 도로로 들어서는 어귀에는 아파트도 있고 학교도 있고 경찰 지구대와 소방서도 있었다.

작은 도시와 큰 공단을 잇는, 중앙선 표지도 없는 사잇길

에 그녀의 집이 있었다. 도시를 에돌아 공단에 닿는 넓은 도로
는 따로 있었다. 외딴 곳에 있어 그녀의 집이 외딴집이기도 했
으나 외딴집 처마 밑에 걸려 있는 나무 간판에 적힌 글자가 외
딴집이어서 외딴집일 수밖에 없었다. 집의 크기도 외딴집이
라는 이름에 걸맞게 딱 그만큼 작았다.

외딴집을 누구는 카페라고 하고 누구는 식당이라고 했
는데 카페라기엔 식당이고 식당이라기엔 카페여서 그곳에
오는 사람이라면 다들 그냥 외딴집이라고 했다.

지난여름 그는 그곳에 처음 갔다. 누가 봐도 카페도 식당
도 안 될 자리였다. 위치가 그랬다. 너와집도 처음부터 너와
집이어서 너와집인 거지, 리모델링 같은 걸 해서 너와집이 된
것은 아니었다.

문을 열고 들어서려던 그는 문턱을 넘지 못하고, 문을 연
채, 한동안 우두커니 서 있었다. 지난여름 첫 방문 때 그랬다.
안쪽에서 끼쳐 온 무언가가 그를 멈추게 했다. 사람의 기척도
불빛도 온기나 냉기도 음악 소리도 아니었다. 그것은 그냥 끼
쳐 오기만 하는 무엇이었다. 그것이 외딴집 안에 가득한 향신
료, 그중에서도 도드라지는 육두구 향이었다는 것을 그는 알
지 못했다. 향이 있는 곳이라면 어디든 서리게 되어 있는 나야
모를 리 없었지만.

그녀가 울 때는 오르골을 틀었다. 울기 바로 전에. 오르골 소리는 그녀가 곧 운다는 신호였던 셈. 첫날 나는 그것을 알아차렸지. 그녀가 오르골을 틀고, 울고, 티슈로 코를 풀 때까지의 모습을 가만히 지켜보는 외딴집 손님들에게서, 음, 나는 그걸 읽었다. 읽었지. 울음의 전조라는 것을. 손님들은 어딘가 어색해했지만 엄숙한 쪽이었다. 해가 지면 외딴집 열여섯 개의 자리가 꽉 찼다.

오르골 뚜껑을 열면 오르골에서 사는 인형 요정이라고밖에 할 수 없는 인형 요정이 빙글빙글 돌았다. 요정의 풍성한 버슬 치마가 반짝일 때마다 오르골 소리라고밖에 할 수 없는 소리가 흘러나왔지. 죽음, 비밀, 저승, 그리고 소심한 유령 따위가 버무려진 소리라는 게 있다면, 그런 게 있다면, 아마 그와 같을 것이라고 나는 오랜 버릇처럼 맘대로 생각해 버렸어. 그녀는 희고 긴 손가락으로 오르골 뚜껑을 열었다. 소리가 그칠 때까지 그녀와 손님들은 아무 소리도 내지 않았다. 소리가 그치면 외딴집 안의 모든 소리가 오르골 소리를 따라 이승이 아닌 곳으로 낱낱이 날아가 버렸다. 그러는 것 같았다.

숨 막히는 그 순간 손님들은 여전히 침묵했고 그녀 혼자 기이하게 울기 시작했어. 처음부터 급하고 거칠게. 한 시간 전부터 내내 울어 왔다는 듯이. 흑흑 헉헉. 눈물 콧물을 쏟으며. 후두의 떨림과 한숨으로만 뒤섞이는 울음. 얼굴은 볼품없이 일그러지고 번들거렸다.

　　손님들은 그 별난 의식을 묵묵히 마주했다. 그녀의 눈물
이 목을 타고 줄줄 흘러내렸다. 흘러내려 그녀의 깊은 쇄골에
고였지. 흐느낄 때마다, 고인 눈물에서 잔물결 같은 게 일었
어. 쇄골. 나는 어째서 그녀를 만나러 달려갔고 왜 그만 덜컥
쇄골에 빠져 버렸던가. 의문의 혹을 떼려다가 의문의 혹을 붙
인 꼴이 되었을까.

"음식 때문일 거예요, 아마."

　　편자쟁이가 말했다.

"외딴집에 들른 까닭이요?"

　　그가 물었다.

"근처를 지나게 되면 다들 반드시 들르니까요. 나처럼."

　　자리가 다 차서 편자쟁이는 보조 의자에 앉아 있었다.

"음식이, 맛있으니까 온다고요?"

"그렇다니까요."

　　편자쟁이는 첫날 그렇게 말했다.

"오고 나서야 맛있다는 걸 알았을 텐데요."

　　그가 말했다.

"딴은 그렇겠네요."

"딴은?"

"네. 딴은."

편자쟁이는 전국의 마장을 돌며 폐편자를 수거해 돈을 받고 되파는 사람이었다. 자신을 그런 사람이라고 소개하며 편자쟁이라고 부르면 될 거라고 했다. '딴은' 같은 말을 쓰는 사람이었다.

"처음에 어떻게 왔냐는 겁니다. 음식 맛을 모를 때."

그가 물었다.

"편자를 팔려던 거였겠지요. 어디서든 편자를 파는 게 내 일이니까."

편자쟁이 옆에는 잘 닦인 폐편자 뭉치가 있었다.

"자연스러운 이유겠네요, 그게 더."

"하지만 정말 음식 맛 때문인지도 몰라요. 맛있잖아요, 다."

편자를 지니면 재수가 좋아진다고 했다. 닳아서 얇아진 폐편자를 무엇으로 닦았는지 매우 반들반들했다.

"오고 나서야 맛있다는 걸 알았을 텐데요."

같은 말로 그가 다시 물었다.

"이끌려 왔으니까요. 멀리서부터."

"맛 때문이 아니라 그럼 냄새 때문이었겠네요. 멀리라니까."

"딴은 그렇겠네요."

"딴은?"

"좋은 음식 맛이 향신료 때문인 것 같으니까."

"음."

"저기, 주방에 백 종류도 넘는 천연 향신료가 있어요."

"그것에…… 이끌려 왔다고요?"

"아마도."

재수를 떠나, 잘 닦인 폐편자라는 것은 어쩐지 갖고 싶게 만드는 물건이었다. 그도 같은 생각이었을까.

"끌리는 물건이군요."

탁자 위의 편자를 바라보며 그가 말했다.

"지녀 보면 달라질 거예요."

"뭐가요?"

"뭔가는요."

편자쟁이가 말했다.

음식을 먹을 때도 우쿨렐레를 손에서 놓지 않던 작은 체구의 늙은 남자 손님이 옆 테이블에서 엉거주춤 일어섰다. 일어서더니 그것 하나 주시오, 하고 말했다. 그리고 편자쟁이에게 푸른 빛 나는 지폐 한 장을 건넸다. 외딴집 손님들은 편자 값을 다 알고 있었다.

"멀리서부터 이끌렸다고요?"

그가 다시 물었고,

"아주, 아주 멀리서."

편자쟁이가 아련한 눈빛을 지었다.

첫날 그는 편자쟁이에게서 편자 하나를 샀다. 늙은 남자 손님이 우쿨렐레를 켜며 큰 소리로 노래를 부를 때 그는 지폐 한 장을 편자쟁이에게 건넸다. 닳고 부식된 편자의 표면이 너무도 깨끗하게 닦인 나머지, 닳고 부식된 것은 매우 빛나고 소중한 거라는 인상을 주는 편자였다. 두 번째 방문 때 그는 편자쟁이를 보지 못했다.

"이곳에는 처음인가요?"

내가 건넨 돈을 받으며 첫날 편자쟁이가 물었지. 작은 덩치에 비해 소리가 깜짝 놀라게 큰 늙은 남자의 노래 때문에 편자쟁이의 목소리가 잘 들리지 않았지만, 그랬었다.

손님들은 고개를 숙이고 간단한 음식을 먹거나 음료를 마시며 묵묵히 노래를 들었다. 늙은 남자의 노래는 정체를 알수 없는 크나큰 슬픔을 싣고 외딴집 바깥의 어둠 속으로 뻗어나갔다. 이곳에 처음인가요? 대답은 않고 나는 고개만 끄덕였던가.

늙은 남자의 노래. 그 소리. 커지면 커질수록 오히려 침울해지던 소리. 나는 탁자 위의 편자를 내려다보며 남들처럼 묵묵히 늙은 남자의 노래를 들었다. 묵묵히 들을 수밖에 없게 하는 노래였으니까. 나는 스스로 나의 행방을 알 수 없어 곤혹스러웠다. 그랬지. 왜 그 시각 그곳에 앉아 있었던 건지. 늙은 남자의 노래는 점점 커졌고, 그 소리는 네 주소가 어디냐며 나를 꾸짖었다. 그러는 것 같았어. 꾸짖는 소리임에도, 꾸짖는 소리여서, 울적하면서도 나는 한편으로 홀가분했던가. 그랬던가. 늙은 남자의 노랫말이 메마른 바람처럼 가슴을 쓸고 지나갔다. 네 주소가 어디인 거니 지금. 네 주소를 잃었단다 지금 나는…… 외딴집 작은 창밖에도 커다란 벚나무가 있었다. 그러나 그때는 여름이어서 검푸르기만 했었고 그게 무슨 나무인지 나는 알지 못했었지. 어둠 속에서 큰 나무 한 그루가 늙은 남자의 노래를 묵묵히 듣고 있었다는 것밖에는.

그날 내가 마시던 커피 잔에서는 싸한 은단 향이 났다. 은단 향은 아니었을 테고 은단 향 같은 것. 주방 의자에 앉아 창밖의 어둠을 물끄러미 응시하는 그녀를 건너다보며, 나는 꼬리를 물고 이어지던 내 의구심을 거꾸로 짚어 올라갔다.

그 끝에, 한 편의 영화가 있었다.

그녀의 쇄골로부터 거슬러 오른 곳. 그곳에. 익숙지 않던 영화. 그것이 모든 것의 시작인지는 모르겠으나 뭔가 이상하게 번져 간다는 느낌이 든 것은, 그래, 그 영화부터였어.

국내의 큰 영화제에 참석한 국내외 저명한 영화인들이 뽑았다는 아시아 최고의 영화. 육십이 년 전에 만들어진 흑백 필름이었다. 그랬다고 했다. 그 영화의 감독이 최고의 감독에도 뽑혔다. 못 본 영화가 최고의 감독이 만든 최고의 영화라니.

나를 자극했던 것은 열패감이었으나 얼마 전 아이가 대학 대신 영상미디어스쿨에 등록했다는 사실이 영화를 보게 만든 이유이기도 했다. 영화라는 것이 나에게 좀 더 각별해졌던 것. 영화를 배우기로 했어요. 대학은 아녜요. 그 얘기를 아이는, 알아요? 알까요. 어째서 엄마 아빠가 이혼한 건지 나는 아직도 몰라, 몰라. 모르는데. 모르네요. 정말 정말 몰라 나는요. 이런 경쾌한 문자에 끼워 보내왔었다. 그 뒤로 여름이 되었고, 이른바 의원면직 실업의 날들을 아무 생각 없이 보내던 나는 위성 티브이로 이런저런 영화를 보았다. 나도 모르겠다 애야, 정말 모르겠거든, 응, 모르겠어, 하고 혼자 중얼거리며.

보다 보니 본 영화였다. 최고의 감독이 만든 최고의 영화. 더 보다 보니 안 본 영화였다. 헷갈리고 이상해지기 시작했다. 본 영화는 아닌데 어디서 봤더라. 두 번을 더 봤고 이틀을 생각했다. 여름은 빠르게 깊어 갔다. 언제 본 영화였던가. 어디서. 상관없지 않은가. 어디서 언제 봤든. 봤고, 그러면 된 것 아닌가. 영화인데. 그러면서도 나는 애들과 있는 지구 반대편의 아내에게, 혹시 함께 본 적이 있었던가 물을 뻔했다. 내 궁금증이 석연찮은 흐름을 타고 번진다는 느낌이 들기 시작했다. 그것은 멈추지 않았다. 급류에 휩쓸렸지. 난독증이

닥쳤을 때처럼. 증상을 이기려고 취업을 포기한 채 미친 듯 글씨 쓰기에 매달렸을 때처럼. 왜 그런 일들이 벌어지는 것일까.

영화를 보는 내내, 흉몽 같았던 지난 시간들이 파노라마처럼 빠르게 지나갔지. 기적처럼 캘리그래피의 세계와 만나고 난독 증상에서 벗어나고 연이어 히트작을 내고 방송사와 광고 회사를 거치며 결혼을 하고 애를 낳고 집을 넓히고 이사하고 척척 이혼을 하고 아이와 서로 지구를 등진 채 그만 멀어지고……. 이런 일들이 마구마구.

끔찍했던 날들이었대서 흉몽이 아니라 그 모든 것들이 너무도 빠르게 바람처럼 왔다가 이슬처럼 사라졌기에 흉몽인 것. 내 삶이었는데 내 의지와 무관한 곳에서 저 홀로 솟구쳤다가 멋대로 꺼져 버린 것 같아서. 미친 듯이 그리된 것 같아서. 지난 일들이 모두. 나도 모르게. 느끼거나 알거나 이해하기도 전에 나를 휙 지나가 버린 것 같아서 흉몽.

텔레비전은 뒤뜰을 등지고 있었다. 빛이 적게 들어 언제나 어두운 뒤뜰. 거기엔 아내와 아이들과 함께 심은 나무들이 소리 없이 자랐다. 산수유, 박태기, 작은잎후박, 벚, 라일락, 푸른 단풍. 다복솔……. 볕은 적었으나 나무들은 제 그늘을 딛고 그럭저럭 자랐다.

최고의 영화는 처음 보는 거였다. 화면과 뒤뜰의 여름을 번갈아 보며 두 번을 이어 봤다. 역시 처음 보는 영화. 보다가

오이냉국에 국수를 말아 먹고 다시 보다가 잠들기도 했다. 처음 겪는 실업의 날들을 주체할 수 없었으나 벗어나고 싶지 않았지. 나는 무기력하기를 원했고 더는 무엇도 스스로 선택하고 싶지 않았었고. 누구의 말처럼 나는 극단적 권태 덕분에 심심하지 않았다.

어디서 봤지. 언제 봤더라. 영화를 보면서 나는 나의 이후 시간들이 무언가에 이끌려 가기를 바랐던가. 무언가에 의해 내가 아무렇게나 선택되기를? 말하자면 영화 같은 것에?

처음 보는 영화라는 믿음이 내 안에 침처럼 고였다. 소설 때문이었다는 것은 좀 더 나중에 알았다. 육십이 년 전에 만들어졌다는 영화인데 저 가방을 보라지, 극 중 어머니의 흰 가방은 요즘의 소품이 아닌가. 디자인이며 질감 따위가 영락없이. 오래된 흑백필름이라고 해도 그 점은 확연하잖아…….

그런 생각이 들 때마다 어쩐지 내 생각이 아닌 것 같아 자꾸만 신경이 쓰였다. 일본인데, 일본 영화인데 저렇게 아버지 앞에서 아들이 담배를 뻑뻑 피워 대는구나. 일본은 그런가. 그랬던가. 이것 역시 내 생각이 아니었지. 어디선가 읽은 소설의 한 토막이었다. 그랬다는 사실이 마침내 떠올랐다. 처음 보는 영화가 낯익었던 까닭도 소설 때문이었던 것.

소설. 누구의 어떤 소설이었던가. 영화가 아닌 소설에 매달리기 시작했다. 그러는 나를 내버려 두었다. 소설의 작중

인물이 오래된 영화를 보면서 중얼거리는 장면이 더 떠올랐다. 음, 음, 저게 다다미 쇼트라는 건가. 카메라 높이가 아, 정말이지 집요할 만큼 일정하군. 다다미에 앉았을 때의 사람 눈높이……. 이런 소설 속 독백을 내가 따라 하고 있었던 것이다. 대체 누구의 어떤 소설이었던가.

내가 글씨에 열중했던 것은 물론, 난독증 때문이었다. 한 글자 한 글자 집중해서 오래 쓰다 보면 증상에서 벗어날 수 있을 거라는 캘리그래피 강사의 말을 곧이곧대로 믿은 것은 아니었다. 그러나 나는 강사가 바라던 것보다 훨씬 오래 글씨 쓰기에 빠져들었지. 나조차 몰랐던 남다른 솜씨를 난독증이 일깨워 준 셈이었어.

남들보다 힘들이지 않고도 칭찬받는 글씨를 슥슥 써내서 함께 배우던 사람들을 자주 놀라게 했고 나는 그게 미안했다. 그만큼 앞서 프로 캘리그래피스트가 되었을 때는 미안하지 않았다. 난독증에서 벗어난 것을 그들은 더 기뻐해 주었으니까.

프로가 되어 작업한 첫 작품이 '옆에 앉아서 좀 울어도 돼요?'라는 글씨였다. 이름 있는 노작가의 소설집 제목이었지. 나에게 주어진 수당은 그다지 높지 않은 편이었으나 출판사는 이후의 모든 표지 디자인과 제목 글씨를 내가 속한 종합 디자인스튜디오에 맡겼다. 그랬었어. 나에겐 잊힐 수 없는 소설이었으나 아무래도 캘리그래피에 관련해서였으므로 기억은 표지와 제목에서 멈추었다. 읽은 기억이라곤 없었어. 게다가 '하루를 입어도 십 년을 입은 듯……'을 개작한 것이 크게 히트하면서 나는 방송국의 교양제작국을 거쳐 한다하는 광고 회사를 휘젓고 다니다시피 했으니까. 그러는 동안 아내와 아이는 다른 나라로 가버리고. 내가 어, 어, 하는 사이에.

그렇게 오랜 시간이 지나고 또 지났으므로 비록 읽었다고 해도 까맣게 잊고 있었을 것이다. 그랬는데, 소설의 몇 문장이 무료한 여름날에 떠올랐던 것이다. 어두운 뒤뜰을 등지고 느리게 흐르던 흑백영화에서.

"이런 말들 믿기 어려우시겠지만……."

그가 말했다. 두 번째 외딴집을 방문했던 겨울에.

"믿어요. 사실이 그렇게 된 거잖아요. 영화에서부터."

그녀가 커피를 건네며 말했다.

"그 뒤로 작가님을 만나야겠다는 생각이 떠나질 않았습니다. 이유는 모르겠습니다. 저는 요즘 모든 게 그런 식입니다."

그는 커피 향을 천천히 오래 맡았다. 두 번째 마시게 된 커피에서도 은단 향이 난다고 생각하는 걸까. 그녀에게서 묻어난 육두구 향이라는 것을 그가 알 리 없었다. 그는 육두구를 본 적도 맡은 적도 없었으니까.

"떠나지 않는 생각은 떠나지 않게 내버려 둔다는 얘기. 첫날도 하셨어요."

조리대를 정리하고 마른 수건으로 손을 꼼꼼히 닦은 그녀가 주방 의자에 앉아 그를 마주했다.

"워낙 유명하신 작가님이라 연락처와 주소를 아는 일이 어렵지 않았지요. 오래 망설였지만 기어코 전화를 드렸던 거고요."

"아버지를 만나고 싶다고 전화하신 분은 처음이었어요. 이틀 후면 아버지의 사십구재였으니까요."

"네. 떠나지 않는 생각을 떠나지 않게 내버려 두는 것은 어렵지 않았어요. 하지만 알 수 없는 충동을 무턱대고 행동으로 옮기는 건 쉽지 않았지요. 아무에게도 이해받을 수 없는 짓은 사람들을 곤란하게만 할 뿐이니까요."

"곤란하다고 생각지 않아요, 저는."

"다른 형제분들하곤…… 분명 다르셨죠. 죄송하고, 고맙습니다."

"곤란하지 않으니까."

"작가님이 돌아가셨다는 걸 알았으면서도, 봐요, 기어코 따님을 만나겠다고 오늘로 두 번째 찾아왔습니다. 저도 제가 곤혹스럽습니다."

"그렇습니까?"

"몸 둘 바를 모르겠습니다."

"까닭이 있어서 이곳에 오는 분들은 거의 없어요. 그래도 언제나 오시지요, 저렇게."

"제가 이곳에 오는 이유를, 혹시 아시겠습니까?"

그가 물었고, 그녀는 고개를 가로저었다.

"이곳은 누구나 오는 곳이다, 이유가 없어도 사람들은 오고 가는 것이다, 그렇게 혼자 생각하니까요, 저는."

"이유 같은 게 없어도요?"

"있어야 한대도 그게 정말 그런 이유 때문일까, 하는 생각도 드니까요."

그러면서 그녀는 아버지의 육두구 이야기를 꺼냈다. 아버지의 육두구. 여름에 무성했던 창밖의 커다란 나무는 검고 앙상한 가지만 남아 있었다.

최고의 영화를 만든 감독은 최고의 영화에 출연했던 한 여배우를 짝사랑했는데 이유가 육두구 때문이었다는 것. 나이 예순에 급성간염으로 세상을 떠나기까지 모태 솔로였던 감독이 죽기 하루 전에야 가까운 이에게 간신히 자신의 짝사랑을 고백했다는 이야기는 외딴집의 그녀도 알고 있던 것이었다고.

그런데 아버지의 육두구 얘기에는 귀담아들을 만한 게

없었다고 그녀는 말했다. 여배우에게서 풍기는 육두구 향에 사로잡혀 최고의 감독은 최고의 장면들을 만들어 냈으나 끝내는 향의 독소와 환각을 이기지 못하고 십 년 뒤 쓰러지고 말았다는 것, 감독이 죽자 여배우는 곧바로 자취를 감추었고 오십 년이 넘도록 세상에 모습을 드러내지 않았다는 것 등이 그 영화의 감독과 여배우에 관련한 소설가 아버지의 이상하고도 불필요해 보이는 육두구론이었다고. 그러니까 어디까지나 아버지만의 이야기여서 아버지의 육두구일 뿐이었다고.

하지만 어떻게 알 수 있겠어요, 하고 그녀는 덧붙였다. 아버지의 육두구론에 대해 제가 무슨 수로 불필요하다느니 어쩌느니 말하겠어요, 하고.

그녀는 외딴집 텃밭에서 직접 키운 허브를 비롯해 백 가지에 이르는 향신료를 다루는 여자였으나 자신이 어째서 그런 취향과 전문성을 갖게 되었는지는 알지 못했다. 그냥 좋아서, 아니면 그냥 그렇게 되었어요, 코가 좀 예민한 거겠죠, 하고 사람들한테 말할 뿐이었다. 뭐 나한테 맞나 보죠, 하고.

사실은 그녀 어머니의 체취와 가장 가까웠던 것이 육두구 향이었다. 이미 한 집안의 가장이었던 중년의 소설가가 육두구 향과 미모에 이끌려 한 여인을 몹시 사랑했고 비밀리에 딸을 낳았다. 숨겨 놓았던 딸이 외딴집의 그녀였던 것. 그녀의 출생과 성장, 그리고 외딴집 주인으로서 많은 단골손님을 맞게 된 현재의 이면에는 육두구라는 수수께끼가 자리하고 있는 것.

향과 취臭와 훈薰이 있는 곳이라면 언제 어디에나 서리는 것이 나였으므로 백 리 벚꽃 길의 민물게장에도 내연 여인의 육두구 향에도 내가 두루 임했던 곳이었다. 나. 나를 드러내고야 말았으니 고백하건대 나는 다만 그런 향이요 냄새일 뿐이다. 향과 냄새이되, 듣게 하는 소리는 들을 수 없고 보게 하는 빛은 볼 수가 없다고 하듯, 맡게 하는 냄새는 맡을 수 없다고 할 때의 그 냄새가 나인 것이다.

그런 냄새를 일컬어 누구는 기미라고 하고 누구는 후馥라고 하고 누구는 태초의 향취라고 했다. 그러나 일컫는 말은 일컫는 대상과도 뜻과도 하나일 수 없으니 나를 무어라 일컫든 제대로 일컫는 게 아니고 마는 시절이 되어 버렸다. 이름이 해당 만물을 잃고 만물이 해당 이름을 잃어 이제는 임의의 약속과 간주로만 겨우 만물의 이름을 대신하는 시절이 되었잖은가.

이름과 만물이 하나였던 시절의 이름. 그 이름은 지금처럼 종이 위에 적거나 입을 통해 전화로 옮길 수 있는 이름이 아니어서 이름이라 할 수 없었다. 나는 그러한 거여서 지금의 어떤 말과 이름으로도 나는 일컬어질 수 없는 냄새인 것이다. 다섯 가지 감각의 배후를 각각 담당하는 다섯 가지 원감각 중에 오직 나만이 저승까지도 자유로이 오갈 수 있다. 그 점은 모든 제례에 반드시 향이 쓰인다는 사실을 통해서도 알 수 있는 것이고.

나는 그렇다. 종종 그녀의 넋을 빼앗아 울음에 빠뜨리고 외딴집에 들어서는 그의 걸음을 문득 멈추게 하며, 우쿨렐레 소리 속에 '무릎 꿇는 나무'의 향으로 숨어 있다가 돌연 늙은 남자의 슬픈 노래가 되고, 편자쟁이로 하여금 하염없이 세상을 돌고 돌고 또 돌게 하는 것이다.

누가 나를 보고 향이라 하고 취라 하고 훈이라 한들, 그것이 내 이름은 아니어서 향, 취, 훈 따위로는 나를 설명할 수 없으니…… 나는 다만 다급히 오르골을 열게 하고, 수렁에 빠뜨리듯 영화와 소설과 쇄골로 과격하게 밀어 넣으며, 찰나일망정 세상이 냄새고 냄새가 세상의 전부임을 두려워하며 겪게 할 뿐이다.

"이해해 주시니 좀 안심입니다."

그가 말했다.

"사실이 그러한 것뿐인 걸요."

그녀가 말했다.

"제가 이곳을 찾게 했던 것은 영화였고 소설이었습니다만, 지금은, 네, 죄송하게도…… 쇄골입니다."

"예, 뭐."

그녀가 고개를 천천히 끄덕였다.

깊은 겨울, 두 번째 방문 때였다.

육두구가 얼마나 대단한 것인지에 대해 노작가는 『옆에 앉아
서 좀 울어도 돼요?』라는 작품 곳곳에 인용문을 남겨 놓았다.
작은 육두구 주머니 하나만 가지면 런던의 홀본에서 박공을
단 집을 사서 하인의 시중을 받으며 평생 편안히 놀고먹을 수
있었다고 적었다. 마젤란이 마젤란 해협을 통과해 필리핀에
도달하게 됨으로써 지구가 둥글다는 것을 몸소 증명하게 만
들었던 것도 육두구 때문이었다고.

"브라질이 포르투갈령이 되고 필리핀이 스페인령이 되
었던 것도, 네, 육두구 때문이었다는 거예요, 다. 다시 읽게 된
노작가의 소설은 전부 육두구 향 얘기뿐이더군요."

나는 그 겨울, 우쿨렐레 악사에게 말하고 있었어. 외딴집
에 밤이 왔고 손님들이 자리에 앉았고 주방에 부연 김이 서리
기 시작했다. 다양한 향료의 열기들이 김에 섞여 흩어지고 지
나가고 새로 피어올랐지. 하나가 안개처럼 지나가면 다른 향
기가 바람처럼 다가왔고. 그녀는 바삐 그러나 여유를 잃지 않
고 훈향의 열기 속에서 몸을 움직였다.

그녀가 작고한 이름 있는 소설가의 딸이라고, 음, 우쿨렐
레 악사에 말해 주었지만 악사는 소설이나 소설가에 대해서

는 그다지 귀를 기울이지 않았어. 그가 흥미를 가졌던 것은 소설이나 육두구가 아니라 영국과 스페인과 포르투갈 범선들이 죽음을 무릅쓰고 대항해를 계속하였다는 얘기였다.

"계속했다는 말이군요."

계속했다는 것에만 그는 반응을 보였지.

"네. 계속."

내 앞에는 은단 향 나는 커피가 있었고 악사의 접시에는 야채 부리토 두 조각이 남아 있었던가. 음식과 음료를 만들고 나르느라 그녀는 쉴 새 없이 움직였다.

육두구 향 여배우는 자신의 등장이 빠진 신을 찍는 날엔 촬영장에 나타나지 않았다. 그럴 때 감독은 억지로라도 육두구 향을 피우지 않으면 견디지 못했다. 도쿄에 간 영화 속의 노부가 두 친구를 술집에서 만나는 장면이 바로 그런 신 중 하나였다고 노작가는 적었지. 소설에다 썼어, 그렇게. 동경 약전 골목에서 육두구를 구해다가 기어코 술집의 안주에 넣게 하고 촬영했다는 일화를, 작가는 사실처럼 쓰고 있었다. 여배우가 등장하지 않는 신을 촬영할 때마다 그랬다고.

"계속 그랬다는 말이군요."

이런 식이었다. 우쿨렐레 악사는.

악사에게 얘기하다 보니 최고 감독의 다른 영화 줄거리가 떠올랐다. 가부키 유랑극단 단장이 관객도 없는 작은 바닷가 마을로 군이 공연단을 이끌고 간다는 이야기의 영화였다.
단장이 그곳을 찾게 되는 까닭은 그곳에 옛 애인이 사신의 아
이를 낳아 기르며 혼자 살고 있기 때문. 공연보다는 옛 애인을
찾아가 장성한 자식을 바라보느라 자꾸만 단원들과 현 애인
의 원망을 산다는 이야기였다.

"왜일까요? 뭐든 그런 식으로 계속되는 건."

악사가 말했고,

"육두구 때문이거나 사랑 때문이거나……."

나는 식은 커피를 한 모금 마셨다. 창밖은 어두워 아무것
도 보이지 않았다. 가끔 매서운 겨울바람 소리가 지붕을 스쳤
고 그녀가 내 잔에 뜨거운 커피를 채워 주고 지나갔다.

"육두구, 사랑, 그런 것 말고. 이십일 년 전에 행방불명된
딸아이를 찾기 위해서 오로지 우쿨렐레를 메고 떠돈다는 것
따위도 말고. 이제는 제발 그런 것 말고. 계속하고 계속되는
이유를 끝내 모르겠지만, 우리를 멈출 수 없게 하는 그 무엇이
원망스러울 때가 있어요. 그게 뭔지도 모르면서. 뭔지도 몰라
서……. 나는 마젤란보다 몇 배나 더 먼 길을 노래하며 걸었을
까. 무슨 힘으로. 무엇 하자고. 평생을 길 위에 쏟아부어도 부
어도 고갈되지 않는 저주스러운 기운. 어디서 생기는지 모를
기운. 더는 딸애를 찾는다는 것이 이유가 될 수 없어. 없고말
고. 이제는 써버릴 그 무엇도 더는 남아 있지 않게 되는 날만

을 기다릴 뿐이지요. 절실하게. 한 줌의 힘이라도 있으면 그래서 노래로 그것마저 다 써버린다고 그때그때 다 써버렸는데 오늘도 저주스러운 노래는 그치지 않고⋯⋯."

　무언가에 늘 굽히고 마는 사람의 슬픔으로, 그러나 굽히기를 바라는 간절함으로, 그는 우쿨렐레를 퉁기며, 또다시 노래를 부르기 시작했지. 마지막 한 방울의 기력도 몸에 남아 있지 않기를, 그리하여 언제나 마지막 노래길 바라며. 네 주소가 어디인 거니 지금. 악사의 소리가 커질수록 외딴집 손님들은 조용해졌다. 네 주소를 잃었단다, 지금 나는⋯⋯. 추운 밤이었다. 편자쟁이는 어디를 걷고 있을까 나는 생각했다. 그리고 그녀는 어느 곳을 돌아 지금 저 주방에 홀로 앉아 있게 된 것일까. 외딴집은 겨울밤 한가운데 섬처럼 떠 있었어.

오늘 외딴집 주위에는 진달래와 개나리와 벚꽃이 함께 피어 있었다. 그중 볼만했던 것은 벚꽃. 저녁이 되면서 꽃들은 어둠 속에 잠겼으나 큰 벚나무 한 그루만 창밖으로 새어 나간 불빛으로 오래도록 환하였다.

　밤이 깊을수록 주변은 더 조용해졌고 외딴집 손님들의 말소리만 봇도랑 물처럼 졸졸거렸다.

　오늘 늙은 우쿨렐레 악사는 오지 않았다. 밤이 깊어 손님들이 거의 돌아가고 서넛이 남았을 즈음 오르골 소리가 들렸다. 소리가 그친 뒤 그녀가 울었고 나머지 사람들은 조용했다. 편자쟁이의 눈이 젖는 것을 아무도 눈치채지 못했다. 지난번과는 달리 오늘은 악사가 나타나지 않았고 편자쟁이가 왔다. 그녀의 흐느낌이 외딴집에 적막감을 더할 때 편자쟁이의 눈에 눈물이 그렁하였다.

그가 외딴집에 도착했을 때 편자쟁이는 같은 탁자에 앉은 맞은편 사람과 이야기를 나누고 있었다. 쇄골에 빠진 그는 그녀가 잘 보이는 곳에 혼자 앉았다. 그때까지만 해도 편자쟁이에게서는 어떤 슬픔의 낌새도 느껴지지 않았었다.

"이게요, 엄청난 무게가 나가는 말들의 신발이었던 셈이니까요."

하고 편자쟁이가 말하면,

"단단하지 않으면 안 되겠어요."

하고 앞에 앉은 여인이 받았다. 눈물 따위로 이어질 이야기가 아니었다.

"워낙 단단하기도 하지만, 네, 커다란 말들이 밟아 준 거니까요. 끝없이 계속해서."

"더 단단해졌겠다는 말이네요. 처음보다."

"엄청요, 밀도가 높아진 거죠."

주방의 그녀를 바라보면서 그는 두 사람이 나누는 말을 듣고 있었다.

"하지만 정말 더 단단해지거나 밀도가 높아지거나 그럴까요?"

앞의 여인은 캐러웨이 향료가 들어간 인도풍의 스튜를 작은 그릇에 담아내는 걸 좋아하는 사람이었다. 쏘는 듯 강한 캐러웨이 향을 즐기는 손님은 하나뿐이었으나 외딴집의 그녀는 한 손님을 위해 아랍 국가에 직구 주문을 넣었다.

"거대한 말들이 무서운 속도로 달리는 걸 생각해 봐요. 발굽이 지면에 파파파팍 닿는 순간을. 이게 닳고 닳고 닳을 동안 그러는 거예요. 달리는 거예요. 오래오래, 아주 오래오래 그러는 거죠."

"그랬겠네요, 초원을."

캐러웨이 여인은 자리에서 일어서지 않는 한 꼰 다리를 풀지 않았다.

"네. 편자에서도 풀 향내가 나죠. 셀 수 없이 많은 종류의 풀들을 밟으며 하염없이 두두두두 달리니까요. 그래서 아무리 닦아도 풀 향내는 없어지지 않아요. 싸한 금속내 안에 깊이 절어 있는 풀 향내가 없다면 제대로 된 폐편자가 아니죠."

"그걸 팔러 다니는 건가요, 풀 냄새?"

캐러웨이 여인은 구운 전병을 황금색 스튜에 찍어 먹었다.

"듣기에 진부하겠지만, 꾹꾹 다져진 시간의 향 같은 거랄까. 말의 체중에 의해 꾹꾹, 정말 꾹꾹 잘 눌린 시간과 풀 냄새 그런 거요. 처음보다는 편자가 얇아졌지만 굉장한 압축이죠. 그게 편자 값이고요."

팔러 다니는 게 아닐지도 모른다고 편자쟁이는 캐러웨이 여인에게 말했다. 팔러 다니는 게 아니라, 다니려고 파는 건지도 모른다고.

편자를 들고 길을 나서면 무언가 굉장한 것을 지닌 것 같아 초라한 처지일망정 아무렇지도 않아진다고 했다. 편자쟁이는 자신이 수도 없이 부딪혔던 험한 직업들을 하나하나 열거하며 그럼에도 손에 쥔 것은 아무것도 없더라며 마른 웃음을 지었다. 폐편자를 모아 팔러 다닌 것은 십구 년째고, 돈도 뭣도 바라지 않게 된 것은 오 년째라며.

"다니려고 판다는 말이 그런 거군요."

캐러웨이 여인이 다리를 바꾸어 꼬았다.

"그 정도 되면 팔려고 다닌다고 해도 다 그게 그거지만요."

편자쟁이에게 주인이 포도주 한 잔을 가져다주었다. 더는 주문이 없는 사람에게 제공하는 그녀가 만든 수제 포도주였다.

"팔든 안 팔든 다니는 건 다니는 건데, 다니려는 데에는 까닭이 있는 거 아닌가요?"

"세상을 샅샅이 뒤져 그년을 내 손으로 죽이는 거지요. 정말 반짝이는 목적이었지요. 하지만 지금은 아무려나 이렇게 흘러 다니도록 나를 내버려 두는 게 전부죠."

오늘 편자쟁이의 말을 들으면서 나는 혼자 머릿속으로 그렸
다. 온갖 험한 일을 마다 않고 번 그의 돈을 홀랑 갖고 다른 남
자와 튀어 버린 한 여자의 날렵한 모습을.

　"흘러 다니다가 어느 날인가는 흘러 다니는 것도 멈추겠
지. 그 멈춤의 순간과 맞닥뜨리고 싶은 건지도 몰라요. 나를
하염없이 다니게 하는 것들의 힘이 온전히 사라지는, 행복한
순간과 만나고 싶은 건지도."

　편자쟁이가 말했다. 앞의 여인이 고개를 끄덕였다.

　편자쟁이가 우쿨렐레 악사처럼 말하고 있다는 걸 나는
어느 순간 알았다. 아무려나 나는 쇳골을 바라보며 상상을 계
속했지. 혹시 돈 갖고 튀어 버린 여자가 주방의 그녀가 아닐
까. 목적 없는 여정 어쩌고 하고 있지만 편자쟁이는 이미 목적
을 달성한 거나 마찬가지일지도 몰라. 여자를 찾아냈으니까.
저렇게 주방에 있으니까. 어떻게 죽여야 가장 후련할까를 느
긋하게 곱씹고 있는 거겠지. 그런데 여자는 왜 도망치지 않는
것일까?

　"애당초 있지도 않은 것을 찾아 나섰던 건지도 몰라요,
나는. 그년이 있기나 했던 걸까. 있다면 어디에? 내 안의 증오
로만? 저기요……. 이 작은 편자에 서린 엄청난, 엄청난 시간

과 풀 향내를 맡을 수 있겠어요? 맡아 봐요."

캐러웨이 여인은 웃으며 손사래를 쳤다. 여인은 점점 대화에 흥미를 잃어 갔고 나는 재밌어져. 쇄골의 그녀는 그럼 기억상실? 그래서 도망치지 않는 건가. 아니면 편자쟁이가 사고로 안면 성형을 했을까. 속으로 엉터리 멜로를 쓰면서 귀로는 편자쟁이의 말을 듣고 눈으로는 그녀의 쇄골을 더듬었다. 그러다가 그녀의 손이 오르골을 향해 슬며시 움직이는 것을 보았다.

그녀가 울음을 그쳤을 때 외딴집의 손님은 셋뿐이었다. 그와 편자쟁이와 캐러웨이 여인. 그녀의 울음이 멈추면서 편자쟁이의 눈물도 멈추었다.

뺨으로 흘러내리지는 않았으나 흥건했던 눈물이었다. 그녀도 그도 캐러웨이 여인도 편자쟁이의 눈물을 보지 못했다. 편자쟁이조차도 자신이 울고 있었다는 사실을 몰랐을지도. 어떤 아득한 순간을 지났을 뿐일 테니까. 억겁이 찰나에 지나는 듯한 순간. 천 길 벼랑에 던져지거나 칼에라도 찔러 하얘지는 순간.

편자쟁이에게서 모든 냄새를 잠깐 거두었으니까. 냄새를 나게 하는 냄새이되 냄새가 없는 냄새인 내가 편자쟁이에게로 가는 모든 냄새의 길을 잠시 끊었으니까. 냄새로부터의 단절이 곧 세상으로부터의 단절이라는 것을 알지 못한 편자쟁이는 그 순간 다만 아득했을 뿐 자신이 눈물을 흘렸다는 사실을 몰랐을지도. 슬픈 감정은 아니니까. 망각의 블랙홀을 지난 것처럼 무섭도록 깨끗한 기분이니까. 자기 상실의 개운함 같은 것. 어떤 것과도 비교할 수 없는, 희열이라면 희열일 테니까.

주변의 모든 냄새가 사라져 그처럼 파워 컷오프가 되는 경험은, 자기 안의 것들이 남김없이 비워지기를 바라는 쓸쓸한 사람에 한해 내가 내리는 작은 선물인 것이다. 비록 잠깐 동안의 소진 상태에 이르는 거지만 그런 순간을 겪는다는 게 얼마나 큰 위안인지는 그런 순간을 격하게 겪는 외딴집 주인이 가장 잘 알 것이다.

생명을 가진 존재들은 불행하게도 필요 이상의 왕성한 생명력을 숙명처럼 떠안고 가야 하기 때문에 가끔씩 과격하게 덜어 내지 않으면 곡절만 무겁게 쌓였다. 그녀가 태어나고 자라는 데 끼어들었던 육두구도 실은 필요 이상의 생명력이 끌어들인, 애꿎은 향취의 유령일 뿐이었다. 생명력은 때로 풍경 소리 같은 소리나 은결 같은 빛을 끌어들여 사람을 향해 온갖 조화를 부릴 때가 있는데 그녀와 그의 경우에는 그게 육두구 향이었던 것. 소리나 빛이나 향 말고 맛이나 감촉도 본의 아니게 유령 짓을 하는데 그 모든 배후는 필요 이상의 생명력인 것이다.

그녀는 육두구의 인연으로 쓸쓸히 태어나 외딴집의 주인이 되었고, 그는 계절이 바뀔 때마다 육두구 향이 머무는 그녀의 옴폭한 쇄골을 찾지 않으면 안 되었으며, 다른 이들 또한 각자 자신들의 향취에 이끌려 세상을 떠돌고 떠돌다가 자기도 모르는 사이 온갖 향이 숨 쉬는 외딴집에 깃드는 거였다. 감당할 수 없이 커져 버린 지미다의 곡절들을 등에 가득 지고. 지친 몸으로.

오늘 나는 외딴집을 나섰던, 음, 마지막 손님이었지. 캐러웨이 여인도 편자쟁이도 떠난 텅 빈 홀에 혼자 더 앉아 있었다. 주방의 불이 꺼지고 그녀도 더는 보이지 않았어.

홀의 불마저 다 꺼버리면 어쩐지 외딴집이 흔적 없이 사라질 것만 같아 한 테이블의 조명은 남겨 두었다. 조용히 탁자 사이를 가로질러 현관을 열고 밖으로 나섰다. 밤공기가 달큰했어.

늙은 악사가 떠올랐다. 갑자기. 그는 지금 지구 표면의 어디쯤을 걷고 있을까. 어디서 마지막이기를 바라는 노래를 부를까. 어둠 속에 서서 귀를 기울여 봤으나 소리는 들리지 않았고 봄밤의 꽃향기만 여전히 달큰했다. 악사는 지친 다리를 뻗고 깊은 잠에 든 걸까.

나에게 어떤 날들이 이어질까. 이것이 오늘 나의 마지막 생각이었으나 그런 날들이 궁금했기 때문은 아니었어. 무엇엔가 흔들려 언젠가는 또 이곳을 올까, 하는 생각도 마찬가지. 그랬어. 나는 어둠 속을 그렇게 조금 더 걷고 있었을 뿐.

북으로 70킬로미터를 달려 집에 닿았다.

그리고 조금 울적해졌다. 답답하다거나 쓸쓸한 것하고는 전혀 달랐지. 백색 우울이라는 게 있다면 이런 느낌 아닐까. 거실은 온통 달빛이었다. 온통. 텔레비전의 검은 몸체 뒤로 뒤뜰이 환했다.

어떤 기분도 말끔하게 날아가 버린, 생리적으로 울컥하기만 한 것이 목을 타고 올라왔다. 몸에 빠르게 물이 차오르는 것 같았어.

불도 켜지 않은 채 그는 거실 한가운데 우두커니 서서 통유리 밖을 내다보았다. 달빛 어린 뒤뜰을. 오늘 이 시간까지 그를 연속해서 이끌고 흔들어 왔던 육두구 유령이 나에 의해 차단되고 있는 순간이라는 사실을 그가 알 리 없었다. 지금이 그 순간이라는 것을. 그는 다만 어둠 속에서 까닭 모르게 울컥거릴 뿐.

벚꽃 때문인가. 물이 차오르듯 몸 안에 뭔가 가득 차오르는 것은. 나는 유리로 좀 더 다가갔어. 뒤뜰의 벚나무 쪽이 환했다. 아까 집을 나설 때만 해도 꽃의 기척이라고는 전혀 없던 벚나무였는데. 오래전 아내와 아이와 함께 심은 나무였다.

그는 여전히 모를 것이다. 그런 순간이란, 만나거나 맞닥뜨리는 게 아니라는 것을. 만나거나 맞닥뜨리는 것 갖고는 부족하다는 것을. 스스로 그 순간이 되어 버리지 않으면 안 된다는 것을. 내 도움이 아니고는 그렇게 되기 어렵다는 것을. 자, 지금이다. 이제 너의 눈에서도 곧 눈물이 흐를 것이다.

집을 나선 지 열두 시간도 지나지 않아 나는 다시 집으로 돌아왔다. 그 사이에 벚꽃이 거짓말처럼 피어 있었다. 활짝 피어 있었어. 달빛 때문인지 더 요요했다. 뜨겁지도 차갑지도 않은 눈물이, 갑자기, 주르륵 흘렀다. 가득 찬 물이 넘쳤을 뿐 슬픈 생각은 들지 않았다. 가까운 달빛은 벚꽃을 환하게 적셨고 먼 달빛은 벚나무 뒤에 푸르게 어렸다.

　　모든 게 무섭도록 깨끗하게 빠져나가 몸이 무기력해졌는데도 내일은 나에게 어떤 일이 일어날까 궁금했다. 모두의 이 모든 고단함은 덧없되 필수적인 것인가. 눈물이 그쳐 마른 자국이 시릴 만큼 시원했다.

　　오늘로 나는 그녀를 세 번 만났다.

오늘로 그는 그녀를 세 번 만났다.

味

[맛 미]

웅어의 맛

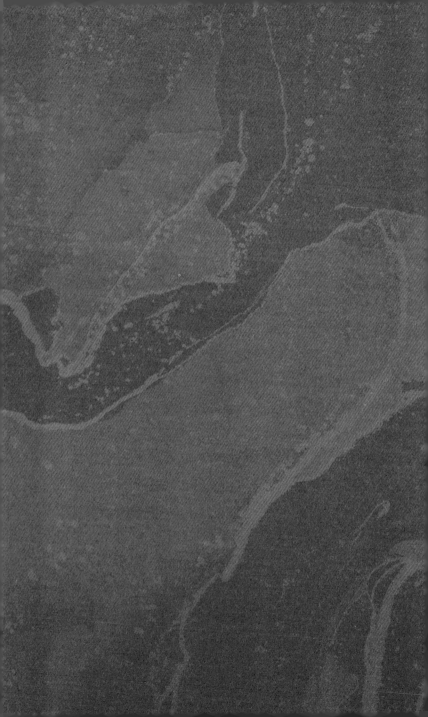

이런 날이 있었나 싶게 날이 맑고 밝았다.

K는 아침 양치질을 마쳤다. 창문 커튼을 걷고 눈부신 바깥 풍경을 내다보며 중얼거렸다.

참으로 오래되었어.

바깥 풍경과는 상관없는 말이란 걸 K는 알았다. 페리오. 그가 쓰는 치약의 이름. 오랫동안, 참으로 오랫동안 그것 한가지만을 써왔다는 말이었다. 그러나 언제부터 그 치약을 써왔는지는 기억하지 못하겠다는.

페리오 전에는 아마도, 아마도 럭키치약이지 않았을까.

K의 눈은 여전히 창밖을 향해 있었다. 어쩌면 다른 많은 치약들이 럭키치약과 페리오 사이에 있었겠지. 암, 그랬겠지. 그랬을 거라 생각하는 편이 옳아.

하지만 K는 페리오 말고는 럭키치약 이후의 치약을 알지 못했다.

럭키든 페리오든, 기억을 하든 못 하든, 역시 바깥 풍경과는 상관없는 일이었다.

럭키치약 이전에는? 퍼런 종이봉투의 가루 치약이었지. 락희화학樂喜化學 가루 치약. 퍼런 겉봉에는 미국 원료에 미국 처방으로 제조된, 미제와 꼭 같은 치약이라고 적혀 있었어. 그런 것들이 다 생각난다는 게 K는 의아했다. 가루 치약 전에는 소금이었다는 것도.

그제야 오래되었다는 말의 뜻이 조금 분명해지는 것 같았다. 오래 살았다는 것.

튜브 치약은 종이봉투의 가루 치약보다 조금 더 달고 훨씬 더 싸했다. 그토록 얇고 부드러운 은색 튜브의 재질이 금속이라는 게 놀라웠고 금속이면서도 녹이 슬지 않는다는 게 신기했다. 더 매혹적이었던 것은 튜브 치약의 싸한 맛이었다. 어디에도 없던 맛.

마저 다 쓰지 않은 치약을 몰래 바지 호주머니에 넣고 다니며 이따금씩 뚜껑을 비틀어 따고 혓바닥으로 튜브 치약의 주둥이를 핥는 게 어린아이들에게 유행이었다. 사탕처럼 달지도 맛있지도 않았으나 뿌리치기 힘들었던 맛. 금기의 맛이었달까. 입에는 넣되 먹지는 말고 뱉으라는 주문을 한사코 어기는 맛. 더는 나올 치약이 없어 튜브의 배를 가르고 매끄럽게 빛나는 내부를 핥을 때 정수리를 간질이던 현기증의 맛.

오늘 바깥 풍경이 그런 맛과 다를 게 없겠구나. 문득 생각하며 K는 놀랐다.

날씨라는 게 매일 같을 수 없겠지만 매일 다른 것도 아니었다. 통틀어 봄 날씨 여름 날씨라 불리는 게 있고 맑은 날씨 흐린 날씨라 불리는 게 있는 거니까. 그런데 양치질을 끝낸 아침 K가 맞닥뜨린 날씨는 전에 없던 거였다. 전에 없던 것. 그래서 어디에도 없던 튜브 치약의 싸한 맛이 떠올랐던 건지도.

밖은 제대로 눈을 뜰 수 없을 만큼 밝았다. 한동안 밖을 응시하던 K는 그것이 빛의 범람 때문이라고 생각했다. 단순한 넘침이 아니라 층위가 두 겹인, 빛의 과잉.

언젠가도 K는 비슷한 경험을 했다. 부분일식이 있던 날 그는 광화문 일대의 달그림자 안에 있었다. 한낮에 경험하는 중천의 일몰이 현기증을 일으켰다. 한낮의 빛과 결핍의 빛이 화투장처럼 겹치는 순간 어지러워 휘청거렸다.

어째서 빛이 두 겹이었는지 그날 K는 금방 알아차렸다. 달에 가려 약해진 광선이 한 겹이었고, 그의 기억 속에 남아 있던 평소의 온전한 한낮의 햇빛이 나머지 한 겹이었다. 눈앞에 실재하는 부분일식의 어두운 빛과 관습 같은 기억 속의 밝은 빛이 한순간이나마 동시에 존재하는 것 같은 착각을 일으킨 거였다.

그러나 창밖에 눈처럼 내려앉은 오늘 아침의 것은 밝음

과 어두움의 대비가 아니라 평소의 밝음에 그만큼의 밝음이
겹친 거였다.

하늘에 태양이 두 개가 아닌 바에야 그럴 수 없었다. 이
승에서는 가능하지 않은 빛이었다. 그래서였을 것이다. 참으
로 오래되었어 하고 말하기 전에 K가 속으로 이런 날이 있었
나 하고 먼저 중얼거렸던 것은.

이런 날이 있었던가 되짚어 보기에 충분할 만큼 K는 나
이가 있었다. 이런 날이 있었는지 되짚어 보기 위해 그가 동원
해야 할 날들을 '생애'라고 불러도 될 만큼.

창밖은 그토록 밝은 빛으로 가득했다. 빛을 보는 순간 그
것이 오랫동안 염원하던 것 혹은 염원하던 곳이었다는 막연
한 생각이 들었다. 빈틈 하나 없이 가득한 무엇. 더할 수 없는
충일 혹은 완성이라 부를 수 있는 곳. 빛이 두 겹이라는 느낌
또한 생애 처음이었다.

너무 밝고 환해서인지 자신의 몸무게가 절반으로 줄어
든 것 같았다. 걱정이나 근심도 흔적 없이 사라져 걱정이나 근
심이라는 말들이 있었는지조차 알 수 없는 지경이 되었다. 중
력을 거슬러 어디로든 자유로이 날아갈 수 있을 것 같았다.

그러다 어느 순간 K는 아차 싶게, 응어라고 중얼거렸다.

떠오른 거나 중얼거린 거나 웅어는 나중이었다. 이런 날이 있었나와 참으로 오래되었어가 먼저였다. 그런데 아무래도 웅어가 가장 먼저인 것 같았다.

어디에도 없던 치약의 맛이 떠오른 것이나 생애에 걸쳐 전에 없던 빛의 과잉을 갑작스레 맞닥뜨린 것 모두 웅어라는 것이 부리는 조화가 아닐까 K는 생각했다.

웅어의 맛을 떠올리자 그는 어딘가 무서워져서 몸을 으쓱했다. 맛을 떠올렸는데 맛이 떠오르지 않았기 때문이었다.

맛이 떠오르지 않는데도 K는 온통 그 맛에 붙들렸다. 맛은 기억할 수 없으나 웅어에 대한 만족감이 쉽게 사라지지 않았기 때문이었다. 그 물고기의 외양이나 빛깔 혹은 생태 따위에 매력을 느낀 게 아니었다. 만족감은 분명 맛의 몫이었다. 웅어의 맛. 만족감이라고 쉽게 말해 버리고 말기에는 어딘가 자꾸 켕길 만큼, 그 맛은 K의 존재를 빈틈없이 가득 채우는 어떤 것이었다. 기억에 남아 있지 않아 모른다고 할 수밖에 없는 맛에 더없는 흡족함을 느끼는 사태가 K로서는 어쩐지 무서웠고 그래서 웅어가 떠올랐을 때 몸서리치듯 몸을 으쓱했다.

먹은 지 겨우 일주일밖에 안 된 음식의 맛이 기억나지 않다니. 실은 먹을 때도 그랬다. 맛을 몰랐다. 기억에 남는 거라고는 웅어를 썰어 내던 노파의 투박한 손과 표정 없던 얼굴, 그리고 문풍지 소리 같던 그녀의 음성이 전부였다.

식당이긴 하되 작고 허름한 살림집 모양을 한 데다 간판 같은 것도 없어서 식당 이름을 기억 못 하는 건 당연했다. 실내는 어두웠고 손님이라고는 K 혼자였다. 구멍처럼 생긴 창 밖으로 잠자듯 흘러가는 긴 강물이 보였다.

"숙수."

그날 늙은 여자가 했던 도합 서너 마디쯤의 말 중 한 마디였다. 숙수. 집 뒤로 흐르는 강의 이름이라는 걸 K는 간신히 짐작했다. 잠자듯 흘러가는 강이라는 뜻의 이름이고 보면, 늙은 여자가 숙수라고 말하기 전에 K가 먼저 잠자듯 흘러가는 긴 강물이라고 여겼던 것은 착각이었다. 이름을 알고 난 뒤의 느낌이 이름을 알기 전으로 소급해 자리를 잡아 버리는 것.

"웅어."

묻지도 않았는데 늙은 여자가 말했다. 묻지 않아서 말했던 건지도 몰랐다. K는 말없이, 웅어인 줄도 모르고 웅어를 씹었다. 숙수도 그랬듯 K는 처음에 웅어를 웅어로 듣지 못했다. 숙수도 'ㅅ ㅅ' 정도로 들었듯 웅어도 'ㅇ ㅇ' 정도로 들었다. 그녀의 말은 어쩐지 바람에 떠는 문풍지 소리 같았으니까.

웅어라고 말하고 나서도 한참 만에야 늙은 여자는 검지를 펴서 구멍 같은 창의 바깥쪽을 가리켰다. 그곳 강에서 잡히는 어종이라는 뜻이었을 것이다.

K는 고개를 끄덕이고 밥과 김치와 무나물과 웅어회무침

을 씹었다. 비포장 외길의 외딴집. 거기에 노파와 웅어가 있었다. 외딴집과 강 사이에 누운 나른한 습지에는 몇 그루의 버드나무들이 연겨자빛 새순을 틔워 내고 있었다.

어쩐 일인지 늙은 여자는 창밖을 가리키는 손가락을 거두어들이지 않았다. 그녀의 손가락 위로 희미한 빛이 떨어져 내렸다. 비닐처럼 얇고 반들거리는 손등의 구김살 많은 피부가 그녀의 나이를 짐작케 했다. K는 다시 좀 더 크게 고개를 끄덕여 알았다는 시늉을 했고 노파는 마침내 손을 거두어들였다.

K의 기억이란, 그 정도였다. 무슨 이유에선지 웅어는 구강을 통하지 않고 체내에 섭취되어 버린 것 같았다. 웅어가 맛의 성질을 띠지 않는 특별한 어종이라고는 볼 수 없었으므로 문제가 있다면 자신의 미각기관이나 기억력 쪽일 거라고 K는 생각했다.

그랬던 웅어가 요즘 말로 인생 메뉴가 될 줄 K가 알았을리 없었다. 기억에도 없는 맛이 생애 처음으로 견줄 데 없는 포만감을 완성하다니. 맛이 없거나 맛을 몰라서가 아니라 전에 없던 맛이었기 때문은 아닐까. 어디에도 없던 맛.

페리오, 그리고 중첩된 빛의 과잉에서 길어 올린 웅어. K는 집을 나설 채비를 했다. 싸한 치약의 맛과 눈부신 창밖 풍경이 기이하게도 걱정 따위를 감쪽같이 증발시키고 구름처럼 몸을 가볍게 하지 않았던가. 어디로든 자유로이 날아 흐를

수 있다면 그 어디란 이미 정해진 거나 다름없다고 K는 생각
했다. 잠자듯 흘러가는 긴 강이 내다보이는 봄의 외딴집. 손
등의 혈관이 투명하게 비치는 늙은 손으로 천천히 썰어 주는
웅어가 있는 곳. K는 신발장에서 지난주에 신었던 로퍼를 꺼
냈다. 아직 그곳의 흙이 조금은 묻어 있는.

*

K의 집에서 그리 멀지 않은 곳이었다. 지난 목요일 그는 사십
여 분쯤 북쪽으로 차를 몰았었다. 먼 곳이 아니었을뿐더러 처
음 가는 길도 아니었다.

그러나 내비게이션이 가리키는 대로 주도로에서 빠져나
가자 금방 낯선 산과 하늘이 닥쳤다. 내비게이션은 다시 한번
그를 좁은 길로 안내했는데 비포장 농로였다. 왠지 길을 잘못
든 것 같았으나 농로 양쪽 가장자리에 싹트기 시작한 탐스러
운 쑥 무더기들을 보느라 운전이 불편하다는 생각은 들지 않
았다. 산과 들이 낯설었던 것도 단지 처음 딛는 곳이라서일 뿐
실은 어느 지방엘 가더라도 마주치는 그런 산이고 들이고 하
늘이었다. 다만 그가 찾아가는 목적지의 성격상 좁은 비포장
농로는 왠지 어울리지 않는다는 생각이 잠깐 스쳤다.

아닌 게 아니라 차가 농로를 지나고 성황당 같은 언덕을

오르고 두어 번 더 각도 깊은 우회전을 하는 동안 K는 정말 이 길이 맞는 걸까 의문을 갖기 시작했다. 커다란 검은 나뭇가지 끝에 걸린 아득한 꼬리연과 그 연의 배경에서 천천히 흐르는 흰 구름마저도 K가 길을 잃었다고 말하는 것 같았다.

하지만 K는 서두르지 않았다. 차에서 내려 큰 나무 아래서 천천히 담배를 피웠다. 사십 중반에 끊었다가 퇴직 후 아무 후회도 명분도 없이 다시 피우기 시작한 담배였다. 피울 때마다 그는 가소롭던 금연의 동기와 다짐들이 떠올라 쓴웃음을 지었다.

담배를 다 피우고도 그는 차에 오르지 않았다. 들판을 바라보며, 아주 느린 듯하면서도 진군해 오듯 빠른 봄의 기운에 몸을 맡겼다. 그날은 빛의 과잉도 범람도 없었기 때문에 봄볕에 한껏 눈을 열어 둘 수 있었다.

두 개비째 담배를 꺼내 물려다가 어쩌면 목적지에 다다르는 일을 스스로 지연시키려는 것은 아닐까 K는 화들짝 놀랐다. 꺼냈던 담배를 도로 케이스에 넣고 K는 차에 올랐다.

지난 목요일 그의 목적지는 외딴집도 옹어도 아니었다. 외딴집은 그가 목적했던 곳에 들러 오다가 우연히 마주치게 된 장소였을 뿐이다.

그날 K가 찾아가려던 곳은 경기 북부의 한 공원묘지였다. 인터넷 사진으로만 봐도 제법 큰 규모였다. 그런 규모의 공원묘지가 있는 곳을 서울에서 사십 분에 주파할 수 있다면 결코 멀다고 할 수 없는 거리였다. 그런데 그곳에 접근하는 도로가 승용차 한 대 겨우 지날 만한 비포장 농로라니.

K의 머뭇거림은 거기서 시작된 거였다. 과연 제대로 찾아가고 있는 것일까. 그러나 그게 머뭇거린 이유의 전부는 아니었다. 화들짝 놀랐듯이, 그는 공원묘지를 찾아 나섰으면서도 한편으로는 공원묘지에 가까워지는 자신의 행보를 은연중 지연시키려 했던 것.

유난히 가문비나무가 많다 싶은 언덕을 넘자 마침내 인터넷에서 보았던 공원묘지의 전경이 눈앞에 펼쳐졌다. 화면으로 보았던 것보다 부지가 훨씬 넓었다. 그가 도착한 곳은 정문이 아닌 후문 쪽이었다. 후문은 공원묘지의 후사면과 이어져 있어서 묘역 전체와 정문을 눈 아래로 굽어볼 수 있었다.

K는 시동을 끄고 숨을 고르며 줄지어 선 엄청난 숫자의 묘비들을 바라보았다. 날은 풀렸으나 아직 봄이 깊지 않아 묘역은 대체로 을씨년스러웠고, 화강암 비석들은 한낮의 직사광선에 고스란히 노출돼 바닷가 양식장의 스티로폼 부표처럼 새하얗게 빛났다. 저 숱한 묘비들 중 하나가 그녀의 것이겠지. K는 쉽사리 자리를 뜨지 못했다. 저 많은 비석을 하나하나 더듬어 그녀의 묘를 찾아보는 건 어떨까 잠시 생각했다. 묘지관리 사무소 컴퓨터로 이삼 초 만에 찾아 버리기에는 그녀

와 그, 두 사람 사이의 사정엔 어쩌면 기구하고 수수께끼 같은 면이 있었을 뿐만 아니라 헤어져 있던 시간 또한 길고 길었으니까.

지난주 화요일. K는 지인으로부터 그녀의 부고를 받았다. 오랫동안 신장암 투병으로 고통받던 그녀가 봄이 오는 길목에 잠들었다고. 봄이 오는 길목에 잠들었습니다. 지인은 전화로 그렇게 말했다. 부고치고는 왠지 표절한 지난 시절의 시구 같아서 고인보다 부고를 전하는 사람이 갑자기 궁금해졌다.

부고를 전한 사람은 K의 지인이 아니라 그녀 쪽의 지인이었다. 그는 새삼 오래된 사실 하나를 깨달았다. 그녀와의 관계를 아는 자신 쪽의 지인은 없다는 것. 실은 그와의 관계를 아는 그녀 쪽의 지인도 없었다. 그는 그렇게 알고 있었다. 둘의 사랑은 세상에 둘만 아는 걸로. 그리하여 사랑이 끝나면 이 세상도 끝나는 걸로. 그런데 그녀 쪽의 지인이라는 사람으로부터 그녀의 부고를 들은 거였다.

부고를 전한 지인은 둘만의 사랑, 그것이 둘만의 비밀일 수밖에 없었던 사정마저도 깊이 이해하고 있다는 듯 그에게 말했다. 그런 둘이었다는데 차마 죽음을 혼자만 모르게 할 수 없어서 전합니다.

지인의 전화가 끊겼고 K는 고개를 들었다. 처음인 듯한

봄이 갑작스레 시야 가득 밀어닥쳤다. 봄이 오는 길목. 그녀
가 죽은 때를 말하는 걸까 죽어 묻힌 곳을 말하는 걸까. 지인
이 남긴 공원묘지 이름을 몇 번 중얼거리자 입 속에 왠지 머스
크 향이 퍼지는 것 같았다. 갓 깎은 돌로 세운, 모서리 날카로
운 비석. 거기에 새겨졌을 그녀의 이름과 생몰 연대가 아른거
렸다.

그런데 어째서? K는 통화 기록에 남아 있는 지인의 번호
를 눌렀다. 다음 날도 지인은 받지 않았다. K가 무엇을 궁금해
할지, K의 첫 마디가 '그런데 어째서?'일 거라는 것마저 이미
아는 사람 같았다. 지인이라는 사람은 자기 스스로 설정한, 단
지 부고만 전하는 사람으로서의 역할을 깔끔하게 해치우고
사라졌다. 더는 전화를 받지 않는 이유를 K는 알 것 같았다.
이제는 누구에게서도 대답을 들을 수 없게 되었다는 것도. 그
녀가 어째서 이제야 봄이 오는 길목에 잠들었는지.

신장암만으로는 설명될 수 없는 것들에 대해 알고 싶었
다. 그러나 K가 알게 된 거라고는 그녀가 죽었다는 것과 그녀
가 묻혔다는 곳이었다.

*

묘지관리 사무소의 화장실에 들어선 그는 전혀 변의를 느끼

지 않는 자신이 곤혹스러웠다. 사무실에 들어가 직원에게 그녀의 이름과 생년월일을 대고 묘지의 위치를 묻는 대신 그는 화장실 쪽으로 절로 움직이는 자신의 발길에 몸을 맡겼던 것이다.

여기까지 와서 이런 식으로 그녀와의 상봉을 또 지연시키려는 건가 싶었으면서도, 변의를 느끼지 못했던 것은 워낙 화장실이 크고 깨끗했기 때문이라는 엉뚱한 상념을 끌어들였다.

엉뚱한 생각이 들 만큼 화장실이 크고 깨끗했던 것도 사실이었다. 높은 천장, 희고 밝은 것에 비해 단단하고 웅장하기 이를 데 없는 화강암 벽면, 총안처럼 깊이 파인 아치형 창을 통해 쏟아져 들어오는 빛줄기, 소리도 냄새도 없이 가만히 휘돌아 나가는 바람. 기도의 벽을 방문한 사람처럼 K는 경건해질 뻔했다. 마침 K 또래의 한 사내가 천천히 걸어 들어와 매우 익숙한 움직임으로 바지 벨트를 풀고 소변을 보지 않았더라면.

그제야 K는 커다란 화강암 벽 자체가 통째로 소변기로 쓰인다는 걸 알았다. 알았으나 사내의 바지 주머니에서 노랫소리가 흘러나오기 전까지 K는 한사코 경건해지려는 마음에서 쉽게 빠져나오지 못했다.

노래가 사내의 바지 주머니에서 흘러나오는 건 분명했

는데 앞쪽인지 뒤쪽인지 오른쪽인지 왼쪽인지는 구별할 수 없었다. 귀를 째는 소리만으로도 음향 재생기기가 얼마나 작고 조악할지 짐작되고도 남았다. 바지 속 어딘가에 감쪽같이 숨어 늦여름 짝 못 찾은 매미처럼 절박하게 울어 대는 노래. 그걸 천 번도 넘게 들었는지 사내는 노래에 완전히 무감각해 보였다.

사내가 입은 망사형 현장 조끼의 등에는 Halcyon이라고 적혀 있었다. 공원묘지의 직원 같지도 등산객 같지도 않았다. 그러기에는 어딘가 다소 함몰돼 보이는 인상의, 일없이 일대를 배회하다 어쩌다 알게 된 화장실에 들른 행색이었다. 그 사내의 허름한 바지 속 어디에선가 흘러나오는, 사내와도 상관없고 어쩌면 세상 그 무엇과도 상관없을 듯한 노래가 K의 정신을 흔들어 깨웠다. 변의를 느끼지도 않았으면서 고대의 신전 같은 이상한 화장실에 들어와 길 잃은 사람처럼 서 있다는 사실이 문득 환기되었다.

사내가 부르르 진저리치고 바지를 추슬렀다. 약간 저는 다리로 사내가 느리게 화장실을 나서는 동안 노래는 저 혼자 버려진 아이처럼, 그대 없이는 못 살아 나 혼자서는 못 살아 헤어져서는 못 살아 떠나가면 못 살아, 발악했다.

그 노래가 화장실 안에서 터무니없이 경건해질 뻔한 K의 마음을 흔든 것은 사실이었지만 그렇다고 그가 현실감을 온전히 되찾았던 것은 아니었다. 사내의 행색과 정체 모를 음향 재생기기, 그리고 노래 가사의 엉뚱하고 불유쾌한 조합이 오히려 K의 현실 균형감을 흩어 놓았다.

이유 없이 기이한 공간에 떠밀려 와 있는 느낌이었다. 생각과 감각의 작동을 방해하는 어떤 파동이 지나치게 깨끗하고 육중한 화장실의 화강암 벽에서 흘러나와 현기증을 불러 일으켰다. 보이고 들리는 것들, 밝거나 어둡고 크거나 작은 모든 사물의 세부가 어제의 결속 방식과는 다르게 세상을 구성하고 있는 것 같았다. K는 선 자리에서 조금 비틀거렸다.

스스스, 삭삭삭. K가 그녀에게서 들었던 소리였다. 그날도 봄날이었고 꽃 멀미 나는 계절의 한복판이었다. 세상의 어떤 빛보다 밝고 환한 벚꽃이 몇 날 며칠 커피점 창가에 피어 있던 날이었다.

그녀는 꽃 그림자 어린 창가 자리에서 맞은편에 앉은 두 젊은 남녀에게 무슨 말인가를 하고 있었다. 거의 그녀 혼자 말했고 남녀 커플은 귀담아듣기만 하다가 가끔씩 수줍게 웃거나 멋쩍게 서로의 얼굴을 바라보았다.

꽃 그림자가 흔들릴 때마다 그녀의 입에서 떨어져 나왔던 말 중에는 삶이라는 단어가 많았다. 삶 삶 삶. 그 말은 일정한 주기를 갖고 삶 삶 삶 흘러나와 어떤 라임마저 느끼게 했는데, 그래서 K는 그녀의 말을 아직 언어가 되지 못한 무성음으로 듣고 있었다. 자신이 가지고 있던 수첩에도 K는 삶이라는 음절 대신 음소의 모양만 따라 그렸다. ㅅㅅㅅ, ㅅㅅㅅ.

날이 바뀌면 맞은편 사람들이 바뀌었을 뿐, 그 봄 그녀는 언제나 그 자리였고 K의 수첩에도 ㅅㅅㅅ, ㅅㅅㅅ, 그녀의 입술을 스쳐 떨어진 꽃잎들로 수북해졌다.

며칠이 지나도록 ㅅㅅㅅ는 삶이라는 성충이 되지 못한 채 겨우 발을 얻은 애벌레처럼 스……스……스, 삭……삭……삭, K의 수첩 위를 기어 다녔다. K는 하릴없이 스와 스 사이, 삭과 삭 사이의 말줄임표에 펜 끝을 대고 돌려 점을 더 큰 동그라미로 키워 갔다. 그럴 때마다 멀미인지 현기증인지 모를 불균형감이 깊고 검은 구멍처럼 자라났다.

"이리 와요."

어느 한 날 그녀가 말했고 K는 고개를 들었다. 그녀의 어깨 너머로 엄청난 벚꽃 사태가 일어나고 있었다. 그녀는 K와 자신에 관해 모든 것을 알고 모든 것이 준비되어 있으며 미래의 모든 운명까지 선견한 사람처럼 서 있었다.

"이리 와요."

그녀가 한 번 더 말했고 스물두 살의 K는 빨려 들 듯 그녀에게로 갔다. 이리 와요. 그는 단숨에 알았다. 단순히 거리를 좁히라는 뜻이 아니라는 것을. 너와 나의 운명이 함께 자리할 어떤 곳. 그리로 오라는 것이라는 걸.

그와 그녀가 갈 그곳에서는 서른넷이라는 그녀의 나이
도 아무런 문제가 되지 않았다. 첫말을 나누고 처음 손을 잡은
날, 역시 모든 것이라고밖에 할 수 없는 일들이 거짓말처럼 연
쇄적으로 일어났고, 그 하루가 지나면서부터는 아무렇지도
않게 서로가 서로를 목숨처럼 대했으며, 나이와 이름 빼고는
무엇도 모르면서 새로 맞닥뜨린 사랑의 황홀하고도 놀라운
세계가 꿈이 아니기만을 바랐다.

*

웅어가 있던 집은 공원묘지 정문에서 승용차로 칠 분 거리쯤
에 있었다. 논과 밭으로 이루어진 평평한 농지 가장자리를 따
라 포장되지 않은 좁은 외길이 하천 습지와 농토를 나누는 경
계표지처럼 길게 놓여 있었는데, 웅어집은 외길 한쪽에 덩그
렇게 자리하고 있었다.

그곳에 웅어와 웅어를 파는 늙은 여자가 있을 거라고는
생각할 수 없었다. 그 길이 처음이었을 뿐만 아니라 웅어라는
어종이 있다는 사실조차 그날 처음 안 거였으니까.

그 집 앞에 잠시 차를 세웠던 것도 집 때문이 아니라 방금
자신이 다녀온 공원묘지의 원경이 비로소 모습을 드러냈기
때문이었다. 멀리서 보아도 줄 맞추어 늘어선 채 한낮의 봄볕

을 온몸으로 받아 내는 묘비들의 흰 빛깔만큼은 여전히 선연했다.

묘지관리 사무소의 젊은 여직원은 K와 눈을 마주치지 않았다. 화장실에서 들었던 것과 조금도 성능이 달라 보이지 않는 스피커에서 빠르고 요란한 음악이 흘러나왔다. 컴퓨터 모니터 옆에 놓인 여직원의 휴대전화에서 나는 소리였다. 어째서 이어폰으로 듣지 않는 건지 궁금해할 새도 없이, 조금 전화장실에서 들었던 노래도 다른 재생기기가 아닌 사내의 휴대전화에서 흘러나온 것이었겠다는 깨달음이 앞섰다. K는 공연한 흥분과 열패감에 휩싸였다.

그녀의 이름과 생년월일을 말했을 때도 여직원은 K를 바라보지 않았다. 금, 그그금. 뜻 모를 가래 긁는 소리를 내며 불필요하게 고개를 끄덕였을 뿐이다. 봐요, 보아요, 금, 그금, 여기요. 금, 하나 둘 셋 넷 다섯 번째, 그그금. 다섯 번째 묘역 그금, 금. 가열. 보자, 봐요. 가열 34번이네요. 그그으음.

컴퓨터 모니터 안의 커서가 음악보다 빠르게 움직였을 것이다. 돋보기 없이는 모니터를 들여다볼 수 없었던 K는 그그금 따위는 털어 내고 다섯 번째 묘역, 가열, 34번을 움켜쥐듯 암기했다.

묘지관리 사무소를 나설 때까지 여직원은 한 번도 K와 눈을 마주치지 않았다. K가 관리사무소에 처음 들어서며 보앉던 모습 그대로 여직원은 둥그런 어깨를 구부리고 째째째 째거리는 노래에 고개를 빠르게 끄덕이며 그그금, 목을 긁었다. K에게서 고인의 인적 사항을 들었을 때나 K에게 묘지의 위치를 알려 줄 때나 여직원은 한 번도 그 같은 자세를 바꾼 적이 없었다. 아무려나 K는 다섯 번째 묘역, 가열, 34번만 알면 그만이라고 생각했다.

생각했던 것과 조금도 다르지 않게 새로 세운 그녀의 비석은 모서리가 날카롭게 살아 있었다. K는 손끝으로 비면과 모서리와 음각된 그녀의 이름과 생몰 연대를 짚었다. 미처 바람에 다 씻기지 않은 돌가루가 손끝에 베이킹파우더처럼 묻어났다.

진채린 (1947~2021)

2021이라니. K는 자신보다 십이 년 앞선 생년보다 그녀의 몰년에 한숨을 쉬었다. K보다 열두 살이나 많다는 이유로 그녀는 종종 농담처럼 죽음을 얘기했었다. 자신이 먼저 죽고 K 혼자 남았을 때 지켜야 할 사랑의 약속 같은 것. 그래도 언제까지나 나만 기억하고 사랑할 거지? 원론적인 데다가 유치하기까지 한 약속에 그녀는 진지하다 못해 새침해지기까지 했다.

있잖아. 새미만 보여.

어느 날 그녀가 말했다.

새미는 K가 기르던 푸들이었다. 반려견이 드문 시절이

었다. 그녀를 만날 때 새미를 세 번 데리고 나갔었다. K와 그
녀는 새미를 옆에 두고 아이스크림을 먹거나 시빈 공원의 그
네를 탔다. 스테이크를 새미와 나눠 먹고 억새꽃 핀 길을 셋이
달렸다. 그뿐이었지만 전화로든 만나서든 새미 이야기가 빠
지지 않았다.

산책길에 푸들을 만나면 있지, 한참을 서서 바라보거든.
아주 한참 말이야.

남의 푸들로나마 K를 본 것처럼 반가웠다는 뜻이었는데
그녀는 자신의 사랑을 그런 어법으로 표현하는 것에 스스로
만족해했다.

반려견이 드문 시절이었으나 K에게는 물론 그녀에게도
외국 원산의 견종들이 낯설지 않았다.

그녀는 이름만 대면 누구나 알 수 있는 서울의 부촌에 살
았고 산책길에서 반려견을 동반한 이웃과 만나는 게 그다지
어려운 일이 아니었다.

그런데 그거 알아? 푸들의 수명이 십이 년이래.

두 사람의 나이 차. 그 숫자를 죽음과 연관시키는 것까지
K는 가벼운 농담이나 유치함으로 여길 순 없었다.

더 길어요. 십칠 년, 십팔 년까지 산대요.

라고 해봤자 오륙 년을 더하는 일일 뿐이어서 K는 아무
말도 하지 않았다. 둘은 오랫동안 말을 잇지 못했다.

그랬던 그녀가 오륙 년은커녕 K를 만난 지 삼 년도 안 되어서 삼십육 세의 나이로 세상을 떠나고 말았다. 1983년. 그녀가 떠난 해를 K는 정확히 기억했다.

　　그녀는 그때 죽었다. 그런데 그녀의 묘비에 새겨진 몰년은 2021년이었고, 갓 세운 비석에 음각으로 새겨진 글자들의 모서리는 손을 벨 만큼 날카로웠다. 화장실과 묘지관리 사무소에서의 어지럽고 불유쾌했던 기억이 다시 K를 흔들었다.

　　　　　　　　　　　　*

집은 구멍 같았다. 낡은 슬레이트의 낮은 처마 밑으로 어두운 내부가 들여다보였다. 작은 외딴집이었을 뿐이나 끝 모를 심연의 입구처럼 보였다.

　　집의 뒤편으로는 몇 그루의 버드나무가 연겨자빛 가지를 늘어뜨린 습지가 이어졌고 습지가 끝나는 곳에는 잔물결 하나 없는 강의 수면이 하늘을 반사하고 있었다.

　　그날, 허기도 뭣도 없이 빨려 들 듯 그 집으로 들어섰던 건 아무래도 고즈넉한 봄 경치의 일부가 되고 싶었거나 아니면 어둑함이 주는 편안함에 잠시 머물고 싶었기 때문이었을 것이다. 그런데 웅어라는 걸 먹게 되다니.

　　웅어를 먹으면서도 웅어를 먹는다는 사실이 잘 믿기지

않았다. K가 그곳에서 웅어를 먹게 되었던 것은 어쨌거나 그 집에 들어가게 되었기 때문이었고 그 집이 웅어를 파는 집이었기 때문이었다. 아니면 그날 내내 회복되지 않고 있던 기울어진 균형감 탓이었든가. 외길과 외딴집. 그 막막한, 세상과의 단절감이 가져다줄 의외의 안온함을 기대했을지도.

늙은 주인 여자는 역시 구멍처럼 생긴 창밖을 가리키며 조용히 흐르는 낯선 강의 이름과 K가 먹는 물고기의 이름을 명확하지 않은 발음으로 말했다. ㅅㅅ. ㅇㅇ. K는 속으로 그 이름들을 되새기며 젓가락 쥔 손을 움직였다. 은빛 비늘이 미처 다 씻기지 않은 얇은 살점 위로 미나리와 쑥갓, 간장과 고춧가루가 얹혀 있었다.

1983년. 그녀는 편지인지 유서인지 알 수 없는 기록을 남겼다.

'나는 이렇게 죽는다. 남들이 뭐라든, 이렇게 죽는 나는 행복하다고까진 할 수 없지만 슬프지도 무섭지도 않다. 나는 이로써 후회 없는 내 사랑을 완성코자 할 뿐이다. 그러니 남들이 뭐라든, 그건 애초부터 내 알 바 아니었다.'

이 네 문장으로 된 기록은 절로 외워졌고 오래도록 잊히지 않았다. ㅅㅅㅅ. 삶삶삶 하던 사람이 죽다니. 믿을 수 없었으나 그녀의 문장을 거듭 떠올릴수록 K는 덜 익은 생선에서 날 법한 뜨뜻하고 비릿한 원망을 맛보았다.

'이렇게' 죽는다니. 서른여섯의 짧은 생을 마감하게 되었다는 뜻이었겠으나 '이렇게'를 두 번이나 반복한 데에는 스스로 죽는다는 뜻과 더불어 그럴 수밖에 없게 된 사정에 대한 원망이 담겨 있었다. 그리고 K는 어렵지 않게 원망의 대상이 자신이라는 것과 그러한 사정을 초래한 장본인 또한 자신이라는 사실을 깨달았다. K가 깨닫기 전에 이미 그녀의 글이 지적하고 있었으므로. 그리하여 네 문장에 두 번 등장한 '남'에는 K가 포함되며, '내 사랑을 완성코자' 한다는 그녀의 사랑에는 당연히 K가 배제된 거였다. 남겨진 글로만 보자면 그녀는 오직 자신만의 사랑의 완성을 위해 죽은 거였다.

그럴 리가. 서운함이 채 가시지 않은 시점에서 쓰인 글이라 미처 진심을 다 담아내지 못한 것뿐이라고 K는 생각했다. 그녀가 얼마나 절망했을지 충분히 짐작할 수 있었으니까.

둘의 관계를 세상에 둘만 알자던 약속은 깨질 수밖에 없었다. 장차 오롯이 둘만 있기 위해, 지금까지 둘이었던 어머니를 설득하는 과정에서 K는 그녀의 존재를 알릴 수밖에 없었다. 새미를 뺀다면 K의 가족은 어머니가 전부였다. 그러니까 이쪽 둘이었던 것에서 저쪽 둘이 되려는 거였다. 너 없이는 새미와도 둘이 될 수 없을 거야. 아버지가 남긴 이 집이 너무 크겠네, 응, 크겠어. 아버지가 애용하던 아델리노 의자를 안타깝게 쓰다듬으며 어머니가 한 말은 그게 다였다. 어머니는 어떤 경우에도 목소리를 높이거나 얼굴을 붉히는 사람이 아니었다. 그녀가 K보다 열두 살이 많다는 얘기를 들었을 때도 어머니는 발코니 밖에 쏟아지듯 피어나는 산딸나무 꽃에서 시선을 떼지 않았다. 듣기 전과 조금도 다르지 않은 어깨와 턱선의 각도를 유지한 채 어머니는 입술만 살짝 움직였다. 살짝. 그 사이로 아주 작은 바람 소리 같은 게 흘러나왔다. 주여.

그녀에게는 그저 정황만을 완곡하게 전했을 뿐인데, K로부터 어머니에 관해 자주 들어 왔던 그녀는 어머니가 발했던 탄식의 언어를 자모의 숫자와 순서까지 정확히 알아맞혔다. 주여. K는 놀랐고, 놀람의 의미까지도 그녀는 순식간에 알아차렸다. 그녀는 놀라거나 슬퍼하는 대신 미묘한 미소를 이삼 초 정도 흘렸다. 큰 소리를 내지도 얼굴을 붉히지도 않는 사람의 짧은 탄식은 오히려 누군가의 명통을 제대로 끊어 놓을 수 있는 거라는 듯이. 그러나 K는 그녀의 미소가 미묘하다고만 느꼈을 뿐 그것에 담긴 위태로운 기미를 알아차리지는 못했다.

그것이 얼마나 큰 절망의 미소였는지 K는 한 달 뒤 그 반쯤을 알았고, 다시 한 달 뒤 그녀가 죽었을 때 나머지 반을 알았다.

웅어를 먹으며 그녀를 떠올렸던 것은 웅어와 그녀와의 연관성 때문이 아니었다. 그녀의 묘지에 들러 돌아가다가 웅어집에서 웅어를 먹던 중이었기 때문이었다. 그러나 웅어 맛을 느끼지 못했던 건 그녀와 그녀의 죽음 때문임이 분명했을 거라고 K는 생각했다. 부음을 받은 이후 K는 사흘 내내 혼란에서 빠져나오지 못했으니까.

"한 사람의 장례는 모든 사람의 장례¹."

게다가 웅어집 여주인의 말이 어지러움을 부추겼다. 낮고 서늘한 데다 발음마저 분명치 않아 어딘가 문장성분 같은 게 누락된 말 같았다.

"스승의 장례에 갔었던 젊은 제자가 음, 여기에 와 웅어를 먹었지요. 그 제자는 자기 장례에 미리 갔었던 거고."

무슨 말인지 알 수 없었던 것처럼 K는 웅어의 맛을 몰랐다.

"석 달 뒤 치러진 그 제자의 장례에는 그 제자만 다녀가지 않았다고요. 대신 다른 이들만 잔뜩 온 거지."

살짝 비틀어 이상해졌을 뿐, 스승과 제자가 석 달 간격으로 연이어 죽었다는 말이었다. 대규모 공원묘지와 멀지 않은 곳에서 웅어와 술을 파는 사람의 입에서 나온 장례 얘기라 별 뜻 아닐 수도 있었는데 K는 늙은 여주인의 말에서 한기를 느꼈다. 그러는 사이 접시 위의 웅어는 간데없고 불긋한 간장 양념과 숨 죽은 미나리 이파리가 섭취의 흔적으로 남아 있었다. K의 운명의 지침을 돌려놓았다고밖에 할 수 없는 젊은 그녀의 갑작스러운 죽음과 삼십팔 년이나 지난 또 한 번의 죽음,

거기에 더해진 웅어집 늙은 여주인의 어딘가 서늘하면서도 비틀린 말들이 맛을 느껴야 할 순간을 K로부터 빼앗아 갔던 건 아니었을까.

복부에 느껴지는 포만감으로도 적지 않은 양의 웅어를 먹은 게 틀림없었는데 미각과 인후부의 감각은 흔적으로도 남아 있지 않았다. 뭐지? 의아해진 K의 눈에 들어온 것은 홍채 가장자리에 백태가 끼기 시작한 주인 여자의 눈이었다. K를 향해 열려 있으나 무엇도 바라보지 않는, 구멍처럼 뻥 뚫린 눈.

*

그 눈을 통해 자신을 바라보는 존재가 있다는 것을 K가 알 리 없었다. 어째서 웅어의 맛을 느끼지 못했는지 몰랐듯, 자신이 나로부터 관찰당하고 있다는 사실을 그는 몰랐다. 누군들 나를 알겠는가. 나는 맛이되 단맛 신맛 쓴맛 짠맛의 이른바 4원미에 해당하지 않을뿐더러 어떤 기관으로도 감각되지 않는 맛이니까.

누구는 나를 맛의 기원이라고 하고 누구는 태초의 미味라 하며 누구는 존재의 맛이라고도 하지만, 일컫는 말이라는 것은 일컫는 대상과도 뜻과도 하나일 수 없으니 나를 무어라 일컫든 제대로 일컫는 게 아니고 마는 시절이 되어 버렸다. 이름이 해당 만물을 잃고 만물이 해당 이름을 잃어 이제는 임의의 약속과 간주로만 겨우 만물의 이름을 대신하는 시절이 되었잖은가. 이름과 만물이 하나였던 시절의 이름. 그 이름은 지금처럼 종이 위에 적거나 입을 통해 전화로 옮길 수 있는 이름이 아니어서 이름이라고도 할 수 없었다. 그러한 거여서 지금의 어떤 말과 이름으로도 나는 일컫어질 수 없는 맛인 것이다.

나는 다만 세상의 맛있는 것들을 맛있게 하는 존재일 뿐이다. 단것을 달게 하고 신 것을 시게 하는 것. 그것이 나여서 나 없이는 쓴맛도 짠맛도 없다. 때로는 웅어집 여주인의 손맛에 오롯이 깃들다가도 K의 접시에서는 홀연 떠나 버리기도 하는 것이다. 저들 K와 그녀가 연애 시절 즐겨 먹던 아이스크림의 라임 맛이거나 그들 곁을 따라다니던 새미의 반습식 사료의 탈취 콩 맛에 이르기까지 나로 말미암지 않은 맛은 그 무엇도 없다. 함께 살던 할머니의 죽음을 자신의 죽음으로 둔갑시켜 K에게 작별을 고한 날 그녀가 먹었던 가오리회무침의 맛, 그리고 그녀의 집 대문에 내걸린 크고 흰 근조등을 먼발치서 바라보며 흘렸던 K의 눈물 맛도 나의 간여 없이는 이루어질 수 없었던 것들이었다.

나는 그런 맛일 따름이다. 모든 맛나는 것들을 맛나게 하는 맛이되 정작 누구에게도 무엇에게도 맛보일 수 없는 맛.

K는 빈 접시를 내려다보았다. 애당초 아무것도 없었던 것 같은 접시는 어둑한 웅어집에 들어서기 전 그가 기대했던 의외의 안온함을 떠올리게 했다. 막막한 단절감이 가져다줄 것만 같았던 평온. 빈 접시를 보고 있자니 실제로 그의 기울어졌던 균형감이 어느새 가만히 복원되는 것 같았고 사흘 내내 그를 흔들었던 혼란도 창밖 멀리 파문 하나 없이 흐르는 강물의 고요로 바뀌는 듯했다.

잠깐 동안이었지만 그녀의 묘지에서도 K는 진공의 땅 위에 서 있는 것 같은, 무언가와의 단절에서 오는, 차라리 평화라고 할 만한 적막감에 휩싸였었다. 채 마르지 않은 묘지의 붉은 봉분과, 얹혀 있는 것에 불과한 어설픈 뗏장들은 아직 땅 밑 유해의 미열이 생명처럼 살아 있음을 상기시키는 것 같아 참을 수 없는 격정을 불러일으킬 만했으나, 오히려 무언가가 K에게서 감정과 기분 따위를 통째로 날렵하게 거두어 버린 것 같았다. 화장실과 사무소에서의 어지럽고 불유쾌했던 기억마저 흔적 없이 사라지고, 잠깐 동안이나마 K는 그녀의 이름 석 자가 새겨진 비석과 다름없이 까닭 모를 무념의 물질 상태로 평온하게 서 있었다.

진채린. 가명을 무덤까지 가져갈 만큼 그녀에게는 그녀만의 절실한 삶이 있었다는 걸 K는 알지 못했다. 그녀의 이름은 경자, 진경자였다. 그리고 그녀를 경자 대신 교자라고 부르던 일본인 남자가 있었다는 것도 나 같은 존재만 아는 사실이었다.

K에게는 매우 유감스러운 일이었지만 그녀와 남자, 그 둘의 사이야말로 '세상에서 둘만 아는' 관계였으며, 한 가지 더 유감스러운 게 있었다면 짓궂고 공교롭게도 그녀와 남자의 나이 차이도 열두 살이라는 점이었다. 남자 쪽의 나이가 많았다. 남자가 적대파의 칼에 맞아 육십삼 세로 세상을 떠날 때까지 그녀는 남자의 꾸준한 경제적 보호 아래 할머니와 살던 부촌을 떠나지 않을 수 있었다. 끝내 그녀가 미혼이긴 했지만 이러한 사정으로 K는 당초부터 그녀와 단둘일 수 없었던 형편이었다.

남자는 다진 시소 잎이 들어간 만두의 맛을 좋아했고 그녀는 화쥐안의 맛을 좋아했다. 세상의 모든 음식 맛에 어리는 나 같은 존재가 아니라면 그녀를 교자라 부르는 남자와 그녀와의 은밀한 관계를 어찌 알 수 있을까. 시소 만두와 화쥐안은 한 식당에서 맛볼 수 있는 음식이 아니었다. 그녀는 늘 남자의 취향을 따랐다. 말없이 만두에서 시소를 골라내고 한 개쯤 먹었다. 채린이라 불러 주면 좋겠다는 그녀의 요청을 발음이 어렵다는 이유로 거절하고 남자는 그녀를 경자로 부르다가 그마저도 교자로 바꾸어 버렸다. 음식 이름으로 불리는 것이 조금도 유쾌하지 않았으나 그녀는 남자와의 관계를 청산할 마음이 없는 한 이름 따위에 연연해서는 안 된다고 생각했다.

남자는 그런 사람이었다. 내가 아는 한 그는 자기가 먹고 싶은 것을 먹고 자기가 하고 싶은 것을 하는 사람이었다. 대신 그녀에게 금전에 관련해서는 부족하지 않게 베풀었다. 그녀는 남자로부터 쉽게 헤어나지 못했다. 돈 때문이기도 했지만 본국에서의 남자의 석연찮은 사업과 그가 거느린 수하들의 면면이 그녀를 위축시켰다. 사설 추심업을 하면서 거대한 밀교 집단의 포교에 열성인 남자의 정체를 그녀는 깊이 알려 하지 않았다. 다만 그녀는 자신에게 주어진 한국 포교사 역할을 하며 남자가 한국에 머무는 동안 남자의 충실한 정인이 되었다.

만두 같은 거 아무려면 어때. 한국에 올 때마다 시소 만두를 먹는 것도 아니잖아. 참고 견뎌야 할 것은 오직 만두의 맛뿐인 것처럼 그녀는 자신을 달랬다.

실제로 남자는 한국의 자연산 민물장어와 송이를 더 즐겼다. 나는 그가 갯내가 살짝 밴 민물장어의 맛을 특별히 좋아한다는 것을 알았다. 밀물 때 해수가 역류하여 들어오는 개천의 하구에서 잡히는 장어라면 남자는 값을 따지지 않았다. 그녀도 실은 장어 맛을 좋아했다. 그러니 화쥐안의 맛 따위는 잊어도 상관없다고 생각했다. 밀가루 빵에 불과한 게 무슨 맛이라고. 그녀는 스스로 화쥐안을 멀리하고 남자의 입맛에 길들여 간다고 생각했다. K를 만나기 전까지는 그랬다. K와 첫날 첫 정사를 마친 후 그녀는 고추잡채와 더불어 열여섯 개의 화쥐안을 먹어 치웠다.

그리고 이 년이 채 못 되어 남자의 수하에게 K와의 관계를 발각당했고 그녀는 남자로부터 K와 목숨 중 하나를 선택하라는 최후통첩을 받았다. 이것이 그녀의 삶이 나름 절실했던 이유였다. K의 어머니를 넘지 못한 채 남자의 손에 죽는 게 억울하고 무서워 그녀는 K와의 사랑을 죽이고 자신의 목숨을 살렸다. 그리고 끝내 진채린으로 묻혔다. 그녀의 본명이 경자였다는 걸 K는 몰랐을뿐더러 한 일본인 남자에 의해 오래도록 교자라는 음식의 이름으로 불렸다는 사실도 알지 못했다.

그러니 내가 보기에 K는 아무것도 알지 못한 사람이었다. 그녀는 진채린이 아니었고 ㅅㅅㅅ, 삶을 상담하는 심리치료사도 아니었다. K를 사랑하게 되어 버린 나머지 자신의 신분과 삶의 실상을 숨겼는데 사랑할수록 비밀과 거짓은 풍선처럼 커져 돌이킬 수 없게 되었다. 그러다 조용하면서도 단호한 K 어머니의 반대에 부딪혔을 뿐만 아니라 남자로부터 거부할 수 없는 최후통첩을 받게 되자 그녀는 할머니의 죽음을 빌려 급히 K를 떠나 버렸던 것이다.

　그녀가 K를 사랑하긴 했던 걸까. 내 커버리지는 어디까지나 맛의 경계를 벗어나지 못하므로 사랑에 관한 판단은 유보하겠지만 적어도 K는 그녀를 사랑했던 것 같다. 사십 년간 탈 없이 공기업에 근무하면서 먹고사는 문제에 별 어려움이 없었으므로 그의 삶은 평탄했다고 할 수 있겠으나 평생 혼자였다는 것, 그녀에 대한 미안함으로부터 한 발짝도 벗어날 수 없었다는 것, 그녀의 두 번째 부고를 받고 혼란스러운 마음으로 달려와 묘비의 이름을 쓰다듬었던 것, 그리고 텅 빈 웅어 접시를 앞에 두고 망연해진 것 등등은 사랑 없이 연출될 수 있는 장면이 아니지 않을까.

　그렇더라도 K의 사랑이 애초에 허구를 대상으로 시작되었다는 건 어찌해야 할까. 그가 사랑했던 그것이 거기에 없었으니까. 사랑이 무용했거나 아니면 성립 요건조차 있지 않았던 것이니 아예 K의 사랑도 없었던 거라고 해야 할까. 역시 나는 맛에 대해 알 뿐 사랑은 모르니 이쯤에서 K의 접시에 다시 웅어의 맛을 어리게나 할까.

　아니다. 감각을 통해 얻은 맛이라는 게 어느 한순간 자취도 없이 사라질 수 있다는 사실을 통해 너의 사랑도 너의 인생도 한순간에 증발하는 춘몽과 같다는 걸 나는 전하고 싶은 걸지도. 허구에 의해 돌려진 너의 운명의 지침이란 건 뭘까. 있지도 않은 것에 의해 지침이 돌려져 평생 미안함과 죄의식 속에 살게 된 너의 운명이란 건 뭔지. 그 운명이라는 것 또한 말의 껍데기일 뿐 알맹이는 텅 빈 것은 아닐지. 네 앞에 놓인 빈 웅어 접시처럼. 없는 웅어의 맛처럼.

사랑이 사랑이 아니었다면 상실도 상실이 아닐 텐데, 사랑을 사랑으로 믿고 그리하여 상실도 상실로 믿어 너의 인생은 소위 그러한 상실의 인생이 된 것이니, 차라리 너의 접시에서 맛을 거두어 가듯 그러한 네 사랑과 인생을 누군가가 통째로 거두어 간다면 허망해도 산뜻하고 개운하지 않을까. 나는 다만 맛만 거두어 갈 수 있을 뿐이니, 없는 맛을 통해 네가 그 이상의 것들에도 개운해질 수 있다면 다행이겠다. 그래서 나는 끝내 너 K의 접시에 웅어의 맛을 어리게 하지 않을 것이다.

*

일주일 만에 K는 다시 웅어집에 왔다. 그는 일주일 전의 자신과 일주일이 지난 오늘의 자신이 어떻게 다른지 구별하지 못했다. 사십 분쯤 걸렸던 거리를 얼마 만에 주파했는지, 지난주처럼 자신이 승용차로 이동했는지조차 알지 못했다. 전에 없던 빛의 범람, 맛보다는 충만감으로만 기억되던 웅어. 그는 그러니까 없던 빛, 없던 맛, 없던 충만으로 인해 자신이 뭔가 막연히 다른 차원의 시간 속에서 움직이고 있다는 느낌만 받을 뿐이었다.

다시 그곳, 웅어집엘 가봐야겠다고 생각한 순간 숙수가 바라다보이는 외길에 문득 와 있었다. 양치질을 마치고 창문 커튼을 젖혔을 때 넘실대던 빛도 어느새 고스란히 따라와 있었고.

어지럽다면 어지럽다고 할 수 있겠지만 그 어지러움에 개입된 이질적이고 여지없는 평온이 낯설면서도 매혹적이었다. 외계인처럼 도래한 과잉된 빛이 눈을 두는 데마다 미만하여 먼 곳과 가까운 곳을 구분하기 어려웠다.

K는 다시 이곳에 온 이유를 떠올렸다. 맛을 몰랐던 웅어, 그럼에도 한 치의 부족함도 없었던 만족감. 이 모순의 비밀을 쉽게 풀 수는 없겠지만 다시 먹어 보고 싶다는 맘을 내는 일은 어렵지 않았다.

농경지와 하천 습지 사이에 놓인 비포장 외길을 걸으며 K는 이런저런 인상 깊었던 음식의 맛을 떠올렸다. 좋았던 맛의 기억은 아무리 오래되어도 쉽게 잊히지 않는다는 사실을 확인이라도 하려는 것처럼.

성불사라는 절의 공양주 보살이 먼저 떠올랐다. 보살은 가을두릅나물무침을 잘 만들었다. 너무 맛있어서 비결을 묻는 K에게 그녀는 "두릅 순을 가시에 찔리지 않게 잘 다듬어서, 슴슴한 소금물에 데쳐서"까지는 느리게 말했다. 그러다가 갑자기 "데쳐지면곧바로찬물로직행열기를빼고꼭짜고된장으로버무리면끝"이라고 속사포처럼 숨도 쉬지 않고 말했다. 단순하다, 비결이랄 것도 없다, 이 말을 보살은 빠른 말로 대신하는 것 같았다. 실제로 양념이라고는 된장뿐이었는데 K는 그 맛을 오래 잊지 못했다.

무슨 사연인지는 몰라도 오르골과 함께 울곤 하던 평창 너와집 여주인의 돌나물두부카나페도 생각났다. 두부프라이, 푸른 돌나물, 양념간장이 전부였는데 이 맛 또한 쉽게 잊히지 않았다. 너와집 주인이 알려 준 맛의 비결은 육두구였다. 그녀는 육두구 이야기를 할 때면 조금 울었는데 그때마다 오르골을 틀었고 오르골이 그치면 눈물도 멈추었다.

도다리쑥국과 오징어달래국을 파는 남도의 포구, 미가라는 식당의 여주인도 생각났다. 도다리도 도다리지만 무가 맛있어야 한다며 그녀는 좋은 무를 구하러 해남에서 하동까지 1박 2일을 다녀온다고 했다. 신문지에 싸고 포일로 한 번 더 싸서 1.5미터 땅속에 지푸라기를 깔고 겨우내 보관한 특별한 무로 끓여 낸 도다리쑥국과 오징어달래국 때문에 K는 얼마간 봄마다 남도의 미가식당에 가지 않을 수 없었다.

그 맛들은 어디에서 온 것이었을까. K는 걸으며 생각했다. 그 맛들은 지금 어디에 있나.

기억으로나마 음식의 맛을 음미하는 동안 K는 웅어집을 지나쳐 버렸다. 발길을 되돌려 몇 걸음 걷다가 금방 걸음을 다시 멈추었다. 웅어집을 지나치지 않은 것 같았다. 그의 눈에 웅어집이 보이지 않았다.

　　처음 걷던 방향으로 그는 다시 발길을 옮겼다. 그리고 또 금방 걸음을 멈추고 말았다. 적어도 그의 시선이 가닿는 곳에는 웅어집이 없었다. 집이라는 게 없었다. 탁 트인 풍경만 여전했다. 그 강, 그 들, 그 길이었다. 웅어집이 있기 사백 년 전의 길을 걷고 있는 것은 아닐까. K는 속으로 중얼거렸다. 아니면 사백 년 후의 길이든가.

　　오금에 힘이 빠져 K는 그 자리에 쭈그려 앉았다. ㅅㅅ. ㅅㅅ. 너른 습지의 달뿌리풀이 바람에 서걱이는 소리가 들렸다. 웅어집 노파가 부르던 강물의 이름 같기도 했다. ㅅㅅ. 모든 소리는 모음을 이탈하는 순간 오히려 소리다워지고 소리의 자리로 돌아간다는 게 K가 쭈그려 앉을 때 든 생각이었다.

　　사방을 휘둘러보아도 강렬한 빛에 하얗게 휘발된 풍경뿐, 웅어집은 보이지 않았다. 어지럽고 몽롱하면서도 어딘지 공연히 충만한 느낌, 허망하여 차라리 상쾌해지는 낯선 기분을 K는 어찌하지 못했다. 자신이 와 있는 이곳이 알 수도 견딜 수도 없이 적적하고 외로운 장소인 것만은 틀림없었으나, 어찌 된 일인지 삶의 욕정과 생의 피로 따위가 깔끔하게 씻겨 나간 외로움 같아서 K는 중력마저 거스를 수 있을 것 같은 가벼움을 느꼈다. 평생을 지고 왔던 사랑이라는 이름의 미련과 죄책감이 봄 나뭇가지에 매달린 묵은 낙엽처럼 가볍고 부질없어 보이는 것만으로도 K는 이곳의 적막을 언제까지고 당해낼 수 있을 것 같았다.

"저어, 이곳에 웅어 파는 집이 있지 않았습니까?"

마침 지나가는 이가 있어 K가 물었다. 고무장화를 신고 양팔에 낡은 토시를 낀 사내는 대답 없이 K를 스쳐 지나갔다.

"저, 말씀 좀 묻겠습니다. 웅어……."

얼마 뒤 또 한 사람이 K의 곁을 지났다.

K가 큰소리로 물었고 농부는 대답하지 않았다.

사람들은 K의 말을 듣지 못했다.

나는 그동안 어디 있었으며 지금은 어디 있는 걸까.

K는 수상한 빛으로 넘실거리는 어떤 봄의 한복판에서 혼자 중얼거렸다.

웅어집은 어디 있는 걸까. 웅어 맛은.

ㅇㅇ.

---

1   조정인, 「나는 나의 장례식에 갔었다」, 『다층』, 2020 겨울호

[닿을 촉]

Cafuné 카푸네

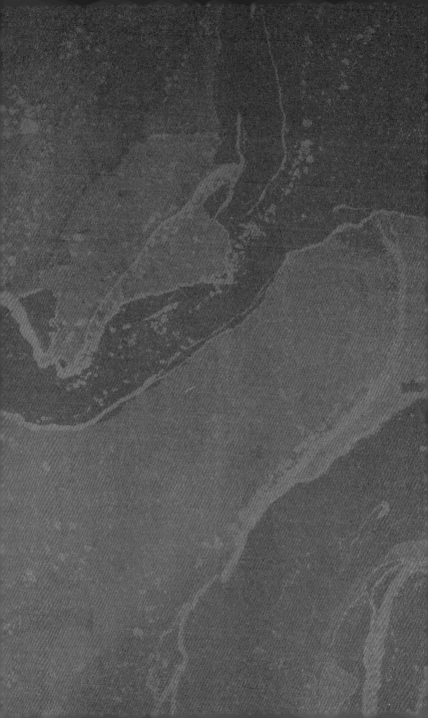

당신을 본 순간 저는 욕조가 갖고 싶어졌습니다.

욕조라니요. 처음 본 사람에게서 욕조 같은 것을 떠올리다니, 기괴하지 않나요. 그날 고마신사의 어떤 부분이 욕조를 연상케 했을까요. 당신의 어깨 뒤로 신사의 처마 끝이 보였을 거예요. 그랬더라도, 그런 걸 떠올렸대도 갖고 싶다는 데까지 생각이 가닿지는 않을 텐데, 그랬습니다. 당신을 본 순간 저는 욕조가 갖고 싶어졌어요.

봄이었고 이루마시 경계의 고마신사에는 벚꽃이 피었고 버드나무 가지가 연록으로 물들었습니다. 그곳에 당신이 있었지요. 행사의 진행을 맡을 임원 두 사람과 함께 저를 기다리고 있었습니다. 당신은 기억할까요. 그날 당신이 검은 진바지에 검은 카디건을 입었던 것을요. 그래서였던가 무척 헌칠해보였습니다. 차이나칼라 안쪽의 흰 반폴라 때문에 어딘가 신부님처럼도 보였는데, 그래서 신사의 풍경과는 아무래도 안 어울릴 법했는데, 절묘하게도 신사의 풍경과 당신의 차림이 서로를 오롯하게 반영하던걸요. 그런데 욕조라니요. 제 상상이 예의 없고 불온하다고 여겼습니다만 냉큼 사라지지도 않았습니다.

어째서 당신과 일행이 저를 고마신사에서 기다렸는지 곧 알아차렸어요. 고마신사는 고려신사였으니까요. 高와 麗 사이에 작은 글씨로 句를 새겨 넣은 나무 현판도 하나 있었지요. 조선의 한 벼슬아치가 참배를 왔다가 고려高麗와 고구려高句麗를 구분하라고 적어 넣은 것인데 지금껏 여전히 고려신사라고 쓰고 고마신사로 읽는다고 당신은 당신 특유의 굵고 낮은 목소리로 말해 주었습니다. 황도 복숭아색 아코디언 스커트를 입고 바다를 건너온 고려인을 당신과 일행은 고려신사에서 맞이하고 싶었던 모양이에요.

저는 행사의 주인공이 아니었을뿐더러 국가나 민족의 대표성을 띠는 위치에 있지도 않았습니다. 그런 건 조금도 없었죠. 그럴 자리도 아니었고요. 저는 당신의 책을 번역한 일개 번역가에 지나지 않았습니다. 그날의 주인공은 당신이었어요. 번역가가 원작자의 신간 기념행사에 초대를 받은 일도 매우 드문 일입니다만 고구려신사에서까지 맞아 주다니요. 이메일로 당신의 초대를 받았을 때도 그랬듯 신사에서 행사장인 아미고로 이동하는 동안에도 저는 몸 둘 바를 몰라 이루마시의 고운 봄 경치가 어지럽기만 했습니다. 그 지경이었는데 욕조라니요.

사실 당신을 보는 건 그날이 처음은 아니었죠. 출판사로부터 당신의 작품 번역을 의뢰받던 날 책날개에서 당신의 모습을 보았으니까요. 당신의 책을 번역하고 후기를 쓰느라, 그리고 보도 자료의 일부를 서포팅하느라 인터넷을 검색하면서 당신의 사진을 몇 개 더 보았습니다. 작가라기보다는, 왠지는 모르겠지만, 어딘가 미용업계의 전문인 같다는 인상이었어요. 웨이브 진 윤기 나는 머리, 날 선 셔츠칼라, 흰 피부, 가지런한 어깨, 친절한 말이 쏟아져 나올 것 같은 입매, 언제나 한 발 뒤로 물러나는 겸손한 사람의 눈빛 때문이었을까요. 글쎄요, 미용업계의 전문인 남성은 그럴까요. 모르겠습니다. 하여튼 제가 상상하는 작가의 모습과는 멀게 느껴졌습니다.

그런데 신사에서 당신을 보았을 때 제가 문득 알게 된 사실이 있어요. 그동안 제가 봐온 당신은 하나같이 가슴 위쪽—바스트 샷이라고 하던가요—이었다는 거죠. 그러니 당신을 그날 처음 보는 거였다고 해도 아주 틀린 말은 아니겠지요. 저렇게 키가 큰 사람이었구나. 웬만큼 깊은 물에 빠져도 끄떡없겠어. 그때 제 가르마를 스친 느낌이라는 것이 고작 그 모양이었습니다. 저란 사람이 그런 깜냥이었으니 욕조가 갖고 싶어졌다고 말하는 것도 이상할 것 없지 않을까. 아닙니다. 둘 다 이상한 거죠. 물에 빠져도 끄떡없겠다는 생각이나 욕조가 갖고 싶다는 생각이나. 이상한 것이 두 개 겹치면 이상해지지 않을 거라는 짐작이 더 이상하지요.

신사에서 행사장인 '문화 창조 아틀리에 아미고'로 가는 동안 저는 당신의 옆자리에 앉게 되었습니다. 승용차는 미끄러지듯 나아갔어요. 당신과 저 사이에 40센티미터쯤의 간격이 있었지만 당신의 길고 가느다란 몸이 어쩐지 제 옆구리와 팔뚝에 우악스럽게 와 닿는 듯했고요. 어떻게 아미고에 도착했었는지, 거리의 풍경들은 별로 기억에 남아 있지 않네요.

*

찬의 손가락이 키보드 위에 멈추었다.

열어 놓은 그녀의 작은 창 안으로 자동차 엔진 소리가 바람처럼 흘러들었다.

이렇게 긴 메일은 처음이에요.

멈추었던 손가락을 가만 움직여 찬은 한 문장을 더 이었다. 손놀림이 조금 전보다 훨씬 느리고 조심스러웠다. 자동차 바퀴가 멈추어 서면서 지면의 모래 따위를 살짝 으깨는 소리가 들렸다. 찬의 손놀림이 살금살금, 은밀해졌다.

흰 차는 엔진 소리가 큽니다.

하고 썼다가 황급히 지우고,

어쩌면 마지막 메일이 될지도 모르겠네요.

하고 고쳐 썼다.

당신에게 보내게 될지도 모르겠고요. 보내게 될지도 모른다니. 이런 생각은 처음이군요. 당신에게 메일을 쓸 때는 인터넷의 제 메일계정을 이용하였습니다만, 이 편지는 워드프로세서 창에다 따로 적습니다. 이러기도 처음입니다. 이토록 일본어를 길게 쓰는 것도요.

메일계정에는 세키야 하지메, 당신의 이름이 주소록에 등록되어 있으나 이곳 워드프로세서 프로그램에는 주소록도 텍스트를 발신하는 장치도 없어요. 그래서 어쩐지 허공에다 쓰는 느낌입니다. 다 쓴 뒤 복사하여 메일로 옮기겠지요. 메일을 쓰는 데 이 방법은 처음입니다. 길고 기니까. 세키야 하지메. 당신의 이름에도 처음이라는 뜻이 담겨 있군요.

찬의 손가락이 다시 키보드 위에 멈추었다.

또 다른 자동차엔진 소리가 창 안으로 흘러들었다. 자동차는 곧 속도를 줄이고, 멈추고, 시동을 껐다. 바퀴가 멈출 때 바퀴와 지면 사이에서 잘 볶은 참깨 으깨는 소리가 났다. 찬은 마른침을 삼켰다.

정말 이토록 길게 일본어를 쓰게 되다니요.

찬은 멈추었던 손을 천천히 놀려 문장을 더했다.

저는 지금껏 일본어를 한국어로 번역해 왔을 뿐이에요. 제가 읽은 것은 일본어였지만 쓰는 것은 어디까지나 한국어였지요.

찬은 어느새 창가에 서 있었다. 컴퓨터 모니터에는 커서 혼자 껌뻑였다. 창밖 2미터 앞은 가슴 높이의 붉은 벽돌 담장이었다. 담장 위엔 철제 난간이, 난간에는 정말 복숭아만큼이나 큰 황도 복숭이 빛깔의 넝쿨 겹장미가 여러 송이 피어 있었다. 장미 넝쿨 사이로 주차장이 보였다.

"와봐, 와봐, 와봐."

마희가 창가로 다가오며 속삭였다. 찬이 세 들어 사는 장미집의 여주인이었다. 십일 년 전 장미집에 세 들었을 때 찬의 나이는 스물다섯이었다. 마희는 벌써 찬이 서 있는 창의 방범창살을 쥐고 있었다. 밖에 선 채 안의 찬에게 물었다.

"왔지? 왔지?"

마희는 앞을 보지 못하는 사람이었다. 두 대의 차량이 주차장에 도착했다는 사실을 소리로 이미 알아차렸으면서도 마희는 찬에게 물었다.

"흰 차도 그 자리에, 검은 차도 그 자리에요."

찬이 말했다.

"늘 서는 자리?"

"네. 늘 서는 자리."

마희는 방범 창살을 애타게 어루만졌다. 그녀는 무엇이든 애타게 어루만졌다. 고개를 갸웃 기울여 자신의 손등 위에다 한쪽 이마를 댔다. 안구 전체가 청자기 빛깔이었으나 고개를 기울이고 창살을 어루만질 때는 눈빛이 한껏 아스라해졌다.

"검은 차에서 여자가 내렸어?"

"내렸어요."

"흰 차의 문이 열려?"

"열렸어요."

"여자가……."

"흰 차 안으로 들어가요."

"그리고는……."

"출발해요. 흰 차가."

"알아. 흰 차는 엔진 소리가 크니까."

"흰 차는 엔진 소리가 커요."

언제나 똑같이 반복되는 대화였으나 그럴 때마다 마희는 지치지도 않고 애틋해졌다.

흰 차와 검은 차를 발견한 것은 앞을 보지 못하는 마희였다. 장미집 뒤는 공영 주차장이었다. 찬의 방에서 빤히 내다보였다. 그곳에 흰 차가 들어오면 얼마 안 있어 검은 차가 들어왔다. 검은 차에서 내린 여자가 흰 차의 문을 열고 타면 흰 차는 곧 큰 엔진 소리를 내며 출발했다.

흰 차는 자정이 임박한 즈음에 돌아오곤 했다. 그러면 찬은 하던 일을 잠시 멈추게 되었다. 키보드 위의 손이 저절로 멈추었다. 흰 차에서 내린 여자가 검은 차에 올랐다. 두 대의 승용차는 곧 나란히 주차장을 빠져나갔다. 흰 차와 검은 차의 이동 패턴을 마희가 소리로 읽어 낸 거였다. 차가 멈출 때 참깨 씹는 소리가 나거든. 마희가 말했나. 차량의 색깔이 희고 검다는 것은 나중에 찬이 말해 주었으나 수상한 두 차량의 움직임을 처음 발견한 것은 마희였다.

찬의 창문에서 공영 주차장까지는 가깝지 않은 거리였다. 그런데도 찬의 귀에 참깨 씹는 소리가 들렸다. 마희가 하는 말을 듣고, 애태우는 마희와 함께 흰 차와 검은 차를 보다 보니 찬도 어느새 마희의 귀를 갖게 된 거였다.

"욕조는 어떻게 됐어?"

마희가 물었다.

"예…… 아직."

찬은 돌아가 컴퓨터 앞에 앉았다.

*

당신이 한국에 왔던 날들을 기억합니다. 당신이 사는 이루마시에 제가 갔던 뒤로, 그러니까 당신을 처음 만난 뒤로, 당신은 지금까지 세 번 한국을 다녀갔지요. 처음은 파주 북소리 축제에 초청을 받았고 나머지 두 번은 전적으로 저를 보러 서울에 왔었습니다.

북소리 축제 때는 당신에게 일정과 일행이 있었지요. 제차로 당신의 일행과 일산의 호수 공원엘 잠깐 갔었습니다. 당신과 당신의 일행은 일정상 긴 시간을 낼 수 없었잖아요. 파주출판단지와 가까운 호수 공원에서 겨우 짧고 아쉬운 시간을 보냈습니다. 일행이 여럿이다 보니 당신과 단독으로 대화는 이루어지지 않았고요. 일본 자전거 바퀴와 한국 자전거 바퀴의 차이—호수 공원을 도는 자전거들이 있었으니까요—를 말하거나 부들 이삭을 바라보며 홋또독꾸가 너무 탔어! 하고 누군가 공연히 소리를 지르거나 그랬을 뿐입니다. 저는 그런 말들이 하나도 재미없었어요. 당신과 단둘이 나눈 대화였더라면 어땠을지 모르겠지만 말이지요. 아, 이런 얘기 언젠가 당신께 메일로 보낸 적이 있을 것입니다.

당신은 그해가 가기 전 겨울 다시 한국에 왔고 혼자였습니다. 이틀 동안 저만 만났어요. 제 맘을 알아차린 거라고 저는 생각했지요. 제가 태어나 자란 여주에도 가주었고, 돌아오는 길에 올림픽공원의 파리크라상에 들러 올리브 부메랑을 먹었죠. 일본에서는 먹어 본 적 없다며 당신이 어린아이처럼 신기해했었기에 그때를 떠올리며 적는 것입니다.

　미니어처 부메랑처럼 생긴 올리브 빵을 잔뜩 샀고 당신의 숙소 근처 하우스 맥줏집에 들어가 몰래몰래 그것을 안주로 많이 마셨습니다.

　제가 우겨 당신의 숙소까지 둘이 팔짱을 끼고 걸었지요. 매서운 밤 추위와 빙판길이라는 핑계, 그리고 충분한 취기에 힘입은 거였지만 낭신과 저는 느닷없는 팔씨름 선수였어요. 피차의 악력이 그토록 악착같았으니까요. 고마신사에서 아미고로 가던 차 안에서의 환각이 되살아났습니다. 당신의 길고 가느다란 몸이 제 옆구리와 팔뚝에 우악스럽게 와 닿는 듯했던 느낌 말이에요.

　숙소에 당신을 들여보내 놓고도 저는 한동안 얼얼하여 팔을 펴지 못했죠. 이렇게 쉽게 풀어질 거였다면 어째서 그토록 필사적이었을까. 당신의 숙소 창문을 한참이나 올려다보다가 맥줏집 주차장에 차를 버려 둔 채 장미집으로 돌아왔습니다. 돌아오는 택시 안에서 저는 이것이구나! 혼자 중얼거렸어요. 무엇이 이것이라는 건지 알지도 못했으면서, 당신의 손과 팔이 내 겨드랑이에 남겨 놓은 얼얼함에 무작정 사무치며 이것이구나, 이것이구나! 중얼거렸죠.

　어째서 당신은 혼자서 저를 보러 한국에 왔었던 것일까요. 답이 빤할 것 같은 질문을 당신이 돌아간 뒤 저는 메일로 보냈습니다. 당신의 마음을 알고 싶었던 걸까요? 아닙니다. 저는 제 맘을 알고 싶었던 거예요. 제 맘을 알아차려서 당신이 한국에 와준 거였다면, 당연히 당신은 제 맘을 아는 사람이 되는 것이었으니까요. 그래서 물었던 것입니다. 저는 궁금했거든요. 당신을 떠올리고 만나고 싶어 하고 만지고 싶어 하는 제가요. 일반적인 사랑의 징후라면 궁금할 게 뭐가 있었을까요. 하지만 제가 당신을 떠올릴 때, 메일을 보낼 때, 당신과 함께 있을 때, 잠깐이었지만 당신과 죽어라 팔짱을 끼고 걸었을 때마저도, 당신을 사랑한다는 느낌은 아니었어요.

어째서 당신은 혼자서 저를 보러 한국에 왔었던 것일까. 당신에게서 온 대답은 이랬습니다. 왠지 그러지 않으면 안 될 것 같았다, 어쩌다 알 수 없는 충동에 이끌리고 마는데 이번에도 그랬다, 나쁘다고 생각하지 않는다…….

당신의 대답은, 요약할 것도 없이, 당신도 당신의 마음을 알지 못한다는 것이었죠. 그런 당신에게 제가 저도 모르는 제 마음을 물었던 거예요. 우리는 똑같이, 자신들의 혼미한 마음을 서로에게 고백하고 만 셈이었습니다.

알 수 없는 충동. 그것에 대해 말하면서 당신은 당신이 겪고 있거나 겪었던 두 가지 일을 예로 들었지요. 하나는 당신이 스스로를 고려인이라고 생각한다는 거였어요. 그럴 근거는 없습니다. 물론 당신의 설명에 의하면 당신이 살고 있는 이루마시는 서기 716년에 1799명의 고구려 유민에 의해 건설되었던 고마군과 대부분 일치하는 지역이지요. 2000명도 아니고 1800명도 아닌 1799명이라는 구체적인 기록이 있으며, 고구려인으로만 한 개의 군을 형성할 수 있을 정도였다니 그 지역에서 오래도록 고구려인의 혈통이 보존되었겠다는 저간의 생각에는 충분한 개연성이 있는 것 아니겠어요? 그러나 자신이 고리인이라는 당신의 짐작과 확신은 그런 개연성에 의존하지 않는다고 당신은 저에게 썼죠. 오히려 당신은 오컬트적인 충동에 휘둘리며 어쩌다 멀고 먼 과거의 시간으로 판타지 드라마처럼 도약하고, 고구려 난민의 삶으로 사정없이 곤두박질치며, 열 개의 손가락 끝과 열 개의 발가락 끝으로 그들 삶의 뜨거움과 차가움을 동시에 딛게 된다고 했습니다. 저에게는 잘 상상도 이해도 되지 않는 꿈 이야기였어요. 명료하게 말할 줄 아는 당신이 그 얘기에서만큼은 허황된 점들을 아무렇지도 않게 드러냈거든요. 당신도 당신의 의지와는 상관없이 소용돌이치는 거북한 판타지일 뿐이라고 말했고요. 그러나 개연성을 초월한 거북한 판타지기 때문에 당신의 확신은 오히려 더 확고해지더라고 했습니다. 어떤 느낌일지 그건 저도 조금은 알 수 있을 것 같았어요. 그때도 당신은 덧붙였었지요. 그런 게 다 나쁘다고 생각하지 않는다…….

그러면서 당신은 충동의 다른 예를 하나 더 들었는데, 바로 당신의 캐나다 여인이었습니다.

*

"어떻게 된 걸까?"

마희가 물었다. 흰 차와 검은 차의 움직임은 일 년 가까이 변함없이 지속되던 것이었다. 그런데 어느 날 흰 차가 멈추었다. 오래 멈추었다. 차의 색깔이 달라 보일 만큼.

어쩌다 검은 차가 왔다. 차에서 내린 여자는 흰 차로 다가가 흰 차의 텅 빈 안쪽을 기웃거리거나 물끄러미 들여다보았다. 한참을 그러다 돌아갔다.

잊을 만하면 다시 검은 차가 나타났다. 바퀴가 지면에 닿는 소리가 들리면 마희가 어느새 찬의 창밖에 나타났다.

"정말 어떻게 된 거지?"

마희는 애를 태웠다. 검은 차에서 내려 흰 차의 내부를 기웃거리는 여자의 표정은 멀어서 읽히지 않았다. 그러나 너무도 안타까워하는 마희 때문에 여자의 애타는 표정이 찬의 눈에도 빤히 보이는 것 같았다.

마희는 자신이 사랑을 잃은 것처럼 발을 동동 굴렀다. 예순여덟 살 마희의 꿈은 죽기 전에 미친 사랑을 하는 것이었다. 나는 그녀가 그녀의 어두운 방에서 혼자 다짐하는 소리를 몇 번이고 들었거니와, 반드시 이루고 말 거라고 그녀는 찬 앞에서도 으르렁거렸다. 아직 오지도 않은 사랑을 잃기라도 한 듯 마희는 검은 차 소리가 들리면 푹푹 한숨을 쉬었다. 그럴 때마다 찬은 서른여섯 자신의 나이가 저도 모르게 헤아려지는 게 싫었다. 싫어한다는 걸 나는 알았다.

마희는 아버지에게서 장미집을 물려받는 데 성공한 뒤로 무엇에든 큰 자신감을 가졌다. 물려받았다기보다는 쟁취한 거였다. 마희의 이름은 원래 나희였는데 첫째인 가희와 셋째인 다희, 그리고 막내인 라희보다 둘째인 자신의 이름이 제일 후지다고 아버지를 원망했다. 나희가 뭐야, 나희가. 그러니 장미집을 달라고 억지를 부렸다. 그래도 마희보다는 낫지 않느냐며 아버지와 자매들은 없는 이름을 갖고 둘러댔다. 그러자 차라리 마희 하겠다며 나희는 개명 신청을 거쳐 정말 마희가 되었다. 마희는 장미집을 차지하기 위해 당당히 마귀나 마녀처럼 굴면서 자매들을 밀치고 아버지를 닦달했다. 일찍 세상을 떠난 어머니의 유언에 따라 가족의 전 재산인 3층짜리 아름다운 장미집은 앞을 못 보는 마희의 차지가 될 거라고 거듭거듭 다짐을 주었어도 마희는 마녀다운 전투력을 조금도 늦추지 않았다.

장미집을 차지하기 위해 연로한 아버지를 끝까지 장미집에서 모신 것도 마희 혼자였다. 그러잖아도 다른 자매들은 모두 결혼하여 출가한 뒤였다. 아버지가 구십이 넘어 세상을 떠났을 때 마희는 예순세 살이었다. 그때부터 마희는 대대적으로 집수리를 하고 모든 방범 창을 가우디 꽃 덩굴 디자인으로 바꾸었다. 그래서 찬도 우아한 꽃 덩굴 방범 창을 통해 황도 복숭아 빛깔의 겹장미들과 주차장에 멈춘 흰 차를 바라보게 된 것이었다.

단장을 끝낸 장미집을 마희는 너무도 사랑하여 가끔씩 건물 틈새에 제 몸을 일부러 끼워 넣고는 혼자 빠져나오지 못해 신음을 흘렸다. 찬과 장미집의 세입자들은 신음 소리를 좇아 마희를 틈바구니에서 끄집어내곤 했는데 마희는 또 어느새 새로운 틈을 발견하고 틀어박혔다. 온몸으로 건물을 가쁘게 느끼려는 그녀의 괴벽이었다. 건물 틈서리에 박혀 홀리는 늙은 여자의 신음은 누가 들어도 민망했다. 걸핏하면 틈새에 박히던 마희에게 인생의 새 목표가 생긴 것은 이태 전이었다. 죽기 전에 미친 사랑을 해보고야 말겠다는 것.

"에휴, 그냥 돌아가나 보다."

마희가 말했다.

"돌아가요. 검은 차⋯⋯."

찬이 말했다.

"정말 어째야 쓸까. 어딜 갔을까? 응?"

"그러게요. 흰 차 주인은 왜 안 오는 걸까요?"

"벌써 몇 주째냐고."

"그러게요."

"근데 찬, 내 생애 마지막 소원이 뭔지 알지?"

"미친 사랑."

"구체적으로."

"뭔데요?"

"정사야."

"섹스?"

"꼴랑 섹스라니."

"그러면요?"

"사랑하다 죽는 거."

"아."

*

당신의 캐나다 여인도 당신과 그런 사랑을 원했을지도 모르지요. 사랑하다 죽는 것. 그런데 저는 당신의 소설을 번역하면서 캐나다 여인에 대한 당신의 감정은 무엇일까 궁금했습니다. 번역을 끝내고도 제대로 알 수 없었으니까요. 번역가가 원작자의 의도를 이토록 알아차리지 못해도 되는 건가, 얼마간 울적했지요. 대신 당신의 캐나다 여인이 당신을 향해 품었던 사랑의 빛깔은, 제가 여자라서 그랬을까요, 나름 이해하고 느낄 수 있었어요.

그날, 당신이 저를 초청했고 당신이 이루마시의 아미고에서 독자들을 만났을 때, 어느 여성 독자 한 분이 당신한테 물었었지요. 사랑 이야기고요오, 말하자면 불륜인데요오. 그러다 질문자가 갑자기 웃었어요. 참지 않고 웃었고 웃음을 다 그치지 못하고 질문을 이었습니다. 그런데 섹스가 없어요오. 관객들도 조용히 따라 웃었어요. 커다란 방적공장이 문화공간으로 변신한 것이 아미고라지요. 고운 회벽과 굵은 나무 들보와 삼나무 벽이 인상적이었습니다. 그래서였는지 관객의 웃음도 커피 향처럼 은은하게 퍼졌지요.

저는 지금 당신 소설의 남자 주인공과 당신을 동일시하고 있지요. 번역할 때는 그럴 수 없었습니다. 당신이 창조한 인물이라고만 철석같이 믿었으니까요. 아미고에 모인 독자들도 그렇게 생각했고, 그날 당신도 소설 속 인물이 당신 자신이라고 그들에게 말하지 않았어요. 소설 속 주인공이 다름 아닌 당신 자신이었다고, 그것은 저만 알게 된 사실이라고 나중에 말해 주었죠. 저만 알게 된 사실이라니요. 그 말을 들었을 때 당혹감과 알 수 없는 부담감과 함께 당신이 종종 쓰는 표현처럼 '나쁘지 않은 기분'을 느꼈습니다.

그날 아미고에서 당신과 가장 가까운 자리에 앉아 있었

던 저는 당신이 불륜의 도덕이 아닌 불륜의 감각을 다루고 싶었다고 말하는 소리를 들었어요. 할복의 아름다움 같은 불륜의 아름다움. 불륜으로 인해 위태로워지는 삶의 예리한 갈피들. 가장에 대한 책무 의식을 매저키즘으로 삼아 스스로를 자극하는 감각. 작가로서 그런 감각의 경계를 그리면서 그런 감각의 경계에 가닿아 보고 싶었습니다…… 하는 당신의 말을 들으면서 저는 속으로 몇 번이나 벅찬 숨을 몰아쉬었지요. 평생을 쌓아 올린 독실篤實 따위를 한순간에 베어 버려 무로 만들어 버리는 날카로운 고도古刀의 쾌감에 대해 당신이 조용조용 말할 때, 저는 그것이 며칠 전에야 깨닫게 된 제 감각의 정체와 잇닿는 말일 줄 몰랐습니다.

네, 저는 그랬어요. 당신과 함께라면 저는 '무엇이든' 할 수 있겠다고 생각했거든요. 생각한 게 아니라 감각한 거죠. 며칠 전에야 그걸 깨달았습니다. 그리고 이 편지를 쓰기 시작했지요.

'무엇이든'이 무엇이든, 그 무엇이든의 끝은 무엇일까. 그것은 말 그대로 모든 것의 끝이고 더 이상의 지속이나 시작이 없는 것을 말하지요. 저는 오래전부터 그것을 꿈처럼 감각해 왔다는 것입니다. 감각은 생각이나 추론과 달라서 이토록 늦게야 깨달았을까요. 저는 이것을 당신의 표현 방식을 빌려 죽음의 감각이라 하겠습니다.

그것이 어디서 왔는지 모르겠고 딱히 알고 싶지도 않아요. 안다고 해도 달라질 것은 없을 테니까요. 달라지기를 원하지도 않고요. 감각이란 원래 그런 것이라는 걸 당신에게 배웠다고 하면 안 될까요. 저는 제가 그 감각에 먹히는 과정과 순간에다가 저 자신을 온전히 바치고 싶어요. 그리하여 당신이 불륜에서 느끼고자 했던 감각의 세계로 들어서고 싶습니다.

저는 부자는 아니었지만 죽고 싶을 만큼 가난하지도 않았어요. 지금까지 저의 유일한 직업이었던 번역도 크게 성공적이지 않았으나 그렇다고 형편없지도 않았고요. 지루하고 막막하고 이렇게 살다 마는 것인가라는 생각은 저만 하는 것도 아니었지요. 여자라는 것도, 일찌감치 가족을 잃고 혼자 살게 되었다는 것도 죽음을 꿈처럼 감각해 왔던 이유로는 당치 않아요. 오히려 저는 부자도 아니고 크게 성공도 못 했고 함께해야 할 가족이 없다는 사실을 매우 다행스럽게 받아들입니다. 그런 것이 저에게 주어졌더라면 저는 그것들을 존속시키기 위해서 허망하게도 이 소중한 꿈의 감각을 바보처럼 외면하려 들었을 테니까요.

정말 저는 당신과 함께라면 무엇이든 할 수 있을 것 같아요. 당신과 함께여야 그게 가능하다는 말이 당신과 함께 죽자는 말로 들릴 것 같네요. 그러나 아니에요. 다만 저는 마지막으로 또 하나의 알 수 없는 감각에 붙들려 있을 뿐입니다. 무엇인가를, 꼭 잡거나 느슨하게 잡거나, 하여튼 누군가의 손을 잡고 그 순간을 감각하고 싶다는 것. 그 순간. 무엇이든의 끝. 그러지 않으면 안 될 것 같다는 것. 그리고 그 누군가가 당신이었으면 좋겠다는 것이고요.

이미 저에게는 제가 번역한 당신의 소설이 당신이 인정하는 당신의 실제 이야기가 되었습니다. 그 이야기를 몇 개월에 걸쳐 낱낱이 통과하면서 저는 이미 제 결심을 굳혔던 건지도 몰라요. 다만 저도 모를 결심이었기에 당신을 보는 순간에야 욕조가 되어 떠올랐겠지요. 저는 지금 욕조가 필요합니다. 그 순간을 맞이하기 위한 욕조와, 제가 붙잡을 당신의 손이 필요해요. 감각이 그것을 요구한다고 할게요.

손 얘기를 하자니 제가 번역한 당신의 소설에서 당신의 손과 관련된 인상적인 장면이 떠오릅니다. 하나는 당신이 '열한 시간의 신체 접촉'이라고 표현한 부분이에요. 애무, 다독거리다, 더듬다, 비비다, 닿다, 터치하다, 핥다, 빨다, 꼬집다, 할퀴다, 간질이다, 주무르다, 쓰다듬다, 어루만지다…… 그 많은 말들을 놔두고 연인들 사이의 행위에 당신은 하필 신체 접촉이라는 말을 썼을까요. 그리고 열한 시간이라니. 이런 내용들은 기억할 수밖에 없습니다. 당신은 그녀와 처음 눕던 날 열한 시간 동안 그녀와 신체 접촉을 했다고 썼지요. 10월의 지치부 근교였고 오후 아홉 시였으며 그녀는 자신의 흑백 스트라이프 니트에서 길고 가는 팔을 하나씩 뽑아냈다. 이렇게 시작된 문장은 제가 위에서 길게 나열한 단어들을 하나도 쓰지 않은 채 네 페이지에 걸쳐 이어졌어요. 열한 시간 동안 당신의 손은 그녀의 몸 위를 어찌저찌 지나다녔겠지요. 까마귀가 커다란 물고기를 물고 와 숙소의 유리창에 꽝 부딪혔을 때 당신은 비로소 그녀의 몸에서 떨어졌고 그때가 오전 여덟 시였다고 썼습니다. 당신이 일어나 비틀거리며 혼자 움직일 때도 당신의 손바닥과 가슴과 뺨에 그녀의 놀라운 피부 감촉이 파스처럼 붙어 따라다니는 것 같았다고 했지요. 저는 당신의 작품을 읽으면서 번역의 시간보다 상상의 시간이 길어지는 것을 견뎌야 했고 그럴 때마다 늑골이 자꾸 아팠습니다.

열한 시간 동안이었으나 섹스에 해당하는 행위는 이루어지지 않았어요. 한 여성 독자의 지적으로 촉발된 웃음이 오래된 방적공장의 천장으로 커피 향처럼 피어오르고 말았듯이, 해당 행위의 부재가 소설을 읽고 번역하는 데도 아무런 방해가 되지 않았고요.

손과 관련해서라면 Cafuné라는 단어가 등장하는 장면을 떠올리지 않을 수 없군요. 그 장면에 대해서라면 제가 이미 이루마시에서 한 번 언급한 적이 있었지요. 그때 당신은 저를 아미고의 관객에게 소개하며 당신의 소설에 대한 제 짧은 감상을 요청했습니다. 저는 당신의 소설을 통해 알게 된 Cafuné라는 희귀한 단어를 사랑하게 됐다며 그 방적공장의 오래된 들보 아래서 한국어 반 일본어 반으로 말했지요. 번역가로서는 그런 성격의 단어가 튀어나오면 곤혹스럽지만 사랑하지 않을 수 없는 말이라고 제가 말했던가요. 지금도 그렇게 생각합니다. Cafuné. 당신의 소설에서 작가인 당신은 캐나다 여인의 입을 빌려 그 단어에 대해 말하지요. It is among the few word that cannot be translated into English.

*

— 종종 의자에 앉아 낮잠에 떨어진다. 밤낮없이 번역을 해대던 때의 버릇이다. 이제 더는 번역하지 않게 되었지만 버릇은 여전하다. 그럴 때마다 꿈을 꾼다.

찬이 내내 쓰던 편지의 톤이 아니었다. 찬은 의자에 구겨지듯 앉아 잠들었다. 대낮이었고, 커서 혼자 껌뻑였다.

일기일까. 찬은 번역 전용으로만 사용하던 자신의 문서 작성 프로그램을 이따금 열고 무언가를 적었다. 더는 번역에 사용하지 않는 파일의 텅 빈 화면에 번역의 관성으로 일기를 쓰는 듯했으나 일기는 아니었다. 하루의 끝에 적는 글이 아니라 낮잠에 빠지기 전에 몇 줄씩 이어 보는 글이었으므로 나는 그것을 잠들기 전에 잠의 신에게 잠을 고하는 축문 같은 거라고 맘대로 생각했다.

— 꿈속의 나는 흰 리넨 소재의 트래피즈 드레스를 입는다. 늘 그 차림이다. 하늘도 들도 길도 갈대밭도 온통 희뿌옇다. 먼지는 아닌 것 같고, 연갈색으로 바랜, 오래된 흑백사진 같기도 하다. 모든 사물의 윤곽이 분명치 않다. 아주 평면적이다. 느낌을 한마디로 말한다면, 사막이다.

마희가 가우디 꽃 덩굴 방범 창 사이로 찐 감자 하나를 들이밀었다.

"싹이 나길래 몽땅 쪄버렸어."

감자를 쥔 마희의 손이 고개 숙인 찬의 가르마에 닿을 듯 닿지 않았다. 마희는 찬이 종종 낮잠에 빠진다는 사실을 알고 있었다. 마희는 양푼에 담아 온 다섯 개의 감자를 다섯 차례에 걸쳐 방범 창 안으로 옮겼다. 찬의 책상 한 귀퉁이에 감자가 나란히 놓였다.

— 사진은 아니다. 옷자락이 바람에 휘적휘적 나부끼는 움직임이 보이니까. 움직인다. 나는 정면, 그러니까 이쪽을 응시하고 서 있다. 화난 듯 지루한 듯 찡그린 눈으로. 길은 하나, 긴 둑길. 둑길 위에 내가 있다. 둑길 한쪽 아래로 갈대밭이 둑길만큼 길게 이어진다. 갈대도 온통 연갈색. 온통. 그렇다고 사막의 모래 먼지도 아닌 것 같고.

"오늘도 안 왔나? 검은 차."

아쉬운 듯 마희는 혼자 중얼거리며 주차장 쪽으로 고개를 돌렸다. 그녀의 청자기 색의 눈동자가 하늘을 반사해 번득였다. 노란 겹장미의 꽃잎 끝이 바깥으로 말리면서 꽃송이들은 더 크고 탐스러워졌다.

— 나는 내 키보다 큰 욕조와 함께 서 있다. 둑길 위에. 욕조와. 오로지 욕조와. 흰 욕조지만 모든 게 그렇듯 그것도 연갈색. 내 오른팔이 어깨동무하듯 욕조에 걸쳐 있다. 욕조에. 부연 하늘, 끝 모를 둑길과 갈대밭, 그리고 키 큰 욕조와 나란히 서서 바보 같은 눈길로 이쪽을 물끄러미 응시하는 나. 혼이 빠진 나.

"어찌 된 거야 여태 흰 차는 정말."

양푼을 들지 않은 손으로 벽을 더듬으며 마희가 돌아갔다. 그녀는 더듬지 않을 수 없었다. 그녀에겐 손이 눈이고 눈이 손이었다. 귀가 눈이고 눈이 귀였다. 흰 차와 검은 차를 찬보다 먼저 발견한 것도 그녀였다.

앞을 못 보는 마희에게는 청각도 촉각이었다. 소리 입자가 모래알이나 참깨 알처럼 그녀의 귀청에 날아와 박혔다. 강력하고 섬세한 터치일 거라는 걸 내가 모를 리 없다.

나. 늦게나마 나에 대해 말하려 한다. 나는 세상의 모든 '닿는 느낌'을 가능하게 하는 느낌이다. 닿는다고 해서 언제

나 느낌이 발생하는 것은 아니며 발생하더라도 예상하거나 기대한 느낌이 되라는 법은 없다. 하여튼 나는 닿는 물질과 닿아지는 물질 사이의 다양하고 무한한 느낌에 관여하는 '작용'이다. 작용일 뿐이어서 감각을 있게 할 뿐 나는 감각도 감각의 대상도 아니다. 다시 말하지만 나는 세상의 모든 닿는 느낌을 느낄 수 있게 하되 정작 나는 그 무엇으로부터도 닿을 수도 느낄 수도 없는 느낌이다.

누구는 그것을 느낌의 느낌이라는 동어반복의 자기 지시적 명칭을 피해 미微[1]라 말하기도 하고, 미라 해놓고도 그것에 대해 따질 수 없다고 하며 다시 한번 말하기를 피하니, 과연 알 수도 느낄 수도 없는 나에게 굳이 이름을 붙일 일도 없겠다. 오늘날 일컫는 말은 일컫는 대상과도 뜻과도 하나일 수 없으니 나를 무어라 일컫든 제대로 일컫는 게 아닐 테니까. 나는 그러니까 이름과 만물이 하나였던 시절의 존재인 셈이다. 그때의 이름은 지금처럼 종이 위에 적거나 입을 통해 전화로 옮길 수 있는 성질의 이름이 아니어서 이름이라고도 할 수 없는 것이다. 그리하여 나는 지금의 어떤 말과 이름으로도 일컬어질 수 없는 느낌인 것이다.

다만 나는 마희의 몸에 닿는 장미집과 장미집에 닿는 마희의 몸 사이에서, 혹은 하지메와 그의 캐나다 여인과의 열한 시간에서, 아니면 하지메와 찬을 세차게 엮었던 어느 겨울밤의 팔짱에서 그들의 운명에 절로 관여하게 되는 것이다. 사람과 사람, 물질과 물질 사이의 '감촉'은 어느 일방의 느낌으로 발생하거나 전해지거나 소멸하는 것이 아니라, 어디까지나 작용 혹은 반작용의 원리에 의해 스스로 발생한 자신의 운명을 살다가 간다. 나는 사람과 물질의 세계에서 일어나는 모든 감촉의 운명에 관여하여, 사람이 감자를 만지거나 구름이 구름과 부딪히거나 나비가 꽃잎에 앉을 때마다, 즉 감촉이 발생할 때마다, 우주도 그에 따라 부지런히 자기 구조의 배열을 새롭게 바꾸게 할 따름이다. 나는 그러하다.

　— 그런데 물. 나와 욕조가 살풍경하게 서 있는 둑길 아래, 갈대밭 사이로 물이 흐른다. 연갈색 물이 넘실넘실. 너무 넘실넘실이어서 무서운. 사막 같은 풍경 한가운데를 갑자기 가로지르는 물. 둑길 위의 나에겐 어떤 표정의 변화도 없다. 멍청하다. 둑길 위의 나를 바라보는 나는 물이 좋은가. 무서운가. 넘실넘실 흐르는 물에 내가 눕는다. 둑길 위의 나를 바라보던 내가. 물에. 천천히 얼굴을 담근다. 다 담근다. 둑길 위의 나와 욕조는 여전히 서서 이쪽을 응시한다. 이쪽의 나는 없다. 물에 들어가 누웠다. 졸리다.

　찬이 고개를 들었다. 식은 감자 다섯 개가 책상 한 귀퉁이에서 오후의 햇살을 받고 있었다. 감자 한 알을 집어 들고 찬은 밖을 내다보았다. 흰 차는 여전히 그 자리였다. 흰색이 아니라 이제는 꿈속에서 찬이 본다는 그 연갈색? 흰 차는 그곳에 너무 오래 서 있었다. 감자 한 알을 쥔 채 찬은 방에서 나왔다.

햇빛 때문에 찬은 얼굴을 찡그렸다. 반바지에 슬리퍼 차림으로 돌과 풀이 어지러이 섞인 길을 천천히 걸었다. 그녀의 오금 아래로 푸르고 가는 정맥이 잎맥처럼 드러났다. 주차장에 다다를 동안 찬은 누구와도 마주치지 않았다.

주차장의 땡볕을 느리게 가로질렀다. 흰 차에 점점 가까워졌다. 검은 차의 여자가 그러는 것처럼 찬은 흰 차에 다가가 안쪽을 기웃거렸다. 특별할 것 없는 승용차의 그렇고 그런 내부였다. 다만 오래도록 주인 없이 멈추어 있는 차량이었으므로 운전대와 변속기와 시트와 외장형 내비게이션, 혹은 컵걸이와 쓰러진 건담 피규어들이 박물관 유리 진열장의 유물들처럼 바래 있었다.

찬은 쥐고 있던 찐 감자로 통통, 운전자석 차창을 두드렸다. 이럴 경우 감자와 찬의 손아귀 사이에서 발생하는 촉감에 나는 이미 개입되어 있는 것이다. 찬은 감자가 으깨지지 않을 정도로 다시 차창을 통통, 두드렸다. 무엇 하나 꿈쩍하지 않았다. 찬은 다른 손으로 문손잡이를 잡아당겼다. 문손잡이와의 촉감에도 내가 있다. 여름 오후의 햇볕이 찬의 가르마 위에 떨어져 내렸다. 차량의 본체와 응착돼 버렸는지 문도 꿈쩍하지 않았다. 찬은 감자의 껍질을 벗기고 한 입 베어 물었다. 검은 차의 여자가 그랬듯 찬은 흰 차의 내부를 우두커니 바라보다가 발걸음을 돌렸다.

*

당신의 캐나다 여인은 그것이 영어로 번역될 수 없는 단어라고 했습니다. 그것은 포르투갈어인데 포르투갈에는 없고 브라질에만 있는 포르투갈어라고 했지요. Cafuné is the act of running your fingers through your lover's hair. 당신의 캐나다 여인은 영어로 그 뜻을 풀어 말하면서 그런 단어를 가진 브라질인들을 부러워하고 찬미했지요. 풀어서 말해 버리면 제맛이 안 난다는 말도 덧붙였던가요. 애인의 머리카락을 손가락으로 빗어 줌. 그런 로맨틱하고도 풍부한 느낌의 동작을 한 단어로 전할 수 있다니. 실은 저도 놀랐습니다.

당신의 캐나다 여인은 일본어를 잘하는 캐나다 기업의 일본 주재원이었어요. 영어로 옮길 수 없는 일본어도 적지 않다는 것을 그녀는 알았겠지요. 그러나 Cafuné만 한 것이 없었나 봅니다. 번역될 수 없는 것. 그럴까요? 어쩌면 그녀는 당신으로부터 Cafuné를 기대했던 것이었는지도 모르죠.

자신의 머리를 빗어 주기를 기대하며 브라질인들을 부

러워하고 찬미하는 당신의 캐나다 여인을 저는 당신의 묘사를 통해 소설에서 만났습니다. 그 장면에서 저는 묘사의 힘, 묘사라는 것의 진수를 느꼈고 동시에 그것을 옮길 제 언어가 부족해 절망하고 말았죠. 그러니까 저는 Cafuné라는 단어보다 당신의 탁월하고도 미묘한 정황 묘사에 더 놀랐던 것이지요.

여인의 애절한 기대에 반해 당신의 반응은 살짝 늦었어요. 늦긴 했습니다만 물론 당신은 여인의 화이트 블론드 머리카락을 당신의 긴 손가락으로 사랑스럽게 빗었습니다.

그런데 여인의 기대와 당신의 반응 사이에 절묘한 어긋남이 있었지요. 살짝 늦은 것. 짧은 시차가 있었을 뿐인데 그 잠깐의 시차가 빚어내는 뉘앙스는 not be translated, 저로서는 도저히 번역해 낼 수 없는 묘사였어요. 제대로 번역해 낼 수는 없었지만 저는 그 잠깐의 어긋남에서 장차 다가올 두 사람의 이별을 읽을 수 있었죠. 그것도 충분히.

이별의 징후를 충분히 읽기는 했으나 말 그대로 징후였을 뿐 그녀와 정말 이별하지 않으면 안 되었던 당신 쪽의 이유를 저는 알 수 없었습니다. 캐나다 여인 쪽의 이유는 알 필요도 없었고요. 그녀는 끝까지 이별을 원하지 않았으니까요.

당신은 저한테 이유를 말해 주지 않았지요. 저에게 말해 주어야 할 까닭이 당신한테는 없었을 테고 저도 그것을 굳이 알아야 할 필요가 없었을 테니까요. 당신은 저에게 이렇게만 말했습니다. 그것이 '알 수 없는 두 가지 충동의 예 중 하나'였다고 말이지요.

그리고 저는 당신의 소설을 번역하고 당신의 초청을 받아 이루마에 다녀오고 세 차례 한국에 온 당신을 만나고 당신과 가끔씩 이메일을 주고받으면서 욕조를 구입하기에 이르렀습니다. 욕조를 구입하게 된 것이 당신이 그녀와 헤어진 이유와 상관이라도 있는 듯 제가 지금 말하고 있는 건가요?

이제 곧 욕조가 제 방에 올 거예요. 살까 말까 여러 번 고민했지요. 산다면 사각 욕조를 살까 타원형 욕조를 살까 원통형을 살까. 플라스틱과 편백나무와 자기 중에 어떤 것이 좋을까. 흰색과 아이보리와 버건디와 라이트 블루 중에 내가 갖고 싶어 하는 색은 어떤 걸까.

고급형이라고는 하지만 중저가의 스퀘어 인조 대리석 이동식 욕조를 샀습니다. 세 들어 사는 방인 데다 화장실의 구조상 이동식 욕조일 수밖에 없었어요. 그러나 욕조가 배달되기 전에 마음이 바뀌었지요. 그래서 그 욕조는 장미집 안으로 들어와 보지도 못하고 돌아가 버렸고요.

이왕이면 좋은 걸 사고 싶었달까. 이왕이면이라는 부사어를 왜 떠올렸는지는 잘 모르겠네요. 지금껏 욕조가 있는 집이나 방에서 살아 보지 못했다는 사실이 그때 함께 떠올랐었나 봐요. 부모와의 짧았던 동거, 시골 외할머니 집 생활, 고등학교 때부터 이어진 메마른 자취 생활과 샤워 부스가 전부인 지금 장미집에서의 장기 거주……. 한 번도 제 욕조를 가져 본 적이 없었어요. 아니, 딱 한 번 있었던 것 같네요. 이제는 찾을 수 없게 된 사진입니다만, 제 빨간 알몸과 어머니의 두 손만 찍힌 그 사진 속 영아용 핑크빛 플라스틱 욕조가 저의 처음이자 마지막 욕조였습니다.

충분히 길고 깊은 레진 소재의 프리스탠딩 라운딩 욕조를 주문했죠. 색깔은 아주 흰색이고 모양은 커다란 카레소스 그릇처럼 생겼어요. 척 보면 그냥 심플? 저에겐 어마어마하게 과분한 가격의 물건입니다만 이제 과분할 것도 다시없겠다는 생각입니다. '무엇이든의 끝'은 말 그대로 모든 것의 끝이고 더 이상의 지속이나 시작이 없는 것을 뜻하니까요.

제가 당신의 욕조에 들어갔던 일을 기억하는지요. 당신이 세 번째 한국에 왔을 때 어쩐 일로 저는 당신과 함께 전철을 타고 인천의 자유공원과 짜장면박물관과 근대건축전시관엘 갔었네요. 한국 개항기의 청·일조계지여서 아직도 당시의 흔적이 뚜렷했죠. 청조계지는 짜장면집들로, 일조계지는 일본제18은행지점 등의 건물로 남아 있었지요. 함께 두루 걸었지만 실은 왜 그곳엘 가야 했는지는 아직도 잘 모르겠네요. 아무려면 어때, 나쁘지 않잖아요, 하고 당신도 말했습니다.

당신을 볕 좋은 5월에 만났으니 어디엔가 가야 했기에 간 것이었겠죠. 모르겠습니다. 당신과 함께했던 시간들의 정체를. 하여튼 당신은 그곳의 골목들과 공갈빵을 무지 좋아했죠. 그리고 막걸리.

　　막걸리는 서울로 돌아온 뒤 저녁 식사 대신 마신 거였습니다. 안주가 푸짐했으니까요. 당신의 숙소 바로 뒤쪽, 성공회 주교좌성당 옆이었죠. 그곳에 전국의 모든 막걸리를 파는 술집이 있었지요. 고추 빈대떡과 복 껍질 초무침과 떡갈비를 먹으며 해남 영월 당진의 막걸리를 차례로 한 통씩 마셨어요. 술에 약한 편이 아닌데 저는 그만 주교좌성당 옆길을 걷다가 무릎을 찧고 말았죠. 당신의 부축을 받고 일어서면서 저는 당신에게 당신의 욕조를 볼 수 없겠느냐고 물었습니다. 당신의 욕조를 보기 위해 넘어졌다는 듯이. 그런데 왜 넘어진 걸까요, 정말. 성당 옆에서 넘어지면 남의 욕조를 봐도 된다는 거였을까요. 그랬나 보죠. 당신이 그러자고 선선히 말했으니까요. 얼마든지요, 실은 내 것도 아니잖아요, 하고 당신이 말했습니다. 당신도 취하거나 그랬던 건 아니었고요.

*

검은 차가 주차장 안으로 들어섰다.

기척을 알아차리고 마희가 찬의 창으로 다가왔으나 전
처럼 애틋한 낯빛은 아니었다.

"오면 뭘 해."

마희가 방범 창살 사이로 찬에게 검붉은 자두 한 알을 건
네며 말했다. 마희와 찬은 담장 너머 주차장 쪽으로 나란히 고
개를 돌리고 자두를 깨물었다.

"안 시네요."

"응, 안 셔."

"좀 시어야 맛있는데."

"난 이런 게 좋아."

"상큼한 맛이 덜하죠."

"검은…… 차는 뭐 해?"

"궁금해요?"

"당근."

"오면 뭘 하냐면서요?"

"그러긴 하지만."

"그런데 뭐가 궁금해요?"

"그래도 왔으니까. 흰 차로 가? 가고 있어?"

"가고 있어요."

"들여다보겠네."

"……."

"왜 말이 없어?"

"들어가는데요."

"어딜?"

"차 안으로요."

"문 열렸어?"

"아뇨."

"문 안 열고 어떻게 들어가?"

"그냥 스윽 들어가 버렸어요."

"흥. 투명 인간이야?"

"그런가 봐요."

"그럼 왜 여태 안 들어가다가 오늘에야 들어가?"

"그러게요."

"뻥치고 있어. 앞 못 본다고 내가 속을 사람이야?"

"아니죠."

"아니지?"

"절대 아니죠."

"근데 왜 뻥쳐?"

자두 씹던 것도 잊은 채 찬은 여자에게서 한시도 눈을 떼지 못했다.

"뻥이 아니니까요."

"하긴 뻥이라도 쳐야 심심치 않지."

마희가 혀로 입 속의 자두 씨를 바각바각 놀렸다. 만날 그 타령인 걸 갖고 자꾸 물어보는 내가 한심하지, 중얼거리며 마희가 골이 나서 돌아갔다.

찬은 흰 차 안의 운전석에 들어앉은 여자를 바라보았다. 자신이 방금 잠긴 문을 통과해 들어왔다는 사실에 조금도 놀라지 않는 낯빛이었다. 무심하고 태연하게 앞쪽을 바라보고 앉아 있었다.

오래도록 서 있어 색깔마저 사막의 연갈색으로 변해 버린 흰 차였으나 여자가 앉아 있는 동안은 제 빛깔을 찾은 듯 번쩍였다. 흰 차의 지붕 위로 여름 한낮의 땡볕이 쏟아져 내렸다. 차량 충돌 시험용 마네킹처럼 그녀에게서는 모든 감정이 빠져나가 버린 것 같았다.

그녀의 허리가 점점 물에 잠겼다. 찬의 꿈속에서 사막 같은 풍경을 넘실넘실 가로지르던 물일까. 연갈색 물. 너무 넘실넘실이어서 무서웠던 물이 여자의 가슴에 이르고 마침내 차량의 천장에 닿았다. 차 안은 물로 가득했다. 물에 잠긴 여자는 여전히 꼼짝도 하지 않았다. 찬은 숨이 막혔다. 자두 즙 묻은 손으로 자신의 목을 움켜쥐었다.

"계십니까?"

담장 밖에서 외치는 소리가 들렸다.

"욕줍니다!"

*

저는 결국 옷을 다 벗고 당신의 욕조에 들어가 눕게 되었습니다. 소설에서 여자의 벗은 몸을 보는 당신의 반응은 일반적인 남자들의 것과 달랐지요. 그래서 믿고 벗었다는 건 아니고요, 저는 물에 들어가고 싶었던 거겠죠. 저는 메말랐으며, 젖고 싶고, 몸을 깊이 담그고 싶다고 어겼으니까요. 어디까지든, 잠기는 데까지. 그래야만 한다고 제가 저에게 말했습니다. 욕조를 구하게 되면 당신의 손을 잡고, 스미듯 가라앉으며, 무엇이든의 끝을 감각하고 싶었어요. 무엇이든의 끝인 마당에 누구의 손이 웬 소용이랴 싶지만 저에게 확실한 자신감을 준 것이 당신이었던 것만은 분명하니까요. 당신을 사랑하는 거였다면 그날 당신과 함께 인절미처럼 눕고 싶었겠지요. 욕조가 아닌, 콩가루같이 고소하고 보드라운 보료 위에, 잘 저민 말랑말랑한 두 개의 인절미처럼 나란히.

제 어머니는 떡을 써는 사람이었습니다. 인절미를 썰고 나면 맨 끝 자투리가 조금 남았지요. 그 작은 것이 왠지 저 같다는 생각을 하곤 했어요. 어머니의 모습은 전혀 생각나지 않는데 인절미 자투리 같은 것만 선명하게 떠오르다니 이상해요. 그래요. 당신을 사랑하는 거였다면 큰 인절미인 당신과 작은 자투리인 제가 콩가루에 묻힌 채 나란히 눕는 장면을 떠올렸겠죠. 그러나 한겨울 밤 당신과 팔짱을 꼈을 때도 그랬듯이 그것은 사랑하는 마음과는 달랐습니다. 저는 그냥 그날 욕조에 누워 보고 싶었던 거예요. 당신이 말하는 알 수 없는 충동, 그것에 해당하는 저의 경우였겠지요.

그날 당신은 욕조에 누운 저의 가르마를 당신의 손끝으로 만졌습니다. 이 글 앞쪽에서도 저는 가르마라는 말을 썼던가요. 당신이 그날 그곳에 손을 댔기 때문이에요. 그날 이후로 제가 느끼는 감각의 대부분은 제 가르마를 통해서 전달되는 것 같았으니까요.

당신의 손끝이 제 이마에서 정수리 쪽으로 천천히 움직였어요. 머리카락이 자란 뒤로 한 번도 바뀌지 않은 헤어스타일의 가르마였습니다. 그래서 그곳에 가르마가 있다는 사실조차 저에게는 오랜 기억처럼 희미한 것이었지요. 당신의 손끝이 제 짧고 좁은 가르마를 천천히 통과하는 동안 저는 두개골이 절개되어 개방되는 통증을 느꼈습니다. 실제로 아팠던 것은 아니고 환상통 같은 것이었지요. 아프지는 않았으나 죽을 것같이 두려웠어요. 그래서 누구야? 하고 저는 소리쳤던 것 같아요. 당신 뭐야?

당신이 어딘지 유령 같다는 생각이 들었으니까요. 이승의 감각세계에 속해 있지 않은 사람. 제 가르마에 닿는 당신의 느낌이 그랬어요. 그리고 당신의 캐나다 여인이 어째서 당신과의 이별을 그토록 괴로워했는지 문득 알 수 있을 것 같았답니다. 저는 당신의 감촉을 사랑으로 받아들이지 않았습니다만 그것을 사랑으로 느낀 사람이라면 당신에게서 좀처럼 벗어날 수 없었을 테니까요.

제 외침에도 아랑곳 않고 당신은 손가락 끝으로 말없이 제 가르마를 따라 그렸습니다. 그래서 저는 저의 외침마저 환상통 같은 상상이 아니었을까 생각했지요. 저는 당신의 손끝 감각이 그런 식으로 아프고 무서웠습니다만 한편으로는 당신의 셔츠 끝 소매가 제 머리카락에 언뜻언뜻 닿는 감촉이 한없이 부드럽다고도 느꼈어요. 당신의 셔츠에서는 올리브 향이 났고요.

욕조에 누운 저에게 중얼거리듯 들려주었던 당신의 말들을 기억합니다. 찬을 만나러 오는 것은 바로 이런 상황의 감각들과 맞닥뜨리고 싶기 때문이 아니었을까……. 당신의 말들은 제가 욕조를 구입하기로 결심하는 데 많은 망설임을 없애 주었지요.

당신이 손가락으로 제 가르마를 따라 그으며 말하는 동안 저는 이거구나, 이거였구나! 거듭 탄식했습니다. 하우스 맥줏집 주차장에 제 차를 내버려 두고 택시를 타고 돌아가며 저 혼자 중얼거렸던 의미 모를 말이, 마침내 육신을 얻는 것 같았으니까요. 이거구나!

그날이 10월 18일 월요일이었다는데 어째서 10월 18일 이어야 했는지 알지 못해요,[2] 하고 당신은 말을 이었습니다. 나에게 하는 말인가? 궁금했을 정도로 당신은 맞은편 타일 벽만 바라보며 말했지요. 당신의 손끝은 제 가르마를 오갔고요.

그는 옷을 벗어젖혔어요. 당신이 말했습니다. 새카맣고 넝마 같은 자신의 팬츠를 말이지요. 그리고 벌거벗은 채 킹 스트리트를 따라 걸어 내려갔어요. 그날은 공휴일이어서 몇 사람들만 보았을 뿐이에요. 그의 활기차고 의기양양한 걸음을요. 갈색 털이 덮인 그의 억센 몸을요. 앞에서 덜렁거리는 그의 성기를 말이지요. 그는 오래전부터 그렇게 하고 싶었던 거예요.

당신은 말하면서 맞은편 타일 벽을 바라보고 손으로는 저의 가르마를 어루만졌는데, 당신의 말과 시선과 손은 분리되어 각각 다른 세계에 나뉘어 있는 듯했어요. 분열되고 확장된 아주 큰 세계 말이에요. 당신 자체가 그래 보였다는 거예요. 그러니까 유령 같았죠. 그가 알몸으로 거리를 활보하자 아이들이 뒤따르며 미친놈이라고 놀렸죠. 당신이 말을 이었어요. 하지만 아이들은 곧 흥미를 잃고 뒤돌아 갔어요. 바닷가 사람들도 저마다 자기 일에 바빠 그를 보지 못했답니다. 그는 바다로 걸어 들어갔고, 더는 걷기가 힘들어지자 헤엄을 쳐서 바다 한가운데로 갔어요. 헤엄을 멈추고는 햇볕을 즐기며 잠시 떠 있었지요. 그러다가 몸에 힘을 빼고는 바닷물이 그의 몸을 삼키도록 내버려 두었어요.

당신의 이야기를 듣는 중간에 저는 당신과 당신의 캐나다 여인을 떠올렸습니다. 당신이 가닿고자 했던 감각의 세계와 캐나다 여인이 닿고자 했던 감각의 세계가 달랐던 거라고. 잠깐의 시차가 빚어냈던 뉘앙스라는 게 그것 아니었을까요. 캐나다 여인은 사랑으로 수렴되어 더 단단해지고 빛나는 감각을 원했고, 당신은 가없이 넓은 세계로 넘어가기 위해 분열되고 확산되는 소실의 감각을 원했던 거라고 말입니다. 그리고 저는 저에 대해서도 생각했습니다.

저에게도 닿으려는 욕구가 있었지요. 번역가로서 원작 혹은 원작 인물들의 감각에 닿으려는 욕구 같은 것 말이에요. 저 스스로 제 문장의 느낌에 가닿으려는 한편 원작자의 문체에 닿으려는 노력도 있었고요. 무엇보다 저는 제 생활과 호의적으로 가까워지고 싶었죠. 저와 화해하고 싶었고 저를 용서하고 싶었으며 그리하여 자기를 사랑하는 마음에 가닿으려고도 했어요. 물론 타인 혹은 연인에게 사랑의 감정으로 흠뻑 가 닿고도 싶었지요. 그리고 손과 가슴과 배와 엉덩이 같은 제 신체적 감각과도 가까워지고 싶었습니다.

그러나 제 속의 더 강력한 어떤 것이 위의 바람들과 철저히 불화했어요. 욕구 이전의 욕구, 감각 이전의 감각, 생명 이전의 물질세계로 돌아가려는 충동 말이죠. 저에게 그것은 크디크며 어찌할 수 없는 깊이인가 봐요. 이유 없이 빨려 드는 돌이킬 수 없는 함정입니다. 이제 저는 욕조를 장만하고 가득 물을 채워 속절없이 그곳에 가려 해요. 가닿으려고요. 그건 가능할 것 같으니까요. 그리고 당신이 손을 잡아 주면 좋겠다는 것입니다. 제가 당신의 욕조에 누웠던 날 당신의 말들은 저에게 위안과 용기를 주었지요.

그의 몸은 천천히 바다로 가라앉았어요. 당신은 독경하듯 말을 이어 나갔지요. 굽혀진 그의 다리가 물 아래로 가라앉고, 천천히. 그의 머리 위에 얹은 팔이 가라앉고, 천천히. 풀어 헤쳐진 그의 머리가 가라앉았습니다. 천천히요. 마침내 그의 몸은 보이지 않게 되었지요. 오렌지 껍질 몇 개가, 낡은 주석 깡통 하나가, 그리고 바닷물에 흠뻑 젖은 담배 상자 하나가 그가 침몰한 자리에 떠돌고 있었습니다. 찬, 내 말을 듣고 있나요? 그가 사라진 느린 해류 위로 물총새 한 마리가 먹이를 찾아 내려앉았어요. 햇빛에 반짝이는 바다 위, 물보라 이는 바다 위로 말입니다.

당신은 물에 빠져 죽어 가는 사람의 마지막 숨처럼 말을 마쳤습니다. 지금 저는 당신의 굵고 낮았던 그날의 음성을 떠올린답니다. 그리고 이거였구나, 알겠어요, 고마워요, 하고 당신에게인 듯 혼자인 듯 말하고 있어요.

그러니 이제 저에게 남은 바람은 당신의 손입니다. 그러나 욕조에 가라앉는 저를 위해 이곳까지 와달라고 당신에게 어떻게 말할까요. 이 편지를 과연 당신에게 보내게 될까요.

*

장미집을 나선 찬이 주차장을 향해 걸었다. 장미는 한동안 이어졌다. 장미집의 장미를 보고서 몇몇 이웃이 자신들의 담장에도 장미를 따라 심었기 때문이었다.

나는 찬이 혼자 중얼거리는 소리를 들었다. 신기루는 원래 지평선이 아닌 수평선에 생기던 걸 일컫던 거야. 대합조개들이 토해 낸 기운들이 수면에 고여 생기는 현상이라고 믿었던 거지. 그래서 신기루의 신蜃이 대합조개를 뜻하는 한자인 거야. 일본어도 같아. 같은 한자를 쓰고 신기오라고 읽지.

검은 차의 여자가 투명 인간처럼 흰 차의 내부로 스윽 들어갔던 것이나 흰 차의 내부가 물로 가득 찼던 것을 찬은 신기루 현상이라고 믿고 싶은 모양이었다. 엄청난 빛이 소나기처럼 쏟아졌던 날이었으니까. 그러나 잠긴 문을 통해 여자가 차량의 내부로 들어갈 수 있었던 것은 여자에게서 모든 촉감을 남김없이 유출시켰기 때문이었다. 내가 한 일이 아니었다. 사물과 사물의 접촉에서 일어나는 작용. 그것을 관장하는 것이

내 일이기는 하지만 그녀에게서 모든 촉감을 유출시킨 것은 그녀 자신이었다. 벽을 통과하고 싶다는 열망과 그럴 수 있다는 확신과 맹목이 어느 정도에 이르게 되면 사물 간 경계에서 발생하는 저항과 마찰이 순간적으로 사라지게 된다. 그러면 벽을 통과할 때의 감촉이나 고통까지 느끼지 못하게 되는데, 제한된 감각의 포로인 인간의 눈에는 그런 현상이 귀신의 장난으로 보이게 되는 것이다.

개구리는 빈 낚시를 눈앞에다 흔들기만 하면 그것이 파리나 모기 같은 먹잇감인 줄 알고 삼켜 버린다. 고양이도 눈앞에다 무언가를 흔들기만 하면 먹잇감으로 오해한다. 사람이라고 다를 게 없다. 빛의 이상 굴절 현상을 대합조개가 뿜어내는 기운이라고 여겼던 것도 그다지 오랜 과거의 일이 아니었다. 그리고 인간은 바다 건너 그리운 이의 손을 잡을 수 없다고만 믿는다.

찬도 하지메도 실은 자신들의 감각을 유출하고 있는 중이다. 뚜렷한 이유와 목적이 있어서 그러는 것이 아니라는 점이 검은 차 여자의 경우와 다를 뿐이다. 찬과 하지메는 자신들의 의지와는 상관없이 오감이 오감으로 분화되기 이전의 상태로 복귀하고 있다. 다섯 개의 감각으로 분화되기 이전으로 복귀함으로써 오감의 제약으로부터 해방되려는 열망. 그들의 의지는 아니지만 그들에게 어떤 방향성이나 지향점이 있다면 그러한 충동 쪽인 것이다.

　유출되거나, 분화되기 이전으로 감각이 돌아간다고 해서 감각이 없어지는 것이 아니다. 다섯 개의 옹색한 감각에서 무한한 감각으로의 복귀일 뿐이다. 오감과의 작별이면서 가없는 감각 세계와 만나는 것이다. 하지메의 캐나다 여인은 오감을 더욱 오감답게 단단히 빛내고픈 사랑을 원했기 때문에 하지메와 멀어질 수밖에 없었다. 하지메의 감각은 감각의 원세계로 잠겨 들기 위해 풀어지고 흩어지며 소실되는 중이니까. 그리하여 그는 어쩌면 점점 소설을 못 쓰게 될지도 모른다. 소설은 세인의 오감에 호소하고 호응을 받아야 하는 것이기 때문에. 또 모르지. 지금은 아니더라도 언젠가는 원감각을 회복한 독자들이 많아질 것을 믿고 계속 쓸지도. 그러면 찬은? 아직 세상을 다섯 개로 나누어 감각하지 않았던, 핑크빛 영아용 플라스틱 욕조로 되돌아가려는 것일까. 아니면 그때 손만 보였던 어머니의 자궁 안으로 아주 돌아가 더 깊은 물에 용해되어 버리려는 것일까. 다섯 개의 좁은 감각의 바다에 크게 빠져 있던 너를 진짜 큰 나의 바다로 초대하는 이유를 찬, 초대자인 나 자신도 잘 모르겠다. 모르는 게 나도 많다. 내 맘대로 할 수 있는 것도 많지 않고. 검은 차의 여자가 흰 차에 들어가 앉았을 때 어째서 그토록 물이 차올랐던 것인지도 나는 알지 못한다.

흰 차에 다가간 찬이 운전석 차창을 통해 내부를 들여다보았다. 이전에 보았던 광경과 다를 게 없었다. 찬은 문손잡이를 잡아당겼다. 꿈쩍하지 않았다. 몇 차례 더 당기자 차가 조금 흔들리는 것 같았다. 그뿐이었다. 햇볕이 찬의 가르마 위에 떨어져 내렸다. 차량의 본체와 응착된 문은 웬만한 유압 절단기로도 열리지 않을 것 같았다. 찬은 문손잡이에서 손을 뗐다. 너무 세게 문고리를 잡고 흔들어서였는지 핏기 없어진 찬의 손은 갈퀴처럼 굽은 채 한동안 펴지지 않았다.

*

찬이 욕조에 반듯하게 누웠다. 하지메의 초대를 받고 처음 이루마시에 갔을 때 입었던 아코디언 스커트를 입은 채.

물에 젖으면서 스커트 주름의 경계가 불분명해졌고 황마를 섞어 만든 한지처럼 곧 풀어져 버릴 것 같았다. 흰 새시 블라우스sash blouse도 물에 닿아 투명해졌다. 시폰 소재가 피부에 밀착되면서 둥근 어깨가 계란처럼 도드라졌다. 찬은 눈을 감았다.

조금은 차가운 듯하고, 딱딱하지만 매끄럽고.

찬의 손에 닿는 욕조의 감각이 나에게 전해졌다. 그녀의 손은 희고 빛나는 욕조에 놓여 있었다. 아무리 봐도 훌륭한 욕조였다. 욕조의 표면은 너무도 하얘서 푸른빛마저 띠었다. 심플하면서도 안정된 그것은 어딘지 흰 대리석으로 만든 파라오의 석관 같았다. 찬의 바람대로라면 적어도 한 손은 하지메의 손에 놓여 있어야 했다. 찬은 그에게 편지를 보내지 않았다. 그녀가 마지막으로 남긴 글은 책상 위에 놓여 있었고 수신인은 마희였다. 남의 집에서 이래도 되는지 모르겠어요. 그녀는 전날 중성 볼펜을 꼭꼭 눌러 적었다. 하지만 내 집이나 다름없었는걸요. 그리고 맨 끝에다 썼다. 미친 듯 사랑하세요.

찬은 눈을 감은 채 오른손을 뻗었다. 그녀의 손끝에 무엇이 닿을지는 나도 알지 못했다.

닿을 수 있을까.

찬의 다문 입술이 살짝 움직였다. 윗입술과 아랫입술 사이에서 미세한 마찰이 일었다. 닿을 수 있을까. 그녀의 염원이 입술의 작은 마찰을 통해 욕조 주변의 공기를 흔들었다. 닿을 수 있다면 좋겠어. 내 팔이 1000킬로미터나 길어질 수 있다면. 찬은 현해탄 너머로 상상의 팔을 뻗고 또 뻗었다. 나는 그녀의 어깨와 팔꿈치 관절에서 터지는 물방울 소리를 들었다. 찬은 입술을 달싹여 말했다. 닿기를 바라지만 음, 아무래도 좋아. 나쁘지 않아.

어디에선가 사람의 앓는 소리가 들렸다. 멀게만 느껴지던 그것이 점점 가까워지면서 가쁘게 허덕이는 소리로 바뀌었다. 마희의 후두가 거센 호흡에 쓸리는 소리였다. 어느새 미친 사랑을 찾은 걸까. 그러나 가까운 데서 사람과 사람의 신체가 맞닿는 감각은 느껴지지 않았다. 한동안 뜸하더니 외로운 마희는 다시 장미집 건물 틈서리에 박힌 것이다. 사람과 사람의 신체가 맞닿는 감각이라면 지금 건물 틈서리가 아닌, 찬의 작은 욕실에서 피어나고 있었다. 왕후의 것이라 해도 손색없을 욕조에서.

찬의 손은 끝내 하지메의 손에 닿지 못했다. 찬이 뻗은 상상의 팔은 성게가 유별나게 맛있다는 이키섬 정도에서 멈추었을까. 대신 하지메의 손이 쑤욱 장미집의 단단한 벽을 뚫고 당도했다. 그럼에도 찬은 그의 손을 잡지 못했다. 하지메의 손이 그녀의 가르마로 곧장 향했기 때문이었다. 딱히 가르마도 아니었다. 가르마에서 어깨로 이어진 찬의 머리카락을 그의 긴 손가락이 주저 없이 빗어 내렸다. 그의 캐나다 여인에게마저 망설였던 Cafuné.

두 사람이 원감각의 세계에서 처음으로 만나는 장면이었을 뿐, 하지메의 Cafuné는 찬을 물에서 건져 내고자 하는 손짓이 아니었다.

찬을 이대로 내버려 둘 것인가. 글쎄. 마희가 이 사실을 안다면 경악하겠지만, 나도 어쩔 수 없는 것은 어쩔 수 없다. 사람들의 기대와 추측과 상식을 충족시키는 것은 내 역할도

습관도 아니니까.

1   도덕경 제14장 박지부득명왈미 차자불가치힐 道德經第十四章 搏之不得名曰微 此者不可致詰

2   장경렬이 번역한 자메이카의 시인 헤더 로이즈Heather Royes의 시 「테오필러스 존스는 벌거벗은 채 킹 스트리트를 따라 걸어갔다Theophilus Jones Walks Naked Down King street」를 변용하여 인용함.

[법 법]

밤춤

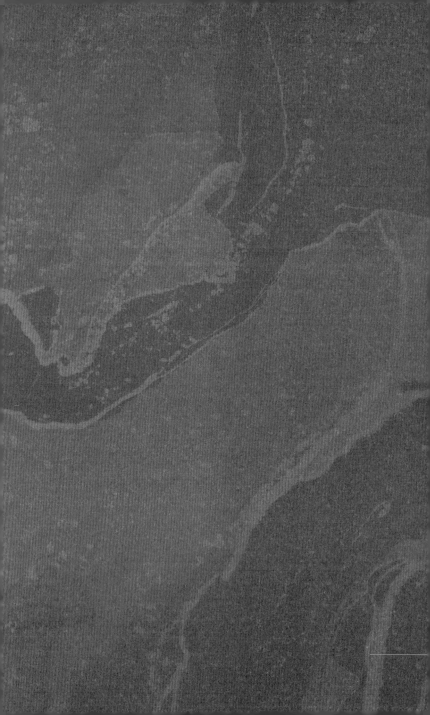

"성, 그 보화들이 내 손에서 뱀장어처럼 빠져나갔어."

옥님이 한숨을 쉬었다.

'쟤는 말을 해도 꼭.'

희님은 속으로 중얼거렸다. 옥님의 말투를 좋아하지 않았다.

희님은 옥님의 언니였으나 옥님은 희님을 성이라고 불렀다. 다 버리거나 잊어 이제는 몇 남지 않은 고향 말이었다. 옛날 그곳에서는 언니를 형이라고 했다.

"성, 그래도 맏이가 알뜰하지? 미혜가 거기까지 데려다준대."

뱀장어처럼 손에서 빠져나간 보화들이 자식들을 일컫는 말이라는 것을 희님은 그제야 알았다. 보화는 그렇다 치더라도 뱀장어라니 쯧쯧. 알뜰하다는 말에서 또 한 번 살짝 비위가 상했으나 따뜻한 봄기운이 좋아 그냥 지나가기로 했다.

지난봄이었다. 매화, 살구꽃, 벚꽃이 한꺼번에 피어 어질 어질하던 날 희님은 옥님과 옥님의 맏이 미혜와 함께 그곳을 향했다.

*

"어쩌다 거기 갈 생각을 했을까?"

옥님에게 물었다. 딱히 그곳을 뭐라고 해야 할지 몰라 희 님은 거기라고 말했다. 벚꽃 길이 길었고, 아주 길었고, 너무 길었고, 어두웠고, 그러나 달이 있어 호수의 물비늘이 반짝이 던 곳.

그곳뿐 아니라 태어나 아홉 살까지 자랐던 고향도 그랬 다. 고향이라 부르지도 그곳 지명을 입에 올리지도 않았다. 기억나지 않았을뿐더러 그다지 기억할 일도 없었기 때문이 었다. 희님도 옥님도 그때의 그곳이라면 이것저것 상관하지 않고 뭉뚱그려 거기라고 불렀다.

"거기? 살다 보면 안 그래? 그냥 퍼뜩 떠오르는 거, 가보 고 싶은 거, 그런 거 있잖아, 성. ……그런 거야."

퍼뜩이라는 말도 누구나 일상적으로 쓰는 말이지만 옥 님이 쓰면 어딘가 비위가 상했다. 말 앞에 따박따박 붙이는 퍽 이나, 하물며 같은 부사에도 어쩐지 개운찮은 저의가 있을 것 같아 맘에 들지 않았다.

"넌 그런 적 없냐? 길 가다 왜, 그, 저, 세상의 미루나무는 다 어디로 갔을까 그런 생각 퍼뜩 들 때가 있잖아."

희님의 반응이 없자 옥님은 운전하는 미혜에게 물었다.

"누가 박완서 안 읽었달까 봐. 하여튼 엄만 매사가 그런 식이지. 뭘 읽든 사든 먹든 꼭 티를 내요. 내달이 윤경이 산달이라 나는 퍼뜩이고 팥떡이고 온통 엄마 외증손 걱정이구먼. 아, 윤경이 옆에 딱 붙어 있어야 하는데 엄만 어딘지도 모를 거기엘 가자고 하질 않나."

"솔직히 너 대천 친구 만나러 겸사겸사 가는 거잖아. 내 모를 줄 알고?"

바깥은 온통 꽃이었다. 희님이 보기에 봄꽃들은 약간 제정신이 아닌 것 같았다. 언제부턴가 순서를 잊고 한꺼번에 와르르 몰려나왔다. 하늘이 모처럼 좋았다. 차창을 내리며 희님이 말했다.

"그래도 네 엄만 네가 제일 알뜰하다더라."

"이모, 내가 알뜰해서가 아니라 알뜰하다는 말 써먹고 싶어서 엄마가 한 말일걸요. 「봄날은 간다」, 그 노래에 나오는 말이잖아요."

"그러니?"

"보통 알고 있는 것과 다른 뜻이 있대요, 이모. 엄마는 어떻게든 아는 티를 내야 하잖아요."

"배우지 못해 허기가 진 거야."

희님이 말했고,

"그래도 나는 국민학교 3학년은 마쳤거든. 성은 2학년 1학기만 마치고 관뒀잖아."

옥님이 말했다.

"겨우 한 학기 갖고 가방끈 길다는 거니? 그래도 난 허기 같은 건 없어."

"응, 응. 그러시지. 성은 당최 배움의 열망이 적었지. 응, 응."

옥님은 실눈을 뜨고 창밖을 바라보며 아닌 게 아니라 '알뜰한 그 맹세에 봄날은 가안다' 하고 읊조렸다.

그때 희님에게 떠오른 것이 있었다. 기억나지 않고 기억할 일이 없더라도 어떤 무언가는 정신없는 꽃들처럼 앞뒤 없이 저 스스로 불쑥 튀어나오기 마련이었다. 그런 걸 퍼뜩이라고 하는 걸까.

*

전후 사정은 떠올릴 수 없지만 옥님이 세상에 없던 때였다는 것만은 분명했다. 한밤중에 대추나무 아래서 당시 막 배우기 시작한 숫자 8, 6, 9, 3 따위를 순서 없이 외울 때 희님은 혼자였으니까.

깊은 밤이었으나 달이 하도 밝고 커서 건넛마을 장승 아가리에 박힌 공깃돌이 빤히 보일 지경이었다. 그러니 그 달을 등지고 앉은 대추나무의 부엉이는 손에 잡힐 듯 선명했다.

부엉이 부리 끝에는 어머니의 낡은 허리띠처럼 가늘고 긴 것이 늘어져 있었는데 가끔씩 그것이 몸을 비틀며 8자도 만들고 9자도 만들고 3자도 만들었다.

희님이 어머니에게서 자주 듣던 별명인지 욕인지가 봄눌메기여서 희님은 부엉이 부리에 물린 것이 무엇인지 금방 짐작했다. 겨울잠에서 덜 깬 유혈목이. 독이 있다지만 허기와 잠에 취한 봄뱀은 희님처럼이나 굼떠서 사나운 새의 쉬운 먹잇감이 되었다.

밤하늘 꼭대기에 방짜 태징 같은 커다란 달이 붙어 있어서 그 빛 안에 갇힌 부엉이도 봄눌메기도 오려 매단 고급 먹지처럼 새까맣게 보였다. 매가리 없는 봄눌메기의 움직임은 미지근한 바람에 휘적이는 연의 꼬리 같았다. 그래서인지 한밤중이었는데도 희님은 그런 것들이 하나도 무섭지 않았다. 더구나 집 안에서 잦게 넘어가고 넘어가는 장구와 쟁금 소리가 있어 고적해질 틈이 없었다.

온몸이 푸르스름해질 만큼 오래 달빛에 젖고 들어섰지

만 집 안에서는 그때까지 어머니의 모두뜀이 그치지 않고 있었다. 버선발을 한데 모으고 대청마루를 박차며 오를 때마다 어머니의 가르마가 들보에 부딪힐 것 같았다. 제금과 피리가 비명을 질렀다. 어머니의 창백한 얼굴에 죽력 같은 땀이 흘렀다. 악기 소리에 취해 평소 어머니와는 가장 다른 모습으로 태생한 이상한 어머니가 서럽고 수꿀했다. 희님은 차라리 자기가 집채만 한 괴물이 되어 어머니를 그 지경으로 만들어 놓은 무당과 악사를 모조리 삼켜 버리고 싶었다. 회님의 맘을 아랑곳 않고 악기 소리에 미쳐 무당보다 더 무당처럼 춤추는 어머니가 야속하다 못해 배신감이 들었다. 어른 주먹보다 큰 목련이 징 소리에 떨다 끝내 어두운 안마당에 툭툭 떨어져 내리던 봄밤이었다.

*

"청노새. 청노새가 어째서 청노새인지 성은 아우? 노새면 노새지 왜 청노새냐고?"

청노새 짤랑대는 역마차 길에, 라는 구절을 노래하다 옥님이 물었다. 봄날은 간다를 옥님은 3절까지 알았다. 이제 시작인 봄날에 어째서 봄날은 간다고 3절까지 저토록 불러 대는 걸까. 희님은 잠자코 있었다. 청노새? 궁금해서가 아니라 아는 척하려고 운을 뗀 거라는 걸 희님은 모르지 않았다.

"푸른 노새?"

미혜가 쑥 끼어들었다. 옥님이 크하하하하 웃었다.

누구든 자신의 덫에 걸려들 거라고 생각했는데 덫을 놓자마자 보기 좋게 걸려들었으니 통쾌하겠지. 희님은 그럴 줄알고 잠자코 있었던 것이다. 누군가 덫에 걸려들면 저토록 입을 크게 벌려 웃을 거라는 것까지 희님은 짐작했었다. 팔십 년동안 옥님을 보아 온 희님이었다.

저 큰 웃음이 언제 적부터였는지도 희님은 알았다. 희님의 별명이 봄눌메기였던 것처럼, 어머니는 희님만큼이나 굼뜬 옥님을 한탄과 욕을 섞어 부를 때 들꿩이 새끼라고 했다. 알에서 부화한 지 얼마 안 된 새끼 들꿩은 날기는커녕 잘 걷지도 못해 사나운 짐승의 먹잇감이 되었다.

어느 날 어머니의 들꿩이 새끼라는 말에 옥님이 조금 전처럼 크하하하하 웃어 버렸다. 웃음이라기보다는 들꿩 새끼를 잡아먹는 짐승을 잡아먹는 짐승의 포효 같았다. 그때부터 옥님은 갑자기 매처럼 날쌔게 달리고 나는 새가 되었다. 웃음하나로 언제든 변신해 버리는 괴물 같아서 희님은 그날부터옥님을 이길 수 없다고 생각했다. 옥님이 열두 살 되던 해 봄이었다.

"노새가 파랗다고?"

웃음을 멈춘 옥님은 의기양양했다.

"엄마는 참. 파랗다기보다는…… 푸르른 기운이나 기세라는 거 있잖아. 청춘이 뭐 파래서 청춘인가. 느낌이 그렇다는 거지."

"너 시 배우러 다닌다더니 아무래도 헤세를 잘못 읽은 것 같다."

"갑자기 헤세는 무슨, 엄마나 박완서를 좀 잘 읽어 봐요."

"그리고 청 그거, 푸를 청 아니거든. 크크."

"아니면 말든가."

언제나처럼 모녀는 티격태격했지만 언제나처럼 차는 잘 달렸고 꽃길은 끊이지 않았다. 청노새는 청에서 온 노새고 당나귀는 당에서 온 나귀라는 옥님의 긴 설명이 이어졌으나 그러거나 말거나 미혜는 고속도로 휴게소를 지나치며 아아아, 마약핫도그 먹고 싶다! 하고 외쳤다.

아버지가 몸져눕고 어머니가 가산이랄 것도 없는 살림을 털어 마지막으로 치병굿을 할 때까지도 옥님은 세상에 없었다. 그런 옥님이 올해 팔십이었다. 옥님의 맏이 미혜도 스무 날 뒤면 손주를 보아 할머니가 될 거였다. 아득한 세월, 한 번이라도 꽃길을 달려 본 적이 있었던가. 희님은 옥님을 바라보았다. 아버지 얼굴 한 번 못 본 채 팔순이 된 동생은 청도 당도 다 중국이라며 청노새 청요리 당나귀 당단풍 하며 아는 체하기에 여념이 없었다. 당면 있잖아. 잡채 만드는 거. 그것도 당나라 면이라는 뜻이거든…….

앓아누운 아버지를 두고 사람들은 다시는 일어날 수 없을 거라고 했다. 아버지가 없다면 남아 있는 그 무엇도 부질없다 생각했는지 어머니는 놋 주발 하나까지 몽땅 팔아 큰무당을 불렀다.

그만큼 절박해서였을까. 어머니의 춤은 희님뿐 아니라 모두를 놀라게 했다. 내외하는 데 있어 누구보다 엄격했고 눈이 보이지 않을 만큼 수건을 눌러 쓰던 어머니였다. 그런 어머니가 땀을 비처럼 흘리며 들보에 머리가 닿도록 뛰어올랐으니 큰무당마저 입을 벌릴 수밖에.

긴긴 열두거리굿이 절반에 이르는 자시 무렵이 되면 무당도 한숨 돌릴 겸 대올림판을 내주었는데 이때는 여염의 아낙들이 돌아가며 춤을 추었다. 몸이 아프거나 집안에 우환이 있거나 기원을 올리고픈 사람이 복돈 몇 푼을 걸고서 그때까지 무당이 달궈 놓은 화문석을 디디며 해원의 몸짓을 해보이곤 했는데, 어머니는 다른 그 어느 굿판에서도 대올림판에 나선 적이 없었다.

어머니가 아니더라도 시골의 아낙들은 쉬이 춤으로 몰입하지 못했다. 그 멋쩍음을 털어 내는 것이 대올림이었다. 대들보 한가운데 길게 매어 늘어뜨린 흰 무명천 끝을 두 손으로 붙잡고 악사의 장단에 맞추다 보면 몸이 떨리기 시작했다. 오른다, 올라! 사람들의 수군거림도 한몫했다. 그러나 악기를 맹렬히 두드려도 대가 오르지 않아 도중에 포기하고 마는 이들도 있었다. 어머니는 시도조차 안 했지만, 하더라도 대 같은 건 도무지 오를 것 같지 않았다. 그런 어머니가 중인환시리에 범이라도 잡을 기세로 보란 듯 용맹 푸닥거리를 하였으므로 이웃과 악사들은 물론 무당까지 숙연해졌다. 어머니의 몸을 떨게 했던 장구와 쟁금은 언제부턴가 거꾸로 어머니의 모두뜀을 따라 떨기 시작했다. 악기의 발악은 좀처럼 수그러들지 않았다. 희님은 어머니가 낯설고 낯설어 울음이 터질 것 같았다. 그럴 때마다 집 밖으로 나가 대추나무 아래서 홀로 달을 올려다보았다.

*

부엉이한테 물린 봄눌메기는 혼신의 힘을 다해 8도 만들고 6도 만들고 9도 만들었다. 그러나 막 겨울잠에서 깨어나 힘도 총기도 없는 데다 매서운 부엉이의 갈퀴부리에 잡아 채인 눌메기의 몸놀림은 게으르거나 무기력한 율동에 지나지 않았다. 8에서 느리게 6이 될 때는 체념의 빛이 너무도 완연한 나머지 차라리 홀가분한 춤 같았는데, 어린 마음에도 희님은 그 모양이 어딘가 아름답다고 여겨져 깜짝 놀랐다.

　그래서 부엉이와 봄눌메기에서 눈을 뗄 수 없었던 걸까. 무슨 매혹이었을까, 그게. 달은 지나치게 크고 환하게 부풀어서 제 안의 옥토끼 그림자마저 하얗게 지워 버렸다. 대신 부엉이며 눌메기의 검은 경계를 더욱 또렷하게 했는데, 그 환함 속에서 느리면서도 명료하게 흐느적거리는 어둠의 몸짓이 희님을 사로잡았다.

　부엉이는 어땠던가. 눌메기의 운명은 물론이고 먹고 먹히는 삼라만상의 엄연한 섭리를 혼자 아는 듯, 만만한 눌메기의 여린 저항 따위 부엉이는 아랑곳하지 않았다. 유리질의 검은 돌로 빚어 놓은 것처럼 단단하고 오연한, 그 기이한 부엉이의 매혹 또한 눌메기에 조금도 뒤지지 않았다.

*

"눈을 뗄 수 없었어."

　옥님이 말했다.

　팔십 년 전, 정확히 팔십이 년 전 밤춤 추던 어머니, 그리고 그 밤의 눌메기와 부엉이의 매혹을 떠올리던 참이어서 희님은 옥님의 그 말이 자신의 입에서 튀어나온 줄 알았다.

　"지금 가는 곳이 거기라는 건데, 어쨌든 난 엄마가 보령

호를 찍으래서 거기만 내비에 찍고 가요."

퍼뜩 떠오른 상념에 희님이 붙들려 있는 동안 미혜에게 그곳에 가는 이유나 사연 같은 걸 옥님이 얘기한 모양이었다.

"가면 성도 알게 돼."

희님에게는 그 말뿐이었다. 더는 묻지 않았다. 별것도 아닌 걸 가지고 걸핏하면 신비주의로 몰아가는 옥님이 지겨워서기도 했지만 왠지 알 것 같아서였다. 기억이 분명치는 않아도 그곳이 대충 어디인지를. 하지만 옥님에게 확인하고 싶지 않았다. 거기라면 묘한 거리낌이 희님의 기억에 얼룩처럼 묻어 있었다. 거리낌의 정체를 따져 보지 않았다. 옥님의 말처럼 그곳이 퍼뜩 생각나려 하면 거리끼는 느낌부터 떠올라 지그시 기억을 눌러 버렸을 뿐이다. 긴긴 벚꽃 길, 밤, 달, 반짝이던 물빛, 그리고 어머니. 나쁠 거라곤 하나도 없었다. 그런데도 슬며시 덮어 버렸다. 왜 그랬을까.

눈을 뗄 수 없었던 옥님의 말이 귓가에 맴돌았다. 밤호수면에 반짝이는 은결을 배경으로 마른 갈대처럼 흐느적흐느적 홀로 몸을 흔들던 어머니의 그림자를 옥님도 기억하는 걸까. 그때 세 살이거나 많아도 네 살이었을 옥님이? 실은 어머니의 검은 실루엣 물결에서 눈을 뗄 수 없었던 것은 희님이었다. 그러나 그 기이한 춤에 꼼짝없이 홀렸던 까닭을 희님도 끝내 알 수 없었다. 그러니 다섯 살이나 어렸던 옥님의 눈으로 보아 낼 광경은 아니었다. 그날 밤의 어머니에 대해 옥님과 이야기를 나눈 적도 없었다.

하지만 눈을 뗄 수 없었다던 장면을 옥님은 어머니가 몸을 흔들던 '거기'와 관련해 미혜한테 이야기한 것처럼 보였다. 미혜의 반응으로 짐작하건대 옥님은 그 광경이 자신의 생애를 줄곧 지배해 왔다고 생각하는 것 같았다.

"윤중로는 댈 게 아니야. 끝이 없었으니까. 정말."

역시 벚꽃인가. 그거라면 어린 옥님의 기억에도 각인되고 남을 만했을 테니까. 지난봄에는 유난히 벚꽃이 좋아서 아파트 단지 안에 핀 몇 그루를 보고 있으면 꽃 멀미에 숨이 탁탁 막힐 벚꽃 사태가 난 곳으로 마구 달려가고 싶었다. 옥님이 서둘러 그곳을 떠올렸던 것도 그 때문이었을 것이다.

얼었던 땅이 풀리며 피어오르던 특이한 흙내까지 옥님은 기억했다. 벚꽃 길이 그랬듯이 길 양옆의 무논도 끝없었다. 봄 농사를 위해 그득하게 가두어 놓은 논물 위로 떨어져 내린 밤 벚꽃 잎 하나하나가 개암의 속살 같았다고 옥님은 말했다. 가을 개암의 속 알맹이를 앞니로 깨물어 반으로 쪼개면 파닥 소리가 날 만큼 고소한 향이 풍겼다. 고소한 향과 함께 드러나는 개암의 희고 매끈한 단면을 희님이 모를 리 없었다. 떨어져 내린 밤 벚꽃 잎을 보면서 먹을 것부터 떠올렸다는 옥님의 말을 희님은 믿지 않을 수 없었다. 서로 손을 꼭 잡고 밤길을 걷던 그때 희님과 옥님은, 분명치는 않지만 두세 끼를 굶은 상태였을 것이다. 어머니는 몇 끼니를 걸렀는지 알 수 없었다.

*

어머니의 정성 때문이었는지 아버지는 불완전하게나마 자리에서 일어났다. 워낙 농지가 없어 모두 소작이었지만 그나마도 먼 땅은 어머니 몫이었고 아버지는 밭은 숨을 쉬며 울안의 텃밭에 겨우 열무 씨를 뿌리는 정도였다.

아버지가 그렇게나마 기운을 차린 것을 두고 사람들은 굿에 영험이 있어서였다거나 어머니의 정성 때문이라고 말하는 대신 춤 덕이라고 했다. 대놓고 말하지는 않았으나 어머니는 사람들의 입에 춤 덕이라는 요상한 말이 붙어 다닌다는 것을 알았다. 그러거나 말거나 어머니는 먼 논밭을 부지런히 오갔고 희미하게나마 짓는 아버지의 미소를 반겼으며, 그렇게 한 해가 지나 옥님이 잉태되자 아닌 게 아니라 어머니에게 건네는 아버지의 모든 말은 알뜰한 맹세가 되었다.

이듬해 옥님이 태어났을 때 사람들이 더는 춤 덕이라는 말을 입에 올리지 않았다. 옥님이 태어나기 석 달 전, 알뜰한 맹세를 하나도 지키지 못하고 아버지가 세상을 떠나 버렸던 것이다. 그 이후의 날들은 희님의 기억에서 거칠게 엉키거나 지워지거나 없어졌다. 때로 앞뒤 없이 문득 떠올라 오롯해지는 기억도 언제 어디에서 새겨졌는지 모를 것들이었다. 마나님이 둘이나 되는 지주와 무슨 일인가로 자주 마찰을 빚던 어머니가 마을을 떠나 회오리처럼 이곳저곳을 떠돌았는데 옥님이 말하는 밤 벚꽃 길도 그런 날 중 하루의 풍경이었다.

"달이 밝기는 했지만 엄청난 꽃 사태 때문에 나무 위도 아래도 가로등 밝힌 것처럼 환했어. 성이랑 둘이 벌판의 밤길을 걷는데 무섭기는커녕 너무 좋아 마음이 인도 수탉의 벼슬처럼 부풀어 올랐어."

희님은 속으로 악, 하고 비명을 질렀다. 옥님의 엉뚱한 말을 듣자 옥님이 지금까지 한 이야기들이 지어낸 것처럼 느껴졌다. 자신의 기억이 옥님 것과 크게 다르지 않아 그러려니 했는데 인도 수탉의 벼슬이 튀어나오는 순간 왠지 처음부터 옥님의 술수에 말려든 것 같았고, 자신의 기억마저 믿지 못하게 되어 버렸다. 꽃길이 좋기는커녕 희님은 배만 고팠었다.

"난 어째 거기 가고 싶지 않은데."

지어낸 이야기에 기만당해 있지도 않은 기억의 장소에 가는 것만 같아서 희님은 어깃장을 놓았다.

"무슨 소리우? 성. 갑자기."

"갑자기 가자고 한 건 너였어. 거기 있을 것 같지 않아. 꽃도 뭣도."

"그래서 가면 알게 된다고 아까 내 말했잖수, 있는지 없는지."

"거기서 하룻밤 묵기로 한 거 아니에요?"

엄마와 이모가 묵는 사이 대천의 친구를 만나기로 했던 미혜가 놀라 큰 소리로 물었다.

"그러게나 말이다. 이모가 갑자기 왜 이러신다니, 참."

"얼마나 남았는데?"

희님이 물었다.

"이제 곧 다 와가요. 다 와가. 어휴, 겁나게 왜 그래요, 이모?"

"그래도 네 이모는 속이 빵처럼 부드러운 사람이야."

옥님이 말했다.

"빵이고 떡이고 너 그런 말 한 번만 더 하면 정말 안 간다."

한 번 터지면 자꾸 나오는 낯선 비유의 버릇을 본인도 알아서인지 옥님은 딴청으로 보옴날은 가안다, 읊조리고 슬며시 입을 다물었다.

*

옥님의 비유는 어제오늘의 일이 아니었다. 옥님의 남다른 말본새에 희님이 처음으로 놀랐던 것도 그날이었다. 들판의 밤 벚꽃 길을 걷던 날. 옥님의 나이 겨우 서너 살이었을 때.

꽃길이기는 해도 해가 져 어두워진, 끝이 없을 것만 같던 긴 긴 들길을 희님과 옥님 둘이 걸었다. 어머니는 장터에 남았다.

"저 끝에 빈 오막이 있다. 옥님이 데리고 게 가 있거라. 곧 가마."

어머니는 손가락 끝으로 벚꽃 길을 가리켰다. 봄볕에 탄 손가락이 반들거렸다.

걸어도 걸어도 오막은 나타나지 않았다. 길이 너무 멀어 가는 동안 깜깜해졌다. 달이 곧 떠오르긴 했어도 환한 벚꽃이 아니었다면 걸을 엄두를 못 냈을 것이다. 어머니는 어쩌자고 어린 것 둘이 밤길을 걷게 했을까.

장터에는 사람들이 많았고 먹을 것도 많았다. 먹이지는 못하더라도 보여 주고는 싶었던 걸까. 무언가를 사지도 않을 거면서 어머니는 장터에 들렀다. 파장 무렵이라 무엇이든 좀 얻거나 주울 수 있다고 여겼던 걸까. 하기야 그 시절 향해야 할 정처 같은 게 없었으니 어딜 가고 어디에 머물든 이상할 게 없었다. 어머니가 일거리를 얻는 곳이 세 모녀의 임시 거처였는데 한 장소에서 두 달을 머물러 본 적이 없었다.

장터에도 일자리가 없으리란 법이 없었다. 장터 한편에서 배고픔을 달래며 어머니와 함께 다리를 쉬던 옥님이 중얼거렸다.

"엄마 치마에 꿀이라도 묻었나?"

희님은 대번에 옥님의 말뜻을 알아채고 깜짝 놀랐다. 아닌 척 시치미를 떼면서도 기어코 어머니를 향하는 장터 사내들의 끈적한 눈길을 희님도 느끼고 있었기 때문이었다. 사내들의 눈길은 사뭇 어지러운 듯하면서도 집요하게 어머니의 치마 언저리를 벗어나지 않았다. 그렇게 맴도는 눈길을 옥님은 꿀 굵은 벌로 보았던 걸까.

그때부터 옥님의 눈과 말이 어딘가 예사롭시 않다는 걸 알긴 했지만 희님과 다르지 않게 굼뜨고 여려서 오랫동안 어머니에게 들꿩이 새끼로 불렸다. 열두 살이 되어 어머니 앞에서 들꿩 새끼를 잡아먹는 짐승을 잡아먹는 짐승처럼 크하하하하 포효하기 전까지는.

크하하하 뒤로 옥님은 매처럼 날쌘 짐승이 되었으나 들꿩 새끼를 잡아먹는 짐승을 잡지 못하고 자칭 곡소리 나게 가난한 남자에게 되레 발목을 잡혔다. 마을을 떠돌던 방물장수의 소개로 만난 남자는 군사혁명재판소에 의해 사회당 사건 관련자로 사형을 선고받은 자, 가 아니라 사형을 선고받은 자의 무너진 빈집에 무단으로 기숙하던 사람이었다. 당시의 많은 이들이 그랬듯이 먹을 게 없어 입을 덜자고 시집을 가려던 옥님은 자신보다 더 가난한 남자의 절절한 청혼의 함정에 빠져 덜컥 반파된 남의 집에 들어가 거적으로 문을 대신하고 살

왔다. 부자보다는 가난한 사람에게 쉬이 감동하게 생겨 먹은 자신의 처지를 옥님은 한탄했으나 희님이 보기에는 두말할 것도 없었다. 이상한 말하는 사람이 요상한 말하는 사람에게 딱 걸려든 꼴이었다. 제부의 말재주를 칭찬하는 주변 사람들 앞에서 희님은 천하에 으뜸으로 쓰잘데기 없는 게 말재주라고 했다. 천하의 옥님 씨를 얻은 재주가 작은 재주겠냐고 느물거리는 제부가 영 얄미웠다.

돈 없이 말만으로도 살아갈 수 있는 건지 옥님은 십 년간 아이 다섯을 연이어 낳았고, 막내가 태어난 이듬해 아이 아버지는 가오리 낚싯배 닻줄에 발목이 걸려 서해의 탁한 바닷물 속에서 서른다섯 청춘의 눈을 감았다.

아이가 다섯이었으니 옥님의 형편은 애 둘 데리고 남의 집을 전전했던 어머니보다 못했다. 더는 어머니도 세상에 남아 있지 않고, 하나밖에 없는 핏줄을 보겠다고 옥님이 찾아올 때마다 희님은 남편의 눈치를 보느라 입술이 까맣게 탈 지경이었다. 곳간에서 인심 난다 했는데 곳간 자체가 없던 희님 남편은 인색하기가 소태처럼 썼다. 옥님과 아이 다섯이 오면 희님은 호랑이 여섯 마리가 한꺼번에 입을 벌리고 들이닥친 것보다 무서웠고 평소보다 백배나 야박해지는 남편과 더는 일초도 안 살고 싶어졌다. 희님도 아이가 여섯이었는데 조금 성장한 맏이와 둘째가 학교에 다니느라 읍내에 나가 있어 일손

조차 없었다.

지난 세월을 어떻게 말로 다 할까. 해서 뭘 할까. 지금도 변변찮은 독거노인이지만 과거로라면 희님은 1센티미터도 돌아가고 싶지 않았다.

*

어린 시절이고 밤이어서 길이 그토록 멀었겠거니 생각했는데 도착해 보니 정말 긴 길이었다. 벚나무 수령을 짐작해 봐도 최근에 심은 나무가 아니었다. 달밤에, 이토록 긴 길을 열 살도 안 된 계집아이 둘이 걸었다니 새삼 아찔했다.

희님은 송연한 감회에 젖지 않을 수 없었으나 그토록 가자고 조르던 옥님은 의외로 딴청이었다.

"성은 희님이고 나는 옥님이라, 나는 님 자 돌림이라고 했는데 성은 희 자 돌림이라고 우겼지."

전날 비가 왔고 봄바람도 딱 좋게 불어서 날이 모처럼 화창했다. 옥님이라면 우리의 여정을 하늘이 도운 거라는 정도의 운을 뗄 법도 했는데 만개한 벚꽃을 두고 항렬 타령이었다.

"우긴 게 아니야. 사실이 그랬다는 거지."

"성이 그걸 어떻게 알았길래?"

"진주 강씨잖아, 우리가. 은열공파 27세손. 이름 가운데

빛날 희 자를 쓰는 거고."

"그러니까 그걸 어떻게 알았길래?"

"알았어. 세상에 강씨가 좀 많아."

"그걸 갖고 성은 삐졌지. 자기는 강씨 항렬을 따르고 나는 안 따랐다고."

"삐기긴. 네 이름이 더 예쁘잖아. 어머니가 지어 주신 거였고."

"삐졌어."

"안 삐졌어."

그때 미혜가 끼어들었다.

"그러다 또 싸우겠어. 꽃 보러 왔으니 꽃들 좀 봐요. 엄마도 딴말 말고."

미혜에게는 딴 뜻이 있었다.

"나는 이제 가봐도 되죠? 내일 모시러 올게요. 전화 드릴게요."

마음은 대천 친구에게 가 있었던 것이다.

"그래, 그래라."

희님이 말했다.

"응, 고생했다. 다녀와."

옥님의 말에 차로 다가가던 미혜가 걸음을 멈추고 뒤를 돌아보았다.

"엄마 뭐랬어, 지금?"

"뭐래긴, 오늘 나 땜에 고생 많았다고. 늘 그랬지만."

"엄마가 그런 말 하는 거 생전 처음 들어 봐."

미혜가 감격하는 듯했지만 벚꽃이 워낙 환했던 터라 미혜의 얼굴에 감격의 빛이 제대로 드러나지 않았다.

"나도 희옥이라고 이름 바꿀까, 성?"

옥님이 또 딴청을 부렸다. 미혜는 혼자서 옥님을 한동안 바라보다가 차에 올랐다. 차가 떠나자 옥님이 혼잣말인 듯 중얼거렸다.

"쟤가 어느새 할머니가 되다니."

*

그날 장터에서 어머니를 쏘아보던 사내 중 하나를 희님은 기억했다. 눈빛 때문이었다. 어머니와 공연히 마찰을 빚던 고향의 지주와 똑같은 눈빛이었다.

그런 낌새는 어머니를 흘깃거리던 다른 사내들에게서도 얼마큼은 골고루 느껴지던 거였다. 다만 중절모를 쓰고 가늘고 긴 담배를 꼬나물었던 사내의 것이 가장 염치없었다.

표백이 잘 된 삼으로 짠 중절모는 흰색에 가까웠다. 모자를 두른 띠는 얼핏 보면 검었지만 볼수록 남색에 가까운 자줏

빛이 배어 나왔다. 한쪽 무릎 위에 단화 신은 다른 쪽 다리를 걸친 채 배를 있는 대로 쑥 내밀고 의자 등받이에 기대앉은 폼이 돈 깨나 있는 한량이었다. 바짓단 아래로 살짝 드러난 흰 양말은 눈부셨다. 그에 비해 옆자리 떡전판 사내는 무명 홑저고리에 맨발이었다. 벚꽃 피는 계절이었으므로 장 보는 사람도 장사꾼도 거의가 진작부터 맨발이었다.

중절모의 무렴한 눈길을 모르는 것 같지 않았으나 어머니는 자리를 옮기거나 하지 않았다. 어쩌다 어머니의 눈이 황망해지는 걸 희님은 놓치지 않았다. 기우는 해 때문도 아닌데 어머니의 얼굴이 문득문득 붉어지곤 했던 것도. 희님은 모르는 척 떡전판을 바라보았다. 한가한 떡전판 사내는 공연한 헛입을 다시며 투박한 손으로 목덜미를 긁었다. 약밥과 콩떡, 인절미와 계피 경단 냄새가 멀리서도 뚜렷했다. 코가 자꾸자꾸 코끼리처럼 길어져 떡전판의 김치부추전, 연근전, 고구마전에 닿아 박힐 지경이었다.

어머니 품에서 희님도 옥님도 고픈 배를 움켜쥐고 잠들었던 걸까.

"일어나거라."

어머니가 깨웠고, 저 벚꽃 길 끝에 빈 오막이 하나 있으니 먼저 가서 기다리라 이르고 어머니는 부쩍 해가 기울어 어두워지기 시작하는 파장의 장터에 남았다.

*

그때 그랬던 것을 기억하느냐고 희님은 옥님에게 묻지 않았다. 벚꽃 길이 끝날 때까지 묻지 않기로 했다. 어쩌면 이후로도.

옥님은 그다지 말이 없었다. 바람이 들판을 가를 때마다 우수수 떨어지는 꽃잎을 보며 으음으음 노래인지 뭔지 모를 소리를 나지막하게 냈다. 그러다 언제 또 옥님의 입에서 엉뚱한 말이 튀어나올지 공연히 마음 졸였다. 하지만 옥님은 그 옛날 어린 동생처럼 꽃길을 자박자박 걸을 뿐이었다. 바람이 불면 걸음을 멈추고 뒤돌아서서 역광에 반짝이며 떨어져 내리는 꽃잎 비를 바라보았는데 그때도 별다른 반응을 보이지 않았다. 옥님은 희님이 졸라서 마지못해 따라온 사람 같았다.

"성, 「아씨」라는 노래가 있었어."

그러다 모처럼 옥님이 한 말이었다.

"있었지."

"꽃가마 타고 시집가는 길에 복사꽃 피어 있었다는 거잖아, 이미자."

옥님은 그 노래를 흥얼거렸던 걸까.

"응."

"한세상 다하여 다시 그 길을 돌아간다는데 성, 또 꽃가

마를 탔나 봐."

"가사에 그런 건 없는데. 그냥 노을이 섧다고만 하지."

"그런가?"

그리고는 끝이었다. 엉뚱하기는커녕 별말도 아니었다.
무슨 말인가 이어지고야 말겠지 싶었지만 옥님은 아무 말도
하지 않았다. 게다가 정말 마지못해 따라온 사람처럼 벚꽃 길
을 다 걷지도 않고 숙소로 가자고 했다.

"그래, 이리 긴 길은 우리 나이에 무리지."

평소 같았으면 그런 옥님의 심사를 탓했겠지만 희님은
선선했다.

*

옥님이 다시 꽃처럼 밝아진 것은 우거지찜 때문이었다. 벚꽃
길에서 멀지 않은 숙소 건너에 등갈비 우거지찜을 하는 식당
이 있었다. 식당 마당에 날아와 떡살처럼 쌓이는 벚꽃 잎을 보
며 둘은 천천히 오래오래 저녁을 먹었다. 주인이 직접 담갔다
고 따라 주는 인삼주도 희님은 두 잔 받아먹었다. 옥님은 마시
지 않았다.

등갈비도 따로 골라 놓고 안 먹었다. 대신 우거지를 배불
리 먹어서였는지 옥님은 숙소에 돌아와서도 줄곧 해낙낙했

다. 요즘은 우거지에다 비싼 갈비를 넣거나 돼지 뼈를 넣거나 하다못해 시래기까지 잔뜩 넣어서 맛을 망쳐 놓는다며 우거지는 그저 된장 하나면 그만이지, 하고 깔깔거렸다.

그게 깔깔거릴 건가. 옥님이 옥님다워지자 희님도 슬슬 희님다워지려 했다. 옥님이 저러면 왜 미워질까.

엔간히 하면 될 것을 옥님은 꽤나 어두웠는데도 좀처럼 우거지 타령을 그치지 않았다. 우거지라는 게 그게 썩고 허옇게 곰팡 나서 냄새도 구리고 못 먹는 건데 말이지 성, 버리기는 아까우니까 물에 빨아서 쪄 먹었던 거 아니우. 애당초도 버릴 배춧잎인데 김치를 덮느라 위에 얹고 굵은 소금을 잔뜩 뿌려 놓았었지. 그러니까 응? 성, 냄새 꿈꿈하고 짜고. 그게 무슨 고급이라고 등갈비 넣어 찌고 소갈비도 넣어 끓일까. 더 맛있다면 모를까 우거지는 그냥 된장이면 최곤데. 값이 얼만가 봐, 성. 우거지쩜이 사만 원이었어, 깔깔. 세상에.

"넌 뭐가 그리 만날 좋니?"

희님이 희님답게 물었다. 숙소 창밖엔 또 밤 벚꽃이었다. 벚꽃 철에는 세상이 온통 벚꽃이었다.

"좋잖구. 오늘은 성과 같이 자니 좋지. 내가 왜 굳이 일박 하겠게."

"정말 좋아서 그래?"

"우린 고아잖아."

"고아?"

희님이 그만 웃음을 터뜨리고 말았다. '쟤는 말을 해도 꼭.'

"거봐, 성도 좋잖아."

희님은 길게 못 웃었다. 아버지도 못 본 아이가 남편마저 일찍 잃고 아이 다섯을 키우며 여든이 되니 혼자가 되었다. 희님의 남편이 일흔두 해까지 살긴 했어도 그녀 또한 옥님의 처지와 일찌감치 크게 다를 게 없는 혼자였다. 보화들이 손에서 뱀장어처럼 빠져나갔다던 옥님의 말이 그다지 엉뚱해 보이지 않았다.

"네가 말할 때마다 공연히 미워하고 화내고 그랬는데도 내가 좋다고?"

"성이 날 언제 미워했는데?"

옥님의 나이 여든이었다. 희님의 나이 여든다섯이었다. 희님은 왜 그 순간 나이를 떠올렸는지 알 수 없었다. 다만 얘가 다 알고 있었구나, 하는 의도치 않은 탄식이 늙은 몸을 아리게 훑었다. 나는 네가 죽어라 잘난 척하는 게 싫었어. 누구한테도 뒤지지 않으려고 기 쓰는 게 정말 싫었어. 너를 슬퍼하느니 너를 싫어하는 게 나았어. 우린 우리에게, 옥님아, 너 그리울 겨를이 없었다. 못나게도. 끝내 이 말도 못 하고 말겠지만 안 해도 네가 그만 다 아는 것 같으니 부끄럽고 미안하고 고맙다.

"성, 성. 아름다운 꽃은 열매를 맺지 못한다는 말 들어봤어?"

옥님이 눈을 크게 뜨고 들릴 듯 말 듯 하게 말했다. 어릴 때부터 비밀을 말할 때 짓던 버릇이었다. 비밀은커녕 대개는 하잘것없거나 터무니없이 과장된 것들뿐이었기 때문에 희님은 늘 코딱지만큼도 안 궁금하다는 표정으로 맞섰다.

"그래? 못 들어 본 것 같은데."

하지만 이번엔 정말로 궁금해서 못 참겠다는 투로 받았다.

"사쿠라 좋아하는 일본 사람들이 하는 말이라는데, 그치만 벚꽃은 염소 똥 같은 버찌를 아주 주렁주렁 매달잖아."

옥님이 창밖의 벚꽃을 손가락 끝으로 가리켰다.

"그러지. 음, 그래."

"성이나 나는 애들을 주렁주렁 매달았고."

"무슨 말을 하려는 건데?"

"우리가 그러니까 말이지 성, 벚꽃 된다는 거지. 벚꽃이면 대박이지. 깔깔깔."

보화라던 아이들이 뱀장어가 되더니 마침내는 염소 똥이 되었다. 애가 왜 이리 오늘따라 더 밝게 굴까. 그 봄밤 희님이 정말로 궁금했던 건 그것이었다.

*

잠을 자다 선득하여 깼는데 춥지는 않았고 인삼주 때문이었
는지 외려 등에 땀이 났다. 창밖의 꽃송이들이 어딘가의 불빛
을 받아 고즈넉이 빛났다. 밤은 그다지 깊지 않은 것 같았다.
옥님이 보이지 않았다.

옥님은 화장실에도 펜션의 발코니에도 없었다. 길 위에
흩뿌려진 꽃잎을 밟고 꿈결처럼 어디론가 가버린 걸까. 어디
에서 오는 불빛을 받아 창밖 꽃송이들이 빛나는가 했더니 달
이었다. 까만 하늘 한가운데 말끔한 달이 떠 있었다. 멀리 반
짝이는 물빛을 창밖으로 바라보다가 희님은 흰토끼 머리가
잔뜩 그려진 담요를 어깨에 두르고 숙소를 나섰다.

희님은 닿는 대로 발길을 내버려 두었지만 어디로 향할
지 걸음이 아는 것 같았다. 물빛이 반짝이는 곳이었다. 그 옛
날 작고 빈 오막이 있던, 벚꽃 길 끝나는 그곳은 호수의 끝자
락이기도 했다. 어린 옥님과 밤 벚꽃 길을 걸으며 보았던 그득
한 논물도 호수에서 흘러든 거였다. 논물은 떠 있는 꽃잎들로
희끗거렸고 호수는 달빛이 부서져 내려 반짝거렸다. 호수와
벚나무 길 사이의 너른 습지에는 아직 물이 오르지 않은 마른
갈대들이 호수를 건너온 바람에 서걱거렸다. 사람의 키만큼
웃자란 갈대의 가늘고 긴 풀대 끝에는 다 못 피고 맺힌 지난

계절의 미련인 양 메마른 꽃 더미가 고개를 떨구고 있었다.

부실만큼 반짝이는 호수의 은결 때문에 갈대는 물론 습지의 모든 것들은 그 음영의 경계가 칼로 오린 것처럼 명료했다. 완연한 윤곽들 중에는 어머니의 것도 있었다. 바람에 흔들리는 갈대에 둘러싸여 또 다른 마른 풀잎처럼 오래오래 흐르던 어머니의 검은 몸짓. 배가 터질 듯 불러 색색거리다 졸린 눈을 겨우 뜨고 바라보던 광경이어서 희님은 어머니의 밤춤이 꿈인 양 어렴풋했나.

졸리기 전까지는 성가시게 또렷했던 것들이 있었다. 희님과 옥님이 빈 오막의 낡은 퇴에 걸터앉아 건너편 호수의 반짝임을 얼마나 바라보고 있었을까. 헐레벌떡 나타난 어머니가 품 안에서 먹을 것들을 한도 끝도 없이 꺼내 놓았다. 토해내는 것 같았다. 배고픈 두 아이가 먹기에 그만그만할 양이었겠으나, 갑작스러웠던 데다 생각지도 않았던 것이어서 희님에게는 한도 끝도 없어 보였을 것이다. 한도 끝도 없길 바랐을 것이다.

그것들을 먹느라 눈이 뒤집혔으므로 희님이든 옥님이든 가쁜 콧김 소리만 냈다. 배가 불러 오고 점차 정신이 돌아오면서 이 음식들이 모두 어디서 난 것일까 궁금해지기 시작했지만 희님은 아무 소리 않고 내처 먹었다. 먹을수록 또렷해지는 궁금증이 성가셔서 더 먹고 먹었다.

궁금증이 아니었다. 이미 알겠는 게 싫었고, 싫어서 뿌리치려니 그게 안 되어 화가 났고, 화나는 것을 먹는 걸로 꾸역꾸역 밀어내고 싶었을 것이다. 입에 넣고 있던 것이 떡전판의 것들이었으니까. 콩떡, 쑥떡, 약밥, 부추전, 감자전, 밥전…….싫으면서도 한없이 삼켜지는 것들이었으니까.

떡이거나, 배곯는 아이들이 안쓰러워 누군가 인심 쓴 걸 얻어 온 게 아니었다. 그럴 거면 왜 애들을 먼저 보냈을까. 생각이 번지려는 것을 떡과 전으로 틀어막았다. 어떻게 얻어 왔는지는 모르지만 희님은 평소 같지 않게 흔들리는 어머니의 눈빛과 비밀스레 상기된 듯한 뺨과 입 안에 뜨겁게 고여 있다 흘러나오는 아득한 단내가 싫었다. 그런 것. 무언지 알 것도 같았다. 그런 낌새로는 나어린 희님으로서는 무엇 하나 짐작할 수 없었으나 아무것도 알지 못함으로써 그냥 알게 되는 것이 있다면 그런 것일 것 같았다.

떡과 전과 약밥은 어머니의 괴춤과 민저고리 품에서 나왔다. 고물 없는 절편류는 더러 옷에 들러붙어서 어머니가 그것을 떼 내려 하면 메리야스가 따라 비어져 나오며 어머니의 창백한 한쪽 젖가슴이 내비쳤다.

달빛에 푸른, 사기 보시기 같은 어머니의 젖가슴. 그 아슬아슬한 살갗에 스친 긁힌 자국을 희님은 놓치지 않았으나 외면하느라 목구멍이 막히거나 말거나 콩떡을 꿀꺽 삼켰다.

콩떡은 막히지도 않고 잘도 쑥 내려갔다. 누구일까, 거기에 자국을 낸 것은. 중절모를 떠올렸지만 어머니의 몸에서 새록새록 배어나는 기름내가 희님의 상상을 뒤엎어 놓았다.

어머니에게서 스며 나오는 기름내는 희님과 옥님이 정신없이 먹고 있던 감자전과 밥전 냄새였다. 멀리서 맡아도 배속의 회충까지 동한다는 고소한 기름내. 하지만 어머니에게서는 고소함 대신 희님으로서는 가늠할 수 없는 어둡고 사나운 기운이 끼쳤다. 속 깊은 근심에서 비어져 나온 어머니의 회한이 원치 않는 땀과 기름에 거칠고 억세게 휩쓸려 생겨 버린 기미 같았다. 누설되는 듯한 어머니의 쉰내와 비릿한 단내가 코에 닿을 때마다 희님은 힘주어 떡전판 사내의 환영을 밀어냈다. 그러다 어느 순간 문이 닫히듯 호수면의 반짝임이 사라졌다. 배가 공처럼 불러 오고 눈이 감기면서 죽은 듯 잠에 빠져들었던 것이다.

*

눈을 떴을 때 가장 먼저 보였던 것도 호수의 반짝임이었다. 그 빛을 배경으로 흐느끼듯 갈대가 흘렀다. 어린 옥님은 오막의 좁은 퇴에 모로 누운 채 잠들어 있었다. 어머니를 찾느라, 갈대를 따라 흐르는 어머니를 희님은 알아보지 못했다. 바람에 날리는 머리카락과 소맷부리, 메마른 꽃 무더기처럼 깊이 숙였다 쳐드는 고갯짓을 희님은 그림자 연극 보듯 바라보았다.

*

그곳에서 옥님이 그 춤을 추고 있었다.

희님은 어깨에 두른 담요 끝을 끌어당겨 여몄다. 옥님이 거기에서 그러고 있을 줄 몰랐지만 희님이 놀라지 않았던 까닭은 희님의 의지와 상관없이 발걸음이 그리로 향하던 것에 놀라지 않았던 것과 같았다. 놀란 게 있다면 그 옛날 잠에 빠졌던 옥님이 실은 어머니의 춤을 보았다는 것이고 그 춤을 가슴 뛸 만큼 그대로 따라 하고 있다는 점이었다.

산천이 의구하다 해서 호수며 갈대며 바람이 그대로인 게 아니었다. 그것들이 그대로인 것은 옥님이 어머니의 춤을 그대로 따라 추고 있기 때문이었다. 다른 게 있었다면 그때는 반달이었으나 이번에는 배가 조금 더 부른 송편달이었다는 것뿐.

아버지를 일찍 잃고 청상의 어머니와 말할 수 없는 고난을 겪으며 서로에겐 너그러울 겨를이 없었던 자매였으나 넌 왜 그러고 사니? 하고는 차마 묻지 않았던 언니와 동생 사이기도 했다. 그래서일까, 쟤는 왜 저기서 저러고 있을까라는 생각은 들지 않았다. 오히려 어머니보다 옥님의 몸짓이 더 뚜렷하고 선명하다고 생각했다.

오래 굶은 데다 갑작스레 많이 먹어서 그때는 밤이 더 몽롱했을 것이다. 분명치는 않고 험하기만 한 사내의 환영과 싸우느라 고단했을 테고. 뒤늦게 나타나 품에서 먹을 것을 쏟아놓던 어머니의 석연찮은 낌새들을 피하느라 애썼을 것이다. 무엇보다도 그 모든 어색함과 거리낌들마저 너끈히 이겨 버리는 음식 맛에 어린 마음에도 절망했겠지. 그래서 숨넘어가듯 서둘러 잠에 빠졌을 테고 기억은 그만큼 명료하지 않았을 것이다.

그에 비하면 옥님의 실루엣은 치병굿하던 날 밤의 대추나무, 그 가지 끝의 부엉이와 봄눌메기처럼이나 또렷했다. 아닌 게 아니라 윤기마저 나는 고급 먹지를 잘 드는 가위로 오려 붙인 것 같은.

선명할 뿐만 아니라 달과 바람과 갈대와 하나가 되어 이리 흐르고 저리 흐르며 팔을 올리고 고개들 쳐들어 하소하듯하다가 허리를 툭 꺾는 옥님의 몸짓은 처연하기보다는 차라리 단단했다. 오래된 이불 빨래처럼 흐느적흐느적 나부끼는 여든 나이의 그림자가 어쩌면 저토록 거만할 수 있을까. 평생 기를 쓰고 잘난 척한 모양이 아니라 오히려 그 잘난 척하던 것으로 기어이 가리려 했던 몸속 그늘과 옹이를 달빛과 바람에 풀어내기 때문은 아닐까. 춤이라면 되레 젬병인 옥님이 나이든 몸으로 꾸무럭거리며 한밤의 바람에 띄워 보내려는 것이 평생의 그늘과 옹이라면 비록 그 몸짓이 단단하고 거만해 보인들 무슨 상관이며 또한 어찌 단단하고 거만하지 않을 수 있을까.

희님은 그날의 어머니를 떠올렸다. 옥님의 지금 나이보다 마흔다섯쯤이나 어렸을 청상의 어머니를.

하늘에는 달이 떠 있었고, 그 달은 일렁이는 호수에 떨어져 내리며 부서졌다. 어머니는 물빛을 등지고 바람을 따라 갈대와 함께 몸을 흔들었다. 옥님보다는 좀 더 결기 있게, 더 오연하게. 가뜩이나 허공의 달과 물에 비친 달로 어지러운데 그 사이를 분분한 밤 벚꽃이 남방부전나비 떼처럼 팔랑팔랑 날아다녔다.

그것은 옥님이 말했던, 꿀 묻은 어머니의 치맛단에 맴돌던 벌 같다가도, 이내 떨어져 나가 멀리멀리 흩어지기만 하는 걸 보자니 벌도 나비도 아니었다. 저 스스로 몸을 뒤채며 잇달아 잠깐씩 빛났다가 날아가 버리고 마는 얇고 작은 살점들, 몸을 움직일 때마다 치맛자락에서 끝없이 피어오르던 어머니의 압화들이었다. 저렇게 하염없이 몸을 저으면 수치와 원망이야 좀 씻기겠지만 어머니의 육신이 밤새 표표히 풍화되어 아침이면 마른 갈대 한 줄기로 남을 것 같았다.

그런데 저 느릿느릿 몸을 흔드는 동생의 치마에 비끼는 꽃잎들은 무얼까. 바람이 갈대를 흔들 때마다 옥님의 치마가 키질하듯 펄럭였고 한 무더기 밤 벚꽃 잎이 뭉텅뭉텅 쏟아져 나와 허공에 흩어졌다. 많이도 흩어졌다.

*

춤으로 밤을 새우려거든 밤을 새우거라. 그럴 심사는 아니었다. 옥님이 떨어진 벚꽃을 따라 밟고 저 홀로 갈대밭에 이르길 원했듯이 저 홀로 돌아와 자리에 눕기를 바랐다. 그러면서도 희님은 옥님이 춤으로 밤을 지새워 아침나절 마른 갈대 한 줄기로 남으면 그 많은 갈대들 중 동생을 어떻게 찾을까 고민했다. 그 고민하는 모양이 옥님을 똑 닮았다고 깨닫는 순간 봄이 가버렸다.

*

지난봄은 그렇게 가버린 것 같았다. 손주가 태어났다는 걸 미혜는 부끄러워하면서도 호들갑스럽게 전했다. 휴대전화로 날아온 5월의 아이는 어디서도 본 적 없는 빛에 싸여 있었다. 사람은 저마다 자기만의 빛과 함께 태어나는 거라고 희님은 생각했다.

아이가 태어난 지 두 주가 지난 어느 날 희님은 또다시 옥님의 말투가 자신의 입에서 튀어나온 것에 놀랐다.

'나쁜 소식은 새처럼 빨리 날아오는 법.'

그 말을 중얼거리며 봄은 진짜로 갔다고 생각했다.

이것저것 잘도 감추더니 그렇게 불쑥 가버릴 지병마저 끝내 감추고 옥님은 일흔아홉 해 넉 달의 생을 마감했다.

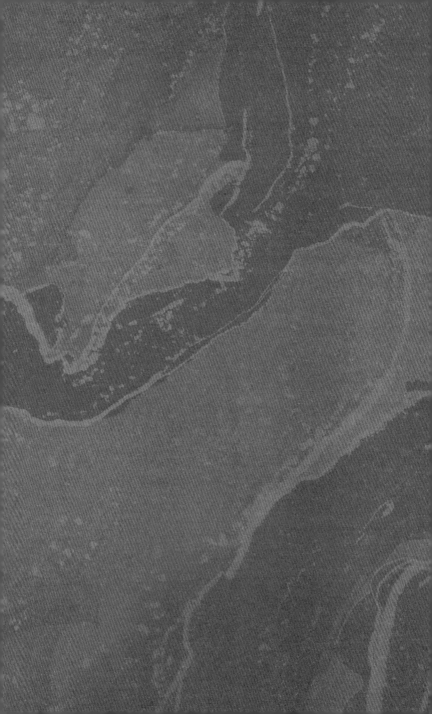

성불사 깊은 밤에 그윽한 풍경 소리

어느 날 나는 절에 갔다.

총을 들고 갔다. 허리에는 살상용 칼도 찼다.

새벽 급습이었다. 내가 속한 중대의 병사들이 절을 포위하면 지휘관이 권총을 빼 들고 신속히 경내로 진입했다.

그러나 검거 대상 스님들은 이미 자리를 피한 뒤였다. 그날 두 사찰을 더 습격했다. 모두 허탕이었다. 절에는 늙은 불목하니와 공양주 보살들밖에 남아 있지 않았다. 세 개 사찰에 대한 작전을 끝냈을 때 아침 해가 떠올랐다. 절정이던 가을 단풍이 눈부셨고 배까지 고파 어지러웠다. 1980년 10월 하순의 어느 날이었다.

오밤중에 비상이 걸려 영문도 모른 채 소총과 대검의 단독 군장 차림으로 출동 트럭에 오른 것은 그때가 처음이 아니었다. 그보다 두 달 전 8월에는 민가를 습격하여 영장 없이 가

택을 수색하고 주민을 끌어내 경찰 파출소로 인계했다. 그때도 역시 캄캄한 새벽이었다. 그것이 '삼청작전'이었다는 것은 나중에야 알았다. 사병들은 작전명을 알 수도 알 필요도 없었다. 비상이 걸리면 튕겨 일어나 오 분 만에 군장을 갖추고, 어디로 가는지 모를 트럭에 나눠 타고, 하나의 병기로서 명령에 따라 달리거나 담을 넘거나 사람을 제압했다.

군에서는 일상적인 일인가 싶었으나 고참들의 말에 의하면 군이 민간인과 스님들을 잡아들이는 일은 없었다고 했다.

그해 10월 하순 차갑던 어느 날 아침, 영문 모를 밤샘 작전을 끝내고 '단풍나무 숲을 향하여 난 작은 길을 걸어서' 터벅터벅 산사를 빠져나오는데 "좀 봐요!"라고 뒤에서 누군가 외쳤다.

어머니 또래의 공양주 보살. 잰걸음으로 다가와서는 우리들에게 가슴에 안고 온 비닐 봉투를 풀어 골고루 하나씩 손에 쥐어 줬다. 거짓말 하나도 안 보태고 말하건대, 주먹만 한 모시잎떡이었다.

몹시 배가 고팠으니 그 맛이야 오죽했었을까마는, 내 기억에 남은 것은 모시잎떡 맛보다는, 새벽에 총을 들고 들이닥쳐 스님을 잡아가려던 무리에게 베푼 이른 아침 뜻밖의 '보시'였다.

나를 절로 이끈 것은 어쩌면 그 모시잎떡이었는지도 모른다.

전역을 한 뒤, 다니다 만 1학년 2학기에 복학을 했다. 강의는 거의 이루어지지 않았다. 전국의 대학가는 군부정권타도운동과 학원민주화운동으로 몸살을 앓았다.

내가 다니던 학교는 종합대학이긴 했으나 전신인 개신교 신학대학의 규율이 강하게 남아 있었다. 교정에서 담배를 피울 수 없었고 모든 학생 활동에서 음주가 허락되지 않았다. 반항심이 생겨 절에 갔다. 절에서 담배와 술을 줬다는 얘기가 아니다. 몸에 좋을 것 없는 술 담배 금지는 이해할 수 있었다. 하지만 종합대학에서 서클 활동 제한이라니. 개신교 관련 서클만 인정될 뿐 여타 종교 서클은 등록 자체가 거부되어 학교로부터 어떤 지원도 받지 못했다. 심지어는 천주교 서클까지도. 등록금은 다 똑같이 내는데.

조직적으로 학교 당국에 항의하고 서클 등록 요건을 개선하기 위해 심우회라는 임의 서클을 만들고 전국 대학생불교연합 대전지회에도 가입해 응원군을 얻었다. 회합과 교육의 장소로 성남동의 금강반야원을 정하고 철환스님의 지도를 청했다. 그때서야 나는 그 단풍 어지럽던 10월의 스님 체포작전을 불교계에서 '10·27 법난'으로 부른다는 걸 알았다.

당시에는 공부가 2라면 데모가 8이었다. 전국의 대학이다 그랬다. 밖으로는 제5공화국 정권과 극렬 대치하면서 안으로는 학내 민주화 운동으로 홍역을 앓았다.

신학관과 본관이 어슷하게 마주 보는 학교 중앙 잔디밭에서 기세 살벌한 법회를 열었다. 신학과 학생들이 튀어나와 진을 치고 대중의 집회 접근을 가로막는가 하면, 나의 고등학교 대선배이기도 한 대학학생처장이 강제 해산의 기회를 호시탐탐 노렸다.

결국 나와 회원들 십여 명은 군중으로부터 완전 고립되어 고래고래 소리만 질렀는데 그 소리라는 게 나의 목탁 소리에 맞춘 천수경이었다.

다행히 신학관과 본관이 교문 바깥쪽을 향해 어슷하게 벌어져 있어 두 건물 벽면이 소리를 절묘하게 반사하며 확성했다. 고맙게도 거대한 스피커가 되어 주었다. 그러니 시끌벅적 와글와글, 그야말로 야단법석野壇法席(바깥에 차린 법회 자리)이 아닐 수 없었다.

독경 중간중간 교내 종교 집회 활동의 자유와 모든 종교 서클의 동등한 지위를 보장하라는 구호를 외쳤다. 그리고 탕탕탕탕, 머리통만 한 목탁을 힘껏 쳤다. 목탁이 탕탕탕탕 울릴 때마다 신학과 학생들이 일제히 입을 모아 악악악악 소리를 내어 목탁 소리가 퍼져 나가지 못하게 맞불을 놓았다.

시위를 마친 날이면 금강반야원에 모여 자랑스럽게 시

시덕거리며 무용담을 주고받았다.

"요 시키들! 너희들 순전히 데모하려고 절에 모이는 거지?"

늘 우리의 속내를 궁금해하던 철환스님이 어느 날 끼어들었다. 스님의 말투는 동네 형 같았다.

"종교의 자유를 위해서예요."

우리 중 누군가 새치름하게 말했고 스님은 점잖지 못하게 키키키키 웃었다.

"신학대학에서? 목탁 두드리면서?"

"종합대학이잖아요."

"그래, 거기서 목탁을 어떻게 쳤다고?"

"탕탕탕탕이요."

내가 팔을 뻗어 폼 나게 목탁 치는 흉내를 냈다. 그러자 철환스님이 우리를 불러 모았다.

"그래? 그럼 너희들 모두 이리 모여 봐. 와서 적어 봐."

그러면서 백지를 모두에게 한 장씩 나누어 주었다. 목탁 소리를 적어 보라고 했다.

내 중편소설 「풍경 소리」의 씨앗은 이때 생긴 것이다. 최근 발견된 천 년 묵은 연밥이 물을 먹고 싹을 틔웠다는 기사를 본 적이 있었다. 나는 삼십오 년 전의 씨앗을 틔운 것이니 천년 묵은 연밥에 비하면 싱싱한 과거인 셈이다.

「풍경 소리」에서 화자인 미와는 자신의 노트에다 주지스님의 목탁 소리를 '똑똑똑똑'이라고 쓰고, 수봉스님의 목탁 소리는 '뜩뜩뜩뜩'이라고 적는다. 같은 목탁인데 소리를 다르게 표기하는 것.

그때 그랬다. 철환스님이 나눠 준 종이에 적힌 목탁 소리가 제각각이었다. 물론 내가 탕탕탕탕이라고 먼저 입으로 대답했기 때문에 탕탕탕탕이라고 적은 사람이 많았지만 개중에는 똑똑똑똑, 딱딱딱딱, 텅텅텅텅도 있었다. 심지어는 떰떰떰떰도 있었다.

"이 봐라. 같은 목탁을 듣고도 각자 다르게 썼잖니. 어떤 게 맞아?"

아무도 얼른 입을 열지 못했다. 뭔가 아주 쉬운 문제 같았는데도 답을 내놓지 못했다. 자기가 써놓고도 맞는다고 우길 수 없는 지경에 빠져 버린 것이다. 철환스님은 우리를 함정에 빠뜨려 놓고 또 키키키키 웃었다. 크크크크 웃었던가. 낄낄낄낄?

"목탁 소리는 분명 있었지? 작지도 않고 아주 크게, 응? 다 그 자리에서 들었잖아? 근데 왜 각자 다르게 적어, 시키들아!"

"아, 왜 이런 유치한 문제를 내고 그러세요. 다르게 적어서 미안해요. 알았어요, 잘못 적었으니 이제 그만 웃으세요, 좀."

누군가의 짜증을 아랑곳 않고 철환스님이 말했다.

"절에 왔으니 절 공부 좀 하자는 거야 인마. 내가 명색 너희들 지도 법사잖니. 하여튼 너희들은 두 번을 거푸 잘못했어. 첫째는 목탁 소리를 잘못 들었고, 둘째는 목탁 소리를 잘못 적었어."

"그러게 잘못 적었다고 하잖아요. 절에 와서 떠들어서 죄송해요. 근데 왜 이런 걸 해요, 갑자기?"

"너희들이 말하는 종교의 자유라는 것도 이런 거니까."

"아……."

알아듣고 감탄하는 소리가 아니었다. 도무지 알아먹지 못할 절벽에 끝내는 봉착하고야 말았다는 탄식이었다. 그럴 때는 죽었습니다, 하고 언제까지라도 스님의 설법을 들어야 했다. 들어도 모를 소리를. 철환스님은 매사 그런 식이었다.

스님의 말씀을 요약하자면 이랬다. 에밀레종이라고 부르는 성덕대왕신종에 새겨진 문구 중에 이런 게 있다. '무릇 지극한 도는 형상 밖의 것을 포함하고 있는데, 아무리 살펴보아도 그 근원을 볼 수 없다. 대음大音이 천지 사이에 진동하고 있는데 아무리 들어도 그 소리를 들을 수 없다.' 이것은 도덕경 제14장의 인용인데 보아도 볼 수 없고 들어도 들을 수 없으며 잡아도 잡히지 않는 것이 있다는 뜻이다. 그러니까 너희들은 목탁 소리를 듣긴 했어도 듣지 못한 거다. 귀로 들을 수 있는 가청의 범위 안에 있는 것만 겨우 쪼끔 듣고 다 들었다고 하니 그렇다. 그런데 그렇게 한 번 잘못 들은 것을 종이에 적으랬더니 제각각이잖나. 원래 소리라는 것은 글로 적을 수 없는 건데 적으랬다고 순진하게 따라 적으니 그 모양이 됐다. 누구 한 놈도 '저는 못 적겠는데요'라고 뻗대는 놈이 없었다. 문학을 하겠다는 저 효서 같은 놈도 목탁 소리를 탕탕탕탕이라고 아주 보란 듯이 적어 놨잖난 말이다. 귀라는 감각기관이 세상의 소리를 세대로 다 들을 수 없어 목탁 소리가 한 차례 훼손된 데다, 적을 수 없는 소리를 자모 몇 개 안 되는 옹색한 글자로 욱여넣어 탕탕탕탕이라고 쓰니 왜곡이 갑절로 일어나는 것이다. 그러면서 그걸 맞다고까지 믿고 우기고. 그러다 보면 이제는 세상의 모든 목탁이 탕탕탕탕으로 들리지 않으면 안 되는 지경에 이르게 된다. 학교 종이 땡땡땡으로 들리지 않으면 안 되는 지경. 세상의 소리들이 글자를 따라 생겨나야 하다니 이 무슨 해괴한 노릇이냔 말이다. 너희들이 말하는 종교라는 것은 물론이요 자유라는 것도 실은 그렇게 탕탕탕탕 땡땡땡처럼 글자를 따라 생겨난 물건이란 말이다. 소리를 들을 수 있다, 적을 수 있다 해서 탕탕탕탕이라 듣고 탕탕탕탕이라 적으니 그때부터 모든 목탁 소리는 탕탕탕탕이 되고 마는 거다. 탕탕탕탕이라고 적으면 실제로도 그렇게 들리거든. 그러니 한국 사람은 개 소리를 멍멍멍멍이라고 듣고 미국 사람은 개 소리를 바우와우라고 듣지. 하이고, 나무 관세음보살. 이게 말이 되냐? 개가 정말 멍멍 짖디? 바우와우 짖디? 너희들은 종교를 깨물어 봤어? 자유를 핥아라도 봤니? 그게 뭔줄 알고 함부로 씨부리니? 말이면 다인 줄 아냐, 시키들아! 말은 말일 뿐이잖아. 그걸 믿었다가는 말에 걸려 말에 속고 말한테 부림을 당해. 꼴좋지. 말과 글자를 따라 일어나고 꺼지는 소리에 속고 그런 빛깔에 속고 그런 냄새에 속고 그런 맛에 속고 그런 감촉에 속아서 결국은 너희들의 확신이 너희들을 속이게 되는 거야. 대음희성大音希聲이라고 하지 않던? 큰 소리는 없는 게 아니라 들으려 해도 들을 수 없고(聽之不聞) 적을 수 없고 말할 수 없다는 걸 받아들여야 해, 까불지 좀 말고. 보려 해도 볼 수 없고(視之不見), 잡으려 해도 잡을 수 없다(搏之不得)는 게 있다는 걸 알아야 우리가 간신히 우리의 말과 생각과 감각에 붙들려 갇히지 않을 수 있어. 자기 생각에 속지 않을 수 있다고.

그 학기에 나는 한영목 교수의 「An Introduction to Linguistics」 강의를 듣고 있었다. 내용을 알아먹기는커녕 교재 문장 번역에 애를 먹고 있었다.

언제나 반들반들 빛났던 곱슬머리가 매번 땀으로 푹 젖을 만큼 한영목 교수는 칠판에다 사람의 구강 구조를 커다랗게 그려 놓고 th발음에 유의하며 열강에 열강을 했지만 쇠귀에 경 읽기였다. 그때 원서에 자주 등장했던 이름이 소쉬르, 트루베츠코이, 야콥슨, 블룸필드, 촘스키 등이었다.

알아들을 수 없기로는 교수님의 말이나 스님의 말이나 거기서 거기였는데(스님이 했다는 말도 실은 기억이 아니라 짐작을 섞어 지금 막 정리해 본 것이다) 나는 교수님과 스님의 알아들을 수 없는 말들에 이상한 호기심이 생겨 문학이 아닌, 학과 유일의 언어학 졸업논문 제출자가 되었다. 기표와 기의의 자의적 관계에 대해서는 교수님께 귀에 못이 박히도록 들었는데, 우리의 감각과 생각과 문화까지도 기표의 영역으로 보고 그것에 기반해 허상의 세계를 구성한다는 낯설고 무서운 얘기는 동네 나쁜 형 같은 스님한테 들었다.

그로부터 삼십오 년이 지난 어느 날 철환스님이 말했던, 어쩌면 노자가 말했던 큰 소리, 즉 대음에다 시점視點을 주어 소설을 써보기로 했다. 수유리 화계사의 커다란 대적광전 현판 아래를 지나면서였는데 왠지 그날따라 대적광전의 뜻을 알 것 같아서였다. 커다란 적막(大寂, 소리 없음)이란 다름 아닌 대음이 아닐까 하는. 들을 수 없는 소리지만 얼마나 크고 귀하기에 빛이 난다고 써놓았을까. 하도 궁금해서 아예 그 커다란 적막에다, 즉 대음에다 내레이션을 맡겨 보기로 했다. 소설가에게는 돌이나 나비에다가도 문득 시점을 주어 버릴 수 있는, 나름 신적인 권한이 있는 거니까(나는 죽은 굴참나무와 스프링클

러에게도 시점을 주어 소설을 써본 적이 있다). 목탁 소리나 종소리 대신 이번에는 청량한 풍경 소리를 끌어들여서.

들리는 풍경 소리 저 너머, 들을 수도 받아 적을 수도 없으나 풍경 소리를 풍경 소리이게 하는 소리, 이 소리가 없으면 풍경 소리가 그 어떤 소리일 수도 없게 되는 소리. 장자가 천뢰天籟라고도 이름했던 소리. 그 대음이라는 것이 궁어보는 사찰의 늦가을 풍경이 궁금했다. 나로서는 들을 수도 적을 수도 없으니 대음으로 하여금 스스로 말하게끔 해보는 것. 대음에게 마이크를 넘기고 나는 온 힘을 다해 귀 기울여 보기로.

그때 들렸던 것이 이은상 작시 홍난파 작곡의 「성불사의 밤」이었다.

성불사 깊은 밤에 그윽한 풍경 소리—주관과 객관에 의해 인지되고 표현되는 일반 풍경 소리.

주승은 잠이 들고 객이 홀로 듣는구나—주관이 떠난 자리에 객관만 남아 일반의 소리로부터 그만큼 거리가 멀어진 낯선 풍경 소리.

저 손아마저 잠들어 혼자 울게 하여라—객관마저 떠나 주객관의 인지 작용이 모두 정지한 경계에서 혼자 우는 풍경 소리.

들을 수 없고 들어도 모를 이런 소리에게 화자의 지위를 부여하는 일이 소설이 아니라면 가능할까. 그래서 소설을 쓴 것인데 쓰는 김에 소리뿐만 아니라 그러한 색깔(色), 그러한 향기(香), 그러한 맛(味), 그러한 감촉(觸)에게도 각각 동일한 역할을 맡겨 보기로 했다. 그것들, 오감이 작동하며 불러일으키는 의식(法)에게도.

색, 성, 향, 미, 촉, 법 순에 따른 해당 소설은 다음의 단편들이다. 「은결—길편지」(2017), 「풍경 소리」(2016), 「육두구 향」(2016), 「웅어의 맛」(2021), 「Cafuné」(2018), 「밤춤」(2021).

*   이 글은 『문학수첩』 2022년 상반기호 「구효서의 창작 노트」 3회차에 실은 원고를 재수록한 것임을 밝힙니다.

수록 작품 발표 지면

은결—길편지

『21세기 문학』 2017년 가을호

풍경 소리

『문학사상』 2016년 5월호

육두구 향

『문학동네』 2016년 여름호

웅어의 맛

『실천문학』 2021년 봄호

Cafuné

문장 웹진 2018년 11월호

밤춤

『문학사상』 2021년 7월호

웅어의 맛

1판 1쇄 인쇄 2022년 7월 13일
1판 1쇄 발행 2022년 7월 20일

지은이   구효서

펴낸이   임지현
펴낸곳   (주)문학사상
주소   경기도 파주시 회동길 363-8, 201호 (10881)
등록   1973년 3월 21일 제1-137호

전화   031)946-8503
팩스   031)955-9912
홈페이지 www.munsa.co.kr
이메일   munsa@munsa.co.kr

ⓒ 구효서, 2022

ISBN 978-89-7012-538-1 (03810)